何が起きているのか。
よく分からない物語を書きました。

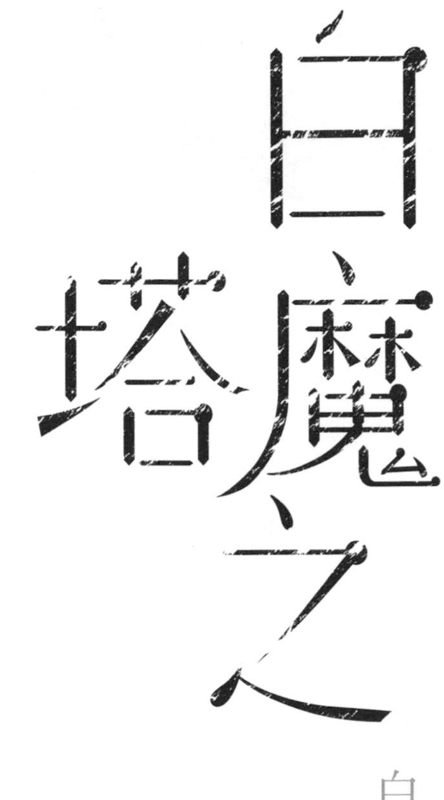

白魔の塔

三津田信三

瑞昇文化

我完成了一部無法理解
究竟發生了什麼事的故事。
——三津田信三

目次

再版序

我在《黑面之狐》的「序文」裡也提到過，我的作品大部分都是靈感跑在前面。以刀城言耶系列為例，都是腦海中先出現故事核心的人物設定、異想天開的詭計、異樣的動機等等，再思考與此相應的舞台及主題，接著再去找有參考價值的文獻來看，然後才開始執筆。

絕大部分的作家都會事先擬定大綱，但我完全不這麼做。有時候腦子裡也會浮現出關鍵的內容或登場人物，但真的非常粗略，粗略的程度依作品而異。而且實際落筆後，原本存在於腦海中的構想也會逐漸改變。儘管我的作品具有「不寫出來不曉得劇情會怎麼發展」的麻煩特徵，之所以還能寫出來，無非是因為腦海中有支撐整條故事線的靈感可以依循吧。

不過，我有三部長篇作品不屬於這種靈感跑在最前面的類型，也就是先有「想寫這個」的主題與舞台，研讀有關的參考文獻後，再開始思考最重要的靈感的作品。一本是描寫遊女與遊廓的《如幽女怨懟之物》，另一本是提到礦工與礦坑的《黑面之狐》，再來就是挑戰描寫燈塔守與燈塔的這本書。

話雖如此，這三本書的執筆過程大異其趣，無論找了多少參考文獻來看，對《如幽女怨懟之物》仍沒有任何想法，但是在寫《黑面之狐》的時候卻能不斷地浮現出大大小小的靈感。因此在想到前者的核心靈感前，我一行也寫不出來。相反地，後者看完參考文獻後，我立刻著手寫作。

不過後者因為研究得不夠透徹，不得不暫時停筆，再次埋頭苦讀參考文獻。明明已經有了主題與舞台，所以這可以說是意外事故也說不定。

但是比前兩本更辛苦的其實是這部作品。跟《如幽女怨懟之物》一樣，看了再多的參考文獻，腦中依舊沒有半點靈感。但其中完全不一樣的點在於《如幽女怨懟之物》沒有截稿期限，而這部作品早就已經決定好出版日期了。因為預定在已經推出過單行本的《黑面之狐》發行文庫本的下個月上市，所以不能像《如幽女怨懟之物》那樣因為沒有靈感就遲遲不動筆。

這個時候，我便心想「總之先讓筆動起來」。這是我當上作家以後，第一次在「毫無頭緒」的情況下動筆。既然如此，只能下定決心，反過來化逆境為順境。

本書「不曉得會發生什麼」的故事，就在這種情況下誕生了。

三津田信三

某位前任燈塔守的話

ある元灯台守の話

說起老夫最熟悉的地方，莫過於故鄉附近的瀨戶內。可是自從當上燈塔守後，就不得不從北到南，浪跡全國各地的海邊。雖說都是海，但每個地區和每個季節的海洋都有著天差地別的不同風貌。乍看之下還以為風平浪靜，不一會兒便捲起千層浪。一個不小心的話，那可就要出大事了，這就是大海的特性。

所以老夫也有過好幾次死裡逃生的經驗。不過，你想知道的應該不是這方面的恐怖經驗吧。

……果然如此啊。

江戶時代有位名叫津村淙庵的國學家，寫了一本名為《譚海》的散文集，裡頭提到了〈篝堂〉。

燈明台就像書中提到的篝堂，在以石頭砌成的台地上蓋了木造小屋，點燃浸泡在菜籽油或棉籽油裡的燈芯，從日落時分燃燒到第二天的黎明。小屋的窗戶是由半透明的油紙糊成，因此光線可以從窗戶透出去。

可是這種光線實在太微弱了，也沒有後來的燈塔那種擴大光源的裝置，所以光線無法照亮到遠方，其實有點派不上用場。除此之外，還有燃燒篝火的篝堂。

三浦半島的頂端有個漁村，漁村裡有座篝堂，唯有舊曆七月十三日的晚上，大家都不想值這一班。平常兩人一組，早晚輪班，之所以唯有這天晚上的班被所有人避之唯恐不及，據說是因為死於船難的死者亡靈會在這天夜裡傾巢而出。

因此舊曆的七月十三日，圍在篝堂裡的人數從平常的兩人暴增到十幾人，一邊敲鑼打鼓、一邊一心一意地誦經。即使已經做好如此萬全的準備，依舊無法阻止亡靈出沒。

首先是大海的遠方會突然出現一艘大船，眼看船愈來愈近，不料卻「碰！」地一聲撞上岩石，撞得支離破碎，同時發出響徹雲霄的巨響，就連待在篝堂的人也不免為之震顫，真的非常可怕。然後是無數的人影在轉眼間擠滿海面。一面「哇——哇——」地大喊大叫，紛紛朝向篝堂湧來。

那無疑是令人全身寒毛倒豎的驚悚畫面，只要看過一次，肯定會做好一陣子的惡夢。這麼偏僻的漁村之所以要每年舉行隆重的施食法會，就是因為這個緣故。

你說什麼？

……你想知道老夫的體驗？

有是有，但不是什麼了不起的事，是更普通，不知道該怎麼形容的體驗。

那是在巖栖的……呃，這時還是別說出地名和燈塔名稱比較好吧。只要知道是老夫年輕時赴任的某座燈塔就行了。

那座燈塔位於某座岬角的尖端，蓋在低窪的岩盤上。因為地勢比較低，所以燈塔頗有高度。蓋在高台上的燈塔通常都比較矮，不過燈塔還是要高一點才比較有派頭。

某個秋天的黃昏時分，老夫站在迴廊上監視海相。這個時段的水面反射夕陽，閃閃發光，對眼睛真的很不友善。一直盯著看，眼睛會很疲憊，實在很要命。必須時不時地望向生長在岬角岩壁上的稀疏樹木綠葉，稍微讓眼睛休息一下，要不然真的很難撐下去。

記不得是第幾次讓視線回到海面上了，有一艘小船進入了視線。雖然還在很遠的地方，但是看得很清楚。

是什麼時候……老夫感到不解。就算要讓眼睛放鬆，也用不了多少時間。這麼短的時間，那艘船是從哪裡來的？再怎樣都不可能突然出現在老夫的視線範圍裡吧。

不僅如此，雖說看得很清楚，但也只有小船而已，划船的人看起來朦朦朧朧的，彷彿籠罩在一團白霧裡。起初還以為那個人穿著白色的制服，可是光憑一個人的力量，根本無法將小船划到這種海域，而且那個人顯然也不是漁夫。

……是朝聖者嗎？

心想那個人會不會是穿著白色的袈裟，但怎麼想都不對。先不說這一帶根本沒有靈場①，光是朝聖僧獨自划著小船這件事就說不通了。

那個人到底是何方神聖……

老夫拚命睜大了雙眼，想看個清楚，就在老夫從迴廊上探出身子時。

……喂。

那個人舉起一隻手，向老夫打招呼。

「喔……」

老夫也反射性地舉起右手，正準備回禮，不對，等一下……身體當下就僵在那裡。

從那麼遠的地方出聲，聲音不太可能傳到這裡吧。有時候因為風向，確實能意外地聽見遠方傳來的聲音，但眼下顯然不是那種情況。距離這麼遠，人的聲音不可能聽得那麼清楚。再說了，明明只看到一團模糊難辨的白色人影，卻能清楚看見他揮動右手的姿態，這是怎麼回事？

老夫全身都起了雞皮疙瘩，視線下意識地逃往岬角的岩壁，一動也不敢動地繃緊了身體好一會兒。

不知過了多久，當我再提心弔膽地望向海上時，小船已經不見蹤影了。老夫打從心底鬆了一口氣，但還是心有餘悸。結果直到完成那天的監視任務，始終都心神不寧。

在那之後又過了幾天，老夫又在同一時間來到迴廊上，一如既往地執行監視任務，就在我適時讓眼睛放鬆的時候，那艘船又出現了。

老夫嚇了一大跳，因為那艘船比上一次還更靠近燈塔。

……喂。

朝我呼喚的聲音與舉起右手的姿勢都跟先前一模一樣，動作與小船明明看得清清楚楚，白色

---

① 神佛顯聖之地，亦涵蓋神社、寺院或神佛因緣之地等宗教場域在內，被視為神聖領域的場所。

人影卻一片模糊，這點也跟上次如出一轍。

老夫想逃，卻沒能付諸行動。因為老夫可是燈塔守，有所謂的守燈精神，絕對不能因為這個莫名其妙的傢伙就丟下自己的任務。

話是這麼說，但我還是下意識地撇開視線。等到我再看過去的時候，小船已經不見了。

那艘船第三次出現的時候，距離岬角只剩下一步之遙。既然如此，從迴廊上應該能看清楚對方的長相。我們燈塔守沒別的優點，就是視力特別好。如果是這樣的距離，肯定連五官都能看得一清二楚。

……喂。

然而，看在老夫眼中，邊喊邊揮手的那個依然只是一團白白的模糊人影。

第四次，完全看不見小船。

……喂。

儘管如此，卻還是能聽見聲音，可見那艘船恐怕已經駛入岬角的低矮懸崖底下。

……喂。

第五次，也只有聲音，這次是從岬角的尖端傳來。

……喂。

第六次，聲音是從燈塔的腹地外面傳來。

……喂。

第七次，聲音已經進到腹地裡。

……喂。

第八次，聲音聽起來像是從燈塔的入口那邊響起。

……喂。

第九次，聲音迴盪在螺旋梯空間，一路傳到迴廊。

……喂。

第十次，呼喚聲從背後傳來了。

彷彿被那個聲音從背後推了一把，老夫腳步虛浮地往前走，這時兩肩突然被人給用力地抓住。

老夫大吃一驚，轉過頭去看，燈塔長就站在我的身後，老夫這才發現自己站在岬角的尖端。

「再往前走就要掉進海裡了！」

燈塔長氣極敗壞地怒吼，老夫這才回過神來，向燈塔長報告這段日子的體驗。之前會擔心如果據實以告，大家或許會認為我精神有問題，可能還會失去當燈塔守的資格，所以一直保持沉默，但這次是真的憋不住了。

聽老夫說完後，燈塔長問了我一個問題：

「你沒用望遠鏡看看小船上的白色人影嗎？」

經燈塔長這麼一說，老夫頓時覺得好羞愧。在執行監視任務時，隨身攜帶望遠鏡是理所當然的行為，事實上，老夫確實帶在身上，可是卻完全沒想到要拿望遠鏡來看。

不料，燈塔長卻對垂頭喪氣的老夫這麼說道：

「別那麼沮喪，幸好你沒看。」

什麼意思……老夫反問。

「聽說有人因為看清楚那個而發瘋了。」

燈塔長只說到這裡，就不肯再說下去了，而老夫也不打算繼續追問。

畢竟老祖宗有交代，無論是在海邊還是山上，但凡有莫名其妙的東西呼喚你，最好都不要回頭去看，立刻腳底抹油，離開現場，方為上策。

第一部　守燈精神

守 灯 精 神

第一章　轟之崎

轟ヶ崎

從海中衝出好幾根尖銳細長的岩石，彷彿像是從古墳出土的長槍或劍被放大了好幾倍。它們就像是為了阻止漁船前進，從浪濤間伸出來的巨人手指。

東北的巖栖地方，有個名叫轟之崎的海域，海域裡有處人稱「九指岩」的奇岩怪石群。雖然名為九指岩，倒也不是真的只有九座岩石，這裡的「九」象徵著「數量很多」，同時也意味著船隻航行於此地的「苦[②]」。也有人說這些岩石原本叫作「串岩」，但是沒有一座岩石給人竹串那種容易摧折的印象。反而是船隻萬一不小心撞上，立刻就會落得支離破碎的下場。眼前的景象就是如此令人望而生畏。

……拒人於千里之外。

也難怪物理波矢多會這麼想。因為眼前的光景可以說是壯觀又孤絕的極致。巍峨矗立的奇岩間捲起千層浪，周圍還瀰漫著乳白色的霧氣，因此更加懾人心魄。

真的能抵達那個地方嗎？

雖說日頭已開始西斜，夏季的夕陽依舊熾熱難當，坐在劇烈搖晃的漁船上，全身沐浴著西斜的陽光，內心感到難以言喻的不安。

自古以來，發生在日本沿岸的船難意外不計其數，除了陸地與大海接壤的部分有無數的暗礁之外，還有暴風、濃霧與大雪等惡劣的氣候，或許也跟航路標識不夠普及脫不了關係。其中，燈塔便是極具代表性的航路標識。

波矢多作為所謂的「燈塔守」，收到人事命令後第一個走馬上任的單位就位在關東圈內。這點頗出乎意料，他還以為自己一定會被派去偏遠的鄉下地方，也做好了進入偏鄉的心理準備，不免有些氣餒。

從古至今，提到燈塔，大家的第一印象無非是座落在杳無人煙的邊境，當地的生活條件不好、環境又冷清，但是位於丑緒的太呴埼燈塔雖然蓋在由陸地往海面延伸的岬角上，卻是每天會有許多觀光客前來造訪的景點。附近還有不少歷史悠久的寺院，因此從車站到燈塔，一路上商店林立，從紀念品店到食堂都有，與他想像中必須有所覺悟的孤絕之地大相逕庭。

順帶一提，這個地點在國土地理院的地圖上標示為「太呴崎」，做為燈塔的名稱時才改為「太呴埼」燈塔。根據海上保安廳的水路部所製作的航海圖，「崎」的意思是凸出於海面上的整片陸地或村落，而「埼」字則特指凸出部分的前端。

波矢多以海上保安廳職員的身分，前往位於太呴崎的太呴埼燈塔赴任。他的任務是維護及管理燈塔，好讓燈塔能正常發揮航路標識的功能，但老實說，他對自己的任務充滿疑惑。一方面也是因為他初來乍到，經常要面對一般的觀光客還有到此遠足或校外教學的學生，這是份內的工作，所以波矢多當然也兢兢業業地為他們導覽，不敢怠慢。只不過，當他知道自己的工作也包括阻止前來自殺的人，心情不禁變得複雜起來。

②「九」與「苦」在日文中可以讀成相同的音。

救人一命當然是很重要的工作，這點他很清楚，但清楚歸清楚，他來當燈塔守可沒打算賠上自己的性命。

觀光勝地同時也是自殺聖地的前例所在多有，例如東尋坊或華嚴瀑布，其實太㕭埼燈塔也是其中之一。每年的自殺者人數固然沒有其他觀光勝地那麼多，但並不是完全沒有。想也知道不能坐視不理，因此阻止自殺者的重責大任就自然而然地落到負責招呼觀光客的新人頭上。

所幸撿回一條小命的人絕大多數都很感謝波矢多。無論想自絕性命的原因是什麼，獲救後都會產生「感謝你救我一命」的心情。所以曾經有段時間，他認為既然一定要有人承擔這項使命，那就由自己來吧。

問題是，剛到太㕭崎赴任沒多久，有生以來第一次救下尋死的少女時，自殺未遂的少女對他說的話，卻始終烙印在他的腦海裡，揮之不去。他也因此逐漸對自己的工作產生疑問。

那天，波矢多預計值班到傍晚，送走最後一批觀光客後，如釋重負地正要回燈塔交班時，四周突然開始起霧。就在心想但願霧不要太大的同時，隔著霧氣，發現有個少女正從岬角東端跳進被夕陽染紅的大海裡，嚇得他魂飛魄散。

如果順著石階衝到下面的岩場一定來不及。因此他在電光火石的判斷下，拔足狂奔，從同一個地方躍入海中。這時，腦海中閃過險些在戰場上送命的體驗。當時自己搭乘的武裝船受到美軍潛水艇發射的魚雷攻擊，瞬間爆炸沉沒。當時波矢多在千鈞一髮之際跳進海裡，現在感覺就是重新再體驗一次當時的經歷。

身體墜入海中後，立刻用手撥開海水與霧氣，滿腦子只有搶救少女的念頭。儘管少女沒有胡亂掙扎，乖乖地任由波矢多抓住她的身體，但是要拖著一個人，持續在籠罩著霧氣的海面上泅游，再爬上附近岩場間狹小的沙灘，著實不是件容易的事，或許比戰爭時的體驗還吃力也說不定。

波矢多上岸後，一時半刻說不出話來。少女穿著學校的制服，白色的上衣濕透了，微微隆起的胸部劇烈地上下起伏，就這樣沉默不語地躺在地上。曾幾何時，剛才的霧就像從未出現過似地散盡了。

「妳……妳沒事吧？」

波矢多好不容易從喉嚨裡擠出聲音，但少女始終低著頭，毫無反應。

「……有沒有受傷？」

少女依然一句話也不說，但是看到少女平安無事，波矢多還是很欣慰，欣慰之情令他不由自主地脫口而出。

「……總之，沒事就好。」

不料少女竟以生無可戀的語氣喃喃自語地說道：

「你根本什麼都不懂。」

意料之外的反應令波矢多大吃一驚，一時半刻無言以對，隨即有如烈火般的憤怒湧上心頭。

我那些被迫上戰場的朋友想活下去，卻不得不去赴死！

波矢多差點破口大罵。他想用力搖撼少女的身體，甩掉她身上那股生無可戀的頹廢。

之所以沒有這麼做，是因為日本戰敗那年，眼前的少女想必只有七、八歲。不用想也知道，她對發生在自己懂事前的侵略戰爭沒有半點責任。即使向她控訴同窗們為國捐軀的無奈，她肯定也無法感同身受。

「我當然不清楚妳發生了什麼事，可是……」

當波矢多告訴對方「就算不清楚，但既然看到有人尋死，就不能見死不救」時，耳邊傳來充滿詩意的喃喃低語：

「因為太陽下山了……」

那一瞬間，波矢多覺得毛骨悚然，頭皮發麻。

少女說話帶點口音，但還是聽得懂。不過她那身俗不可耐的制服怎麼看都是鄉下地方的女學生。長相似乎很標緻，但是被濕淋淋的頭髮遮住，看不清楚她的五官。「牛蒡似的女孩」是波矢多對她的第一印象。或許是微黑的膚色在潔白的制服襯托下，更加深了這個印象。襯衫緊緊地貼在身上，勾勒出身體曲線，不過在她身上還看不到成熟女性圓潤豐滿的韻味。

即便如此，少女依舊散發出勾魂攝魄的女人味，這讓自栩應該沒有戀童癖的波矢多大驚失色。或許是對自己的反應感到不適，波矢多總覺得少女有點可怕。也或許是因為少女說出那句令人難以置信的話，才導致這種狀況也說不定。

「你也真是倒了大楣。」

那天傍晚，波矢多換班時，門崎燈塔長這麼對他說道。當時門崎剛處理完少女自殺未遂一事。

「真搞不懂最近的年輕人在想什麼，再怎麼說，她對救命恩人的態度也太差了。」

門崎安慰波矢多，臉上隨即浮現苦笑。

「說到年輕，你也還是年輕人呢。」

「不，她才十二、三歲，想法一定跟我有天壤之別。」

「我也以為她才十二、三歲，但她好像已經十五歲了。跟大城市裡同年紀的女孩子比起來，鄉下丫頭果然比較土氣。」

門崎說到這裡，或許是覺得批評得太過了，又補了一句。

「話說回來，女孩子只要差個一、兩歲，感覺就會差很多呢。就連我們家的閨女也不例外，嚇得我眼珠子差點掉出來。那孩子遲早也會女大十八變吧。」

「或許是吧。」

波矢多無可無不可地附和，尚未擺脫女孩話語所帶來的衝擊，門崎還以為是自己剛才那句「最近的年輕人」的關係，急著解釋：

「你以前所未見的優秀成績從橫濱的燈塔官吏養成所畢業，成為傑出的航路標識職員。那種刻意跑來燈塔自殺，俗稱Après的黃毛丫頭根本不能與你相提並論，是我失言了。」

Après是Après-guerre的簡稱，原本是意指「戰後派」的法文，日本在戰敗後用來形容缺乏戰前的道德觀念、行為舉止不合乎常識的年輕人。由這種年輕人犯下的案件也被稱為「Après-guerre犯罪」。

「但我覺得她不是那種年輕人。」

「哦，是這樣嗎。」

不料燈塔長並未反對他的意見，反而意味深長地看了波矢多一眼。

「與其說是戰後派，該說是超現實主義嗎……」

「那個女孩嗎？」

「……對。我不太會形容，但她有一股獨特的感覺。」

「在我看來就只是乳臭未乾的鄉下丫頭，感覺其貌不揚。而且說到感覺獨特，反而是你的感覺還比較獨特。」

「呃，是這樣嗎。」

燈塔長饒富興味地看著一臉困窘的波矢多。

「扯遠了，那丫頭再怎樣也該對你說聲謝謝吧。」

顯然是顧慮到部下的心情，燈塔長又加上這麼一句。

「這只是燈塔守的工作之一。」

這時的波矢多還能一絲不苟地這麼想。

「你該不會想去環境更惡劣的燈塔，從事燈塔守真正該做的工作吧？」

但燈塔長似乎早就看穿波矢多的不滿，挑明了說。

「我當然也有這方面的心理準備。」

「燈塔守確實要有犧牲小我、完成大我的精神。這種無論如何都得守衛自己的燈塔、絕不能讓燈火熄滅的精神，我們稱之為守燈精神。而座落在窮鄉僻壤、光是要去到那裡都得費上九牛二虎之力的燈塔，則是必須將守燈精神發揮到淋漓盡致的環境。燈塔守確實不會排斥那種環境，但也沒有幾個人會求之不得地自願前往那種環境。特別是有家累的人，而且子女還要上學的話，勢必會陷入兩難。但是從結果上來說，就算要與家人分隔兩地，也會單身赴任。燈塔守就是這種人。」

「我也有相同的信念。」

見波矢多如此回應，燈塔長不禁苦笑。

「不如說你的信念太過頭了。擁有堅定不移的守燈精神固然很值得欽佩，也非常適合擔任燈塔守。可是有時候看到你的樣子，總是會讓我不由得聯想到苦行僧。不免讓我覺得你想獨自一人去日本各地環境惡劣的燈塔承接工作，我有猜錯嗎？」

「您沒有猜錯。聽起來或許大言不慚，但我確實有這種心情，而且很強烈。」

波矢多坦誠的回答令燈塔長笑出聲來。

「哈哈哈！這樣啊。那真是太可靠了。你真的很適合當燈塔守。」

事實上，再也沒有像燈塔守這麼容易讓人產生錯誤印象的職業了。

老人獨自住在矗立於岬角盡頭的燈塔，白天曬曬太陽、釣釣魚，太陽下山就開燈，天亮後關燈。老人守著燈塔，過著半隱居的生活。一般人——尤其是住在內陸都市的人——對燈塔守的印象差不多都是這樣。光是提到「燈塔」二字，就很容易遭到誤解。

舉例來說，即使向對方解釋「家父是燈塔的職員」，對方聽起來只會理解成「東大（東京大學）的職員」，其中也不乏聽成「東大寺職員」的人，怎麼都不會想到「燈塔」二字③。聽起來很荒謬，但還真不是笑話。

就算知道燈塔守，對於燈塔守的概念也如前所述，十分偏頗，最主要的原因恐怕在於名稱。想必會有很多人聽到「燈塔守」就想到「防人」。防人是指奈良時代從東海道諸國招募而來，鎮守九州要地的人，大多數都是把妻兒留在故鄉，隻身前往的農民，其中也不乏罪犯。顧名思義，防人的任務是鎮守邊關，燈塔守雖然也同樣在與世隔絕的地方工作，但兩者截然不同。儘管如此，赴任地點給人的刻板印象卻為兩者劃上等號，「燈塔的守衛」與「邊關的守衛」，或許都因為守護的概念，帶給人們類似的印象。

「燈塔守」是「守護燈塔的人」，任務是監看所有的航路標識。關鍵的燈塔不過是航路標識之一，所以這個名稱嚴格來說並不正確，航路指的是最短且安全的水路，航路標識即為引導方向的指標。船隻能在海上掌握自己的位置，以最短的路線安全入港，這一切都拜航路標識所賜。

日本最早的航路標識稱為「澪標」，指的是將木樁打在河川或沿岸的淺灘上，用以指示船舶行進的方向。船舶透過澪標得以掌握目的地的方向以及障礙物的有無。從這個功能來想，就想得通後來為什麼也稱為「水尾木」了。

古代也有吟誦澪標的詩歌，《萬葉集》裡有一首作者不明的和歌，內容就是「信君如遠江引佐細江之澪標，無奈所託非人」；《百人一首》也收錄了元良親王的詩「早知如此憂傷，當初不如歸去，縱使粉身碎骨，也要尋著難波的澪標去見你」。

也有一說認為不能光靠《萬葉集》的和歌裡這句「虧我這麼相信你，把你當成澪標，沒想到你只是說說而已」就認定當時已有實物的澪標。是非對錯姑且不論，澪標確實是只屬於白天的航路標識，太陽一旦下山便英雄無用武之地。

夜間只能靠篝火和狼煙，讓太陽下山後仍未返航的漁船有方向可以依循。從這個角度來說，這些工具只不過是各地基於必要性而採取的因應措施。

儘管後來經過鎌倉與室町時代，日本的海運日漸發達，卻幾乎沒有留下任何與當時的航路標

③燈塔的日文漢字「灯台」，日文讀音與東大相同。

識有關的資料。話雖如此，航路標識的工具也沒有特別的進化，依舊仰賴澪標、篝火與狼煙。

至少在安土桃山時代，各地都搭建了常設的篝火台。話雖如此，但也只是在只有柱子和屋頂的小屋裡堆滿柴薪等易燃物，感覺與以前的篝火沒什麼太大變化，重點只在於「常設」二字。

到了江戶時代，德川幕府建立幕藩體制，迴船普及促進了內陸航運的發達，出現了航行於江戶與大阪間的菱垣迴船、從大阪將酒運送到江戶的樽迴船、進行大規模採購的西迴航線（北前船）、連結東北與江戶的東迴航線、以及三河船及伊勢船、尾州迴船等浦迴船隊。

為了支援上述的運輸網，全國各地紛紛打造燈明台。人們在石頭堆成的台地上興建木造小屋，燃燒浸泡在菜籽油或棉籽油裡的燈芯，讓燈光從半透明的油紙窗透出去。

燈明台設置有幾個隨時照看的人員，還擬定「每日黃昏六時點燈、黎明六時熄燈」的值勤規定。從燈明台與人員扮演的角色來看，可以說是燈塔與燈塔守的前身。

只可惜燈明台發出的光線極為微弱，由於缺乏擴大光源的設備，光線怎麼樣也無法照到較遠的地方，反而是篝火還比較亮，因此篝火台一直保留到明治初期。此外在燈明台使用篝火也是司空見慣的事。

諷刺的是，日本開始在國內建造當時外國的那種燈塔，也是因為受到來自世界各國的壓力。最直接的原因是長州藩對美國商船和法國、荷蘭軍艦開砲的下關事件，幕府必須賠償高達三百萬美元的巨款，只好提出先支付一百萬美元，尾款容後再付的要求。於是前述三國見縫插針，加上英國、四國聯手強迫幕府簽下共十二條關稅改革合約，以做為放棄索討兩百萬美元餘款的條件。該合約的第十一條即為「為保障與外國交易而開港的船隻出入安全，日本政府必須整建燈明台浮木瀨印木等設備」。

根據這項條約，英國火速要求日本在七個地方設置燈塔，納入另外三國的要求，進行調整的結果，最後決定打造十座燈塔，其中兩處為燈船，剩下八座燈塔稱為「條約燈塔」。此後幕府再與英國協調，決定再增設五座燈塔。

幕府的態度之所以變得如此積極，並不完全是為了擺脫巨額的賠償金，而是因為日本國內也迎來航路講求安全性的時代。另一方面，在明治政府的富國強兵政策下，上述的燈塔整備計畫後來也有助於增強海軍的實力。

物理波矢多得知這個事實後，內心非常複雜。因為日本的軍事能力提高，導致後來爆發了日清戰爭與日俄戰爭，也因此使得日本加入了太平洋戰爭。他從滿州的建國大學成為學徒出陣兵，體驗過上述的戰爭，陷入了巨大到無法形容的失落感，之後下定決心要從艱困的勞動現場協助戰敗後的日本踏上復興之路，所以才成為燈塔守，沒想到他走馬上任的燈塔，居然是引起戰爭的原因……

不過，這不是早就知道的事嗎？

波矢多學習燈塔的歷史時，自然也回顧了自己的過去。

自己從軍的單位是俗稱「曉部隊」的陸軍船舶部隊，該部隊負責指揮陸軍的海上補給，而他加入的是位於廣島宇品的陸軍船舶砲兵教導隊，從教導隊畢業後，與同期一起以見習士官的身分搭上輸送船。

然而，上船後，彼此的命運產生了巨大的分歧。波矢多接獲內地勤務的人事命令，同期們則陸續被派去戰場，其中絕大多數都成了不歸人。

波矢多總覺得對同期過意不去，沒多久，他終於也接到登船指令，負責指揮由兩個分隊構成的小隊。但當時南方的制海權與制空權早已落入美軍手中，所以他搭乘的武裝船使命是運送整個師的軍隊或軍需物資，航行於日本與大連、釜山的港口之間。

如果認為朝鮮海峽比南方的海域安全，那可就大錯特錯了，因為美國的潛水艇就像魚那樣在水裡游來游去。日軍只有一開始能得到海上巡邏機的護衛，當武裝船進入外海，巡邏機便立即返航，再來只能靠船員們用望遠鏡監控敵情。

為了盡可能躲避潛水艇的攻擊，武裝船進入外海後，會以「く」字形航行。而且考慮到被魚雷攻擊而沉船的可能性，為了讓船員能游泳上岸，航線不會偏離沿岸太遠。即使已經這麼小心翼翼，白天的航行還是日益困難，後來多半在夜間出發。

也就是說，波矢多取得武裝船的指揮權時，就已經開始仰賴燈塔的關照了。沒有燈塔的指引，要在伸手不見五指的海上航行可說是比登天還難。燈塔的光線無疑救了他無數次。

然而，即使回首從前，記憶中也沒有任何關於燈塔的痕跡。再怎麼在記憶裡翻箱倒櫃，也想不起是否親眼看過燈光劃破朝鮮海峽黑暗的那一瞬間。

或許是因為主要的燈塔早已被美軍破壞殆盡。戰時，本土有不少燈塔都受到破壞，還有人因此戰死。興建燈塔的目的就是為了鶴立雞群，因此自然也很容易成為進攻時能輕鬆命中的標的物。

基於任務的重要性，燈塔守得以免服兵役，也因此年輕的燈塔守會遭到旁人毫不留情地責難：「大概是為了逃避兵役才去當燈塔守吧。」然而，戰爭時期的燈塔是一個根本無路可逃、也無處可躲的戰場，是企圖逃避兵役的人絕對無法勝任的嚴酷職場。

如今已經不再需要擔心美軍的攻擊，但燈塔的環境依舊惡劣。即使可免於戰死，也還是有因為地點或季節而殉職的風險。可是為了日本的復興大業，燈塔還是不可或缺的重要角色。大部分燈室遭到美軍破壞的燈塔皆已修復，為了不讓那些燈塔吹熄燈號，從今以後也需要大批的燈塔守。

正因為有這樣的想法，波矢多才去報考橫濱的燈塔官吏養成所，成為燈塔守（正式名稱其實是航路標識職員），絕不是出於玩票的心情。經過在燈塔官吏養成所長達一年的學習，他的意志可以說是愈發堅定。

然而，如今隔著九指岩，隱約看見驚心動魄的岩壁與號稱陸上孤島的轟之崎時，波矢多心中居然感受到言語難以形容的動搖。

那就是轟之埼燈塔……

遠比九指岩還低的岬角岩壁上，矗立著巍峨高聳的白塔，塔高或許與太吶埼燈塔相近。

海拔比較低的場所通常都會蓋比較高的燈塔，這是為了讓航行在遠洋的船隻能方便識別，所以需要一定的高度。反之，如果是比較高的岬角，則多半是比較矮的燈塔，因為高聳的地形已經墊高了塔的高度。

照這個邏輯來看，轟之埼燈塔確實不夠高，儘管如此仍不比太吶埼燈塔遜色，顯然是拜矗立在岬角前的九指岩所賜。為了不讓燈光被這些奇岩怪石遮住、達到更遠的海域，燈塔必須比九指岩還高。換句話說，這座燈塔的高度已經夠格了。

可是……

不知怎地，波矢多總覺得轟之埼燈塔的高度不太自然，感覺就像是為了混入九指岩的陣容，才蓋成這種高度。

怎麼可能……

儘管大腦認為不可能有這種蠢事，內心卻持相反意見。

渾濁的滔天白浪在九指岩間轟隆作響，鬱鬱蒼蒼的草木與燈塔背後的密林融為一體，灰色的雲層曾幾何時籠罩了整片天空，乳白色的薄霧瀰漫於四周——在這樣的環境中眺望白塔，感覺愈發不安。

這種感覺……

波矢多覺得自己以前好像也有過類似的經驗，記得自己也曾躊躇再三地不敢前往某個地方。只是想不起來是什麼地方、又是什麼時候的事。

不是去，而是進入……嗎？

不，不對，是下去……下去……以飛快的速度……

喚回記憶的那一剎那，腦海中歷歷如昨地浮現出礦坑坑口張開血盆大口的模樣，甚至還想起將他帶往地底的人車、那粗糙的邊緣觸感。

日本戰敗後，陸軍船舶砲兵教導隊原地解散，波矢多也返回故鄉和歌山。老家的生活曾經帶給他一時的安逸，卻怎麼也無法抹滅戰爭帶來的那種不知該何去何從的虛無感。就在這個時候，他接到難以置信的消息——建國大學的藤田松二教授被農民殺死了。

昭和七（一九三二）年，大日本帝國在中國滿洲建立了大滿洲帝國，稱其為「民族融合的王道樂土」。所謂的民族融合，是指讓日本人與滿洲人（漢人與滿人）、朝鮮人、蒙古人進行民族自治，達成五族共和——建國大學還有俄羅斯學生——建立滿洲國這個人間樂土的建國理念。

然而，日本政府的官僚及軍閥、再加上為了各式各樣利益而前往滿洲的企業，讓當地徹底淪為日本的傀儡政權，轉眼間就變得與殖民地無異。

後來是帝國陸軍的石原莞爾看不下去，認為重建滿洲國需要培養年輕的優秀人才，因此全力奔走，創設了建國大學。遺憾的是，建國大學獲得百分之百的自治權、又不受戰爭影響的期間極為短暫。卡在理想與現實、希望與挫折的夾縫間，讓包括波矢多在內的學生感到非常煩惱。

然而，無論面對什麼樣的狀況，藤田都不曾動搖。

「請各位與滿洲的農民一起努力工作，將這片土地改造成豐饒的大地還給他們，因為這塊土地本來就是屬於他們的。」

總是把這句話掛在嘴邊、默默耕種的藤田，居然被他一心維護的農民殺死了。比起戰爭受到的打擊，這個難以置信的事實對波矢多的精神造成更強烈的衝擊。

我們在大學到底學到了什麼？

這場戰爭究竟有什麼意義？

自己今後究竟該如何活下去？

波矢多思前想後，決定重回國立大學讀書，但又找不到想學的科目，只撐了一年就退學了。後來他在關西的報社和出版社找到工作，勉強餬口，終究還是辭掉工作，踏上浪跡天涯的旅途。

最後，他流落到北九州野狐山地方的穴寢谷站，在那裡認識了名叫合里光範的青年，成為拔井煤礦旗下的鯰音坑礦工。夏目漱石在《礦工》裡形容礦山的礦工是「世上有許多勞動型態，礦工是其中最辛苦、最低等的生物」，而煤礦礦坑的礦工也不遑多讓，確實是「最辛苦的生物」，但是說到「最低等的生物」則完全是偏見。開採煤礦的確有一段備受輕視的歷史，自古以來就被視為是社會底層的勞動，但也是這些人出色地支撐著日本每一個時代的產業與經濟。

波矢多決定藉由成為不僅比任何工作都辛苦、還被踩在社會最底層的勞動者，支援日本戰敗後的復興大業，或許也想透過這樣的勞動，看看是否能找回在戰爭時失去的日本人精神。

然而，每次前往通向礦坑內部的坑口時，波矢多都會陷入恐懼的深淵。硬要說的話，他自認比別人更有膽量，所以對他而言，那是非常罕見的反應。

會不會再也出不來……

第一天感到害怕倒也情有可原，毋寧說至少會持續一陣子，從幾天到一星期不等。問題是波矢多遲遲無法擺脫恐懼的糾纏，始終受到深入地底的恐懼折磨。

沒多久，坑內發生大規模的崩塌意外，合里光範遭到活埋。即使想救他出來，也因為沼氣瀰漫，實非易事。當眾人都對合里的生還感到絕望時，礦工宿舍形同密室的房間裡居然發生了極為離奇的連續上吊命案。波矢多身不由己地被捲入這起匪夷所思、光怪陸離的事件……

下坑前一直縈繞在心頭的恐懼，或許早已預言了那場意外，而且還包含注連繩連續殺人事件在內也說不定……

波矢多一面祈禱合里平安無事、一面為了解決命案東奔西走，不知不覺間，他發現自己萌生了前述的感受，明明就連他負責指揮的武裝船在戰爭中爆炸沉沒時都沒有這樣的預感。但他逐漸開始懷疑每次下坑時湧上心頭的抗拒感，是否暗示了這一切的意外。

這次或許也跟那個時候一樣……

波矢多坐在搖晃劇烈的漁船上、隱約看見九指岩後方的轟之埼燈塔時，不禁機伶伶地打了一個冷顫。

可以的話，真不想去那個岬角……

還是說，我不想去的其實是那座塔燈？

上次是不想進入礦坑，這次是不願前往要赴任的岬角及燈塔。之所以還能用「可以的話」這種不溫不火的表現方式，大概是因為這不是他第一次走馬上任了，波矢多已經多多少少產生了一絲守燈精神。

話雖如此，他的不安並未消失分毫，反而因為想起鯰音坑的戰慄體驗，讓不安的感受更加強烈。

那裡到底有什麼正在等著我？

彷彿呼應波矢多內心的地動山搖，從古宮的港口用漁船送他過去、姓丹澤的漁夫以低沉喑啞的口吻說：

「如果海面稍微風平浪靜一點，就能從九指岩之間穿過去，在轟之崎靠岸，但現在浪這麼大，實在沒辦法了。」

表示自己戰敗後在大阪工作過幾年的丹澤，以略帶關西口音的腔調抱歉似地說道。

「慢慢地前進也不行嗎？」

也許是第一眼看到驚濤駭浪的風景時受到的衝擊已經稍微緩和下來，眼下波矢多想的是真的沒辦法穿過九指岩嗎。

「不好意思，只能先去網引港，在那裡雇人帶路，用走的走到轟之埼燈塔了。」

「好吧，這也沒辦法。」

眼前的風浪看起來似乎沒那麼大，但波矢多還是老實地聽從漁夫作為海洋專家的判斷，因為腦海中浮現出「內行看門道」的俗諺。聽說丹澤至今已經有無數次送燈塔守前往轟之埼燈塔赴任的經驗，而且收費相當低廉，所以更加贏得波矢多的信賴。

「……因為白色的東西在跳舞。」

以至於最後聽到丹澤脫口而出的喃喃自語時，波矢多也沒放在心上，只以為那是漁夫圈子內的行話，用來形容白浪濤天的模樣或突如其來的濃霧。

不料得到波矢多的首肯時，丹澤臉上頓時露出鬆了一口氣的表情。雖然只有一瞬間，但他看起來就像是擺脫了什麼麻煩事。

咦……他在說謊嗎？

波矢多不禁心生懷疑。這麼說來，丹澤看的並非九指岩所在的海面，而是對面的燈塔。只可惜波矢多並沒有確切的證據，所以質問對方也沒用，就算問了，只要丹澤打馬虎眼，自己也拿他沒辦法。

話雖如此，丹澤一定看到了什麼。

如果真是這樣的話，他看到的**那個**到底是什麼呢？

第二章　網引港

網 引 港

方才浮現心頭的不祥預感與丹澤的古怪反應是不是有什麼關係？

波矢多望著轟之埼燈塔逐漸遠去的白牆塔身，做出一個推測。或許是他牽強附會也說不定，但如果不這麼想，反而更令人感到難以承受的不寒而慄。

倘若他的推測沒錯，原因很可能出在九指岩或轟之崎的岬角、或者是轟之埼燈塔本身。如果丹澤只是因為海相狀態與地形之間的關係而不願前進，自然沒什麼問題，但如果還有別的原因讓他不想靠近燈塔或岬角，那問題可就大了。

波矢多憂心忡忡地又看了一眼離他愈來愈遠的轟之埼燈塔。因為他認為就算問了，丹澤也不會在前往網引港的途中回答至今始終避而不談的問題。

或許丹澤不是排斥燈塔，而是排斥剛才的狀態。

波矢多開始做此猜想。話說，起霧的時候通常是在風平浪靜的狀態，但轟之崎的九指岩這邊卻是在波濤洶湧的狀態下起霧，完全是違反自然法則的奇妙現象，怎麼想都太詭異了，所以丹澤身為漁夫，才會產生那麼強烈的反應。從這點來思考的話，一切就說得通了。

話雖如此，他從未想過自己看到燈塔時竟會出現這樣的心情……

第一次看到太响埼燈塔時，波矢多的心情十分雀躍，再想到自己今後的使命，內心就更加激動。這次在航行途中也是相同的心情，從海上看到其他燈塔時，他的想法還是一樣。愈是荒野之地的燈塔、愈能刺激他的守燈精神。

然而，轟之埼燈塔就是有點不同。明明就像太响埼燈塔的門崎燈塔長所說，完全符合波矢多理想中的燈塔條件，不知怎地卻令他望而生畏、避之唯恐不及，真是莫名其妙。

就在他凝視著已經離得很遠很遠的轟之埼燈塔，正感到不知所措時，有個白色的物體映入眼簾，令他悚然一驚。

在燈塔的迴廊上，有個白色的人影站在那裡。

那個白色人影，正直勾勾地盯著這裡。

看起來是這樣的。欸……當他感到疑惑、想睜大眼睛看清楚時，人影與燈塔的白色混在一起，變得難以辨識。

那時候的少女……

冷不妨，波矢多的腦海中浮現出兩年前在太响埼燈塔救下的少女、那濕答答的白色制服上衣緊貼在身上的模樣。

少女對他阻止自己尋死懷恨在心，總有一天會來找他報仇。

或許是自己早已在不知不覺間陷入這種荒誕不經的妄想，才會有一瞬間懷疑她趕在自己前面，先出現在轟之埼燈塔的迴廊上……但這種事怎麼想也不可能發生吧。

如果少女真想找自己報仇，不是應該趁波矢多還在太响埼燈塔執勤時出現嗎？都已經過了兩年，不可能事到如今才來找他，而且還千里迢迢地追到轟之崎這種邊境的極地。更重要的，就是少女沒道理會知道他的赴任地點。就算詢問海上保安廳，若不是親屬的話，海上保安廳也不會隨便透露。

只是白色讓他聯想到那名少女而已。

少女總有一天會來找他報仇……只是因為他內心存有這樣的妄想而已。

那名奇怪的少女確實有些異於常人的地方……

所以看到迴廊上異樣的白色人影，才會第一時間聯想到她。既然有燈塔這個共通點，會產生這種聯想也不是完全無跡可循，或許想到她反而是極其自然的反應也說不定。

只不過這麼一來，波矢多就更想知道那個白色人影的真面目是誰了。

是轟之埼燈塔的職員嗎？

這大概是最合理的答案了。聽說燈塔長入佐加孝藏和他老婆路子，以及單身的職員濱地和須永都住在那裡。但是須永要調職了，因此波矢多才會來接替他的工作。所以波矢多看到的不是入佐加就是濱地，這樣想才最自然。

可是……

為什麼心裡還殘留著無法被說服的情緒、為什麼總覺得自己是在自欺欺人。

假設那個人影是燈塔守，他站在迴廊上做什麼？看起來也不像在工作，只是站在那裡，凝視著這邊。

啊，難不成是出來迎接我？

轟之埼的燈塔長應該知道他今天要來，可是因為浪頭太高，漁船無法靠岸，對方也只好束手無策地站在迴廊上眼睜睜地目送他們離開。

波矢多覺得這個可能性相當大，終於放下了心裡的大石頭。但也才放心沒多久，又冒出了新的疑問。

如果是目送他們離開，為什麼連手都不揮一下？

從事燈塔相關工作的人大概是最愛揮手的人種了。在燈塔上的時候，會對通過港灣的船隻揮手；坐在船上的時候，會對經過的燈塔揮手。大概是因為長久在孤單寂寞的環境工作，才會產生如此強烈的同儕意識。當然這一切都有個不會干擾業務的前提，在這樣的前提中產生一期一會的精神。

可是像剛才那樣特地站在迴廊上卻什麼都不做，就只是單純站在那裡而已，這實在很奇怪。

而且那道人影白得莫名其妙……

如果穿著開襟襯衫，看起來確實白白的，可是連褲子也都是白色嗎？而且只要戴上帽子，看起來也不會像是白色的人影。假使那個人是在目送他離開，基於禮貌，應該不會忘記摘下帽子，拿在手裡朝他揮手。

問題是，那個人就只是動也不動地佇立著。

再說，那個白影真的是人嗎……

耳邊驀地響起丹澤方才的自言自語。

……因為白色的東西在跳舞。

那句話意味著什麼？不是用來形容海相的漁夫用語嗎？到底是什麼意思？

……白魔。

波矢多的腦海裡突然浮現出這樣的詮釋。

有那麼一刻，夏日強烈的豔陽穿過雲層，照射在已經離得很遠的轟之埼燈塔上，反射出若隱若現的光芒。明知燈塔的材質是鐵，仍不免覺得微微閃爍的光芒就像在對他招手。或許也因為這樣，儘管已經遠離燈塔，一顆心反而七上八下、難以平復。

燈塔的建材種類相當多元，主要由石頭、木材、磚塊、鐵、混凝土相互組合而成，只是來到戰後逐漸以混凝土為主流。被空襲或是地震等自然災害破壞的燈塔，無論原本的材質為何，通常都用混凝土來修復或重建。

以磚塊打造的觀音埼燈塔是日本第一座西式燈塔，出自法國技師弗朗索瓦・萊昂斯・維尼之手，於明治二（一八六九）年二月十一日第一次點燈。當時燈塔的建設雖以英國一枝獨秀，但機器則是法國更勝一籌。不過因為幕府向法國訂製燈具在前，自然也請法國人進行燈塔的建設。不久之後，維持了兩百六十五年的德川幕府畫下句點，但是幕府在謝幕前仍向英國訂製燈塔機器，還請英國派技師前來，這些東西之後也被明治政府接收承繼了。

因此以觀音崎為首，再加上野島崎、城島、品川共四座燈塔皆由維尼等法國人參與建造，在那之後的燈塔則由號稱「日本燈塔之父」的英國技師理查・亨利・布倫登負責設計，波矢多最初走馬上任的太咰埼燈塔其實也是他的作品。

話說從頭，布倫登前往日本前，只不過是個在倫敦從事鐵道工作的土木助手。通過受英國外務省委託的燈塔設計公司公開招募，接受該公司的培訓及實習後來到日本。單從上述的經歷來看，著實無法想像此人未來會成為「日本燈塔之父」。儘管如此，他還是成功了，可見是非常優秀的人物。

燈塔的建設伴隨著各式各樣的困難，其中最大的難關就在於地理問題。極需興建燈塔的場所多半是像被九指岩擋住去路的轟之崎岬角這種偏遠的區域，布倫登必須去到那種地方，從測量建地開始規劃，光是搬運建材，就能想像絕非易事。

即便如此，直到回國前，布倫登依然在八年內完成了二十三座燈塔。再加上任期屆滿後才峻工的燈塔，一共是二十五座。這個人的厲害之處在於除此之外，還打造了兩艘燈船和五座燈杆。而且他不僅制定航路標識管理的規定、指導燈塔的管理方式，還以土木技師的身分參與他居留的橫濱市區測量計畫、架設電線杆、建設鐵橋、規畫下水道設施、整備港口、鋪設鐵道等工作，優秀的程度可見一斑。

布倫登建造的燈塔中以石造燈塔最多，共十一座，其次依序是六座木造燈塔、四座鐵造燈塔、四座磚造燈塔。磚造燈塔有耐震性的問題；木造及鐵造的燈塔很容易受到海風和降雨的侵蝕；石造燈塔在建設期間，建材搬運會成為一大問題。因此戰後皆以混凝土燈塔為主，但是這些石造、木造、鐵造、磚造的燈塔，至今仍在日本各地服役。

也因此當陽光照射在鐵造的轟之埼燈塔上時，就會出現反光，是極其自然的一件事。儘管如此，那道反光仍不免讓波矢多的心頭為之一凜。

感覺剛才的預感比在拔井煤礦的鯰音坑時更加強烈、更令人驚心動魄。

波矢多還在定定地凝望著早就看不見的轟之埼燈塔那一方，漁船已經抵達網引港，因為比預期的時間還早到達，所以他暫且鬆了一口氣。只是，因為船沒能在燈塔靠岸，現在太陽已經西斜了。

丹澤扛起柳條行李箱，波矢多也拎著皮包下船。

「謝謝你送我過來。」

波矢多向丹澤低頭致謝。

「沒辦法讓船在岬角靠岸，真是過意不去。」

丹澤鞠了一個比波矢多更深的躬，向他道歉。儘管如此，波矢多還是從丹澤身上感受到如釋重負的情緒。

「這也沒辦法，誰叫浪那麼大呢。」

即使內心對丹澤的反應無法釋懷，波矢多仍不動聲色地回應。

「聽你這麼說，我就放心了。」

丹澤露出放下心中大石的表情，又補了一句。雖然丹澤有事瞞著自己的感覺令波矢多心裡有些芥蒂，但這位漁夫只收微薄的費用就把自己送到這裡也是不爭的事實。

「而且只要立刻開始趕路，應該能在太陽下山前抵達燈塔。」

其實波矢多的意思，只是想告訴對方不必太在意，然而聽到這句話的丹澤，臉色瞬間就變了。

「……不行。絕對不行。」

「可是距離又不遠——」

「如果搭船是不遠，可是走陸路過去的話，至少得花上半天工夫。」

波矢多認為他說得太誇張了，但是從漁夫嚴肅的眼神就可察覺他所言不假。

「絕對不能獨自在黃昏的時候穿過那片森林……」

丹澤貌似不經意地脫口而出，隨即突然回過神來。

「總、總而言之，今天已經太晚了。」

丹澤斬釘截鐵地斷言。

「今晚你最好先去旅館住一宿，泡個澡、好好消除疲勞，等明天再出發。而且一定要雇人帶路，絕對不能一個人進入那片森林。聽好了，一定要照我說的做喔。」

丹澤的語聲未落，就重新背起柳條行李箱，直接將波矢多送到他熟識的旅館「小路屋」。

「非常感謝你的關照。」

臨別之際，波矢多再次向丹澤道謝。事實上，他總覺得漁夫的周到只是為了減輕對他的罪惡感。所以他在感謝的同時，心情也很複雜。

明天能順利地抵達燈塔嗎？

只不過，當他在旅館的浴池裡泡過澡、吃了晚餐、喝完啤酒後，這樣的不安便煙消雲散了，可見他的精神早已疲憊不堪。

吃完晚餐的同時，上了年紀的老闆娘與貌似孫女、名叫桐繪的美麗女孩來向他致意。老闆娘說自己也記不太清楚了，但大概是在幾十年前有幸從京都的旅館嫁來這裡。這麼說波矢多就懂了，難怪旅館的名字叫小路屋，因為京都有很多「某某小路」的地名。最好笑的是，聽完這番話，連桐繪看起來也像是充滿京都風情的美女了。只不過，比起京都風情這個字眼讓人聯想到的清冷美感，或許是受到出生、長大的土地影響，比起美麗，她比較偏可愛一點。

丹澤大概事先幫他打點過了，老闆娘顯然知道這位臨時上門的客人是新來的燈塔守，非常佩服地說：「還這麼年輕，真了不起。」桐繪原本一直害羞地低著頭，聽到波矢多說自己來自太响埼燈塔時，也巧笑倩兮地加入對話：「我們中學到關東校外教學時，曾經去過丑緒呢。」

在那之後與老闆娘聊聊當地的話題，又聽桐繪滿懷懷念之情地提起丑緒的回憶，讓波矢多得以徹底與她們打成一片。

波矢多心想在這種氣氛下應該比較容易開口，便算準時機問老闆娘。

「我需要有人幫我背行李、帶我去轟之崎燈塔，請問您可有推薦的人選？」

「這麼說來，我倒是有個人選。」

在離網引市區和燈塔都有一段距離的地方，有個名叫白子村的村落，那裡有個名叫茂助的男人，剛好明天要來這邊一趟。他的工作就是在市鎮跟村落間來來去去、幫忙搬運東西，可以說是再適合不過的人選。

「而且茂助經常從鎮上幫忙運送各式各樣的行李到山上的寺院，也經常帶人去寺院，所以一定能幫上你的忙。」

聽老闆娘這麼說，波矢多正要放下心來，又看到一旁桐繪愁眉深鎖的表情，不免感到有些疑惑。莫非她對茂助的印象不如老闆娘那麼好？

「那個人什麼時候會來？」

儘管疑惑，波矢多還是問了時間，因為他沒有別的選擇。

「茂助天一亮就出發，以他的腳程來說，大概十點左右吧。」

老闆娘慢條斯理地回答。波矢多又問這樣是否來得及。

「從這裡到寺院大概得花上半天的時間，但茂助通常黃昏前就能抵達寺院。」

「我聽說到燈塔也是大致相同的時間，這樣沒問題嗎？再說了，茂助先生知道去燈塔的路嗎？」

老闆娘並未回答波矢多的問題，臉上浮現出諂媚的笑容，突然冒出一句莫名其妙的話。

「客倌真是個好男人——」

一旁的桐繪羞怯地臻首低垂。

「自古以來，好男人通常都是手無縛雞之力的傢伙，但客倌的體力看起來還不錯，一定能跟上茂助的步伐。只要能跟上茂助的腳步，一定可以在黃昏前抵達燈塔。」

雖然也覺得有點草率，但既然跟茂助很熟的老闆娘都這麼說了，波矢多便心想應該沒問題吧。再加上舟車勞頓，他決定早點休息，頭一沾枕便昏沉睡去。

第二天一早，昨天傍晚的烏雲還盤踞在天空，天色欠佳，不用頂著酷熱的大太陽趕路固然可喜可賀，但願徒步前往燈塔的途中不要下雨。

吃完早飯，波矢多在網引的街道上散步，頻頻抬頭仰望天空。這時，他感覺到這裡的氣氛有點像是他在故鄉和歌山也看過的漁村風光。並不是周圍的自然或街道的規畫如出一轍，而是氣氛相近。因此當他散完步的時候，已經深深地愛上這裡了。

回到旅館，他在一樓通風良好的客廳裡閱讀大阪圭吉《死之快船》中的〈燈塔鬼〉與《人類燈塔》的標題同名作品。兩者都從篇名就能猜出是以燈塔為舞台，相較於前者屬於本格偵探小說，後者的內容比較偏懸疑故事，但兩者皆巧妙地利用了燈塔特有的構造。

兩篇作品都不是第一次看，所以波矢多清楚記得作品裡的詭計，但是令他大為折服的點卻與過去截然不同。以前的他沒有燈塔相關知識，但現在不一樣了，他已經從橫濱的燈塔官吏養成所畢業，成為燈塔守了。如今再重看一遍，仍不覺得兩篇作品對燈塔的描寫有任何不自然的地方，足以證明作者動筆前蒐集了很多與燈塔有關的資料。

要是他還活著……

或許能寫出更精彩的偵探小說。只可惜大阪圭吉在昭和十八年奉命徵召入伍，兩年後於呂宋島病逝。除了他以外，當然也有其他作家死於戰爭，每一位都被眾人婉惜「要是還活著，不知能寫出多麼精彩的作品」，但大阪圭吉忠實書迷的婉惜感特別強烈，因為他是本格派的作家，在戰前的偵探小說界是很稀有的。

要是他還活著，寫下長篇本格偵探小說……

沒有一個讀者不這麼想，可見大阪圭吉留下的短篇偵探小說全都是傑作。

以礦坑為舞台的〈坑鬼〉也是珠玉之作。

波矢多不禁想起自己在昭和十二年五月號的《改造》讀過的〈坑鬼〉。順帶一提，〈燈塔鬼〉發表於《新青年》昭和十年十二月號，後來又重新刊登在《Supiot》昭和十二年五月號。〈人類燈塔〉則是在昭和十一年七月號的《通信協會雜誌》初次亮相。

兩篇都有個「鬼」字。

與此同時，波矢多重新注意到〈燈塔鬼〉與〈坑鬼〉的標題雷同之處，不禁想起在拔井煤礦的鯰音坑時，與待他甚好的礦工南月尚昌聊到〈坑鬼〉的回憶，感覺有股冷冰冰的寒意從丹田慢慢地湧上心頭。

他在那座礦坑裡被捲入慘絕人寰的連續離奇死亡命案……

如今，自己正要前往新的職場——轟之埼燈塔。

波矢多連忙搖頭。想當然耳，大阪圭吉的〈坑鬼〉與發生在鯰音坑的事件一點關係也沒有。如果是看完那篇文章立刻就產生不祥的預感，然後事情就此發生的話還另當別論，實際上根本不是那麼一回事。

話說回來，現在居然陰錯陽差地又重看一遍〈燈塔鬼〉和〈人類燈塔〉也是不爭的事實。無論是報考橫濱的燈塔官吏養成所，還是去太呴埼燈塔赴任時，明明都不曾想起過大阪圭吉的作品。決定去轟之埼燈塔後，在不方便帶太多書的情況下，選的兩本書都不約而同地收錄了與燈塔有關的短篇小說，要說純屬巧合，未免也太巧了。

不不不，這才是想太多了。

波矢多拿起《死之快船》，隨意翻到版權頁時，發現是Profile出版社於昭和十一年發行的作品，接著也順便看了一下《人類燈塔》的版權頁，不由得愣住了。

大東亞出版社　康德十年四月十五日

這家出版社在滿洲國的奉天市，創辦人是作家八切止夫。八切在出版自己的小說之餘，也同時發行偵探小說及歷史小說。不過這個筆名是日本戰敗後才取的，當時關東軍有一名將校試圖自盡，最後以未遂告終。於是他為自己取名為「八切止夫」，意思是「放棄切腹的男人」。

令波矢多感到意外的當然不是出版社或創辦人的名字，而是出版社的所在地，以及這本書的版權頁居然印著如今已經不復存在的年號。

於一九三二年建國的滿洲國原本以「大同」為年號，到了一九三四年，溥儀即位，推行帝制，更名為大滿洲帝國，年號也改為「康德」。因此康德十年相當於昭和十八年。這個年號一直沿用到滿洲國滅亡的一九四五年。

波矢多就讀的建國大學位於大滿洲帝國的首都新京特別市郊外，在一個地勢較高、名為歡喜嶺的地方。他從不曾忘記在校舍度過的生活，但是隨著時移事往，想起來的機會愈來愈少也是事實。

從學徒出陣到戰爭體驗、再到戰敗後過著鬱鬱寡歡的日子，流落到南方、去北九州當礦工，在那裡攤上了大事。離開礦坑後去到東京、在黑市工作的時候，又被捲入驚心動魄的命案④。後

④相關故事為系列第三作《赫衣之闇》。

來因為想為日本的復興大業盡一份力量，於是立志成為燈塔守，直到今天。

這麼說來，在黑市捲入命案的時候也……

冷不防想起以前也有過不祥的預感，不禁為之愕然。當時自己的第六感明明也提出警告，他怎麼就忘記了呢。回憶在鯰音坑出現過的預感時，不就該自然而然地想起這件事嗎？

……是哪裡不一樣？

腦子剛轉過這個念頭，波矢多就察覺到是哪裡不同了。

鯰音坑、轟之崎與東京的黑市，差在前兩者位於大自然，後者則是在大都市裡。前往礦坑與燈塔前的預感恐怕是類似對大自然的敬畏所應運而生的戰慄，然而在黑市感受到類似預感的感受，大概是受到人類在戰敗後百業蕭條的混亂時期散發出活生生血淋淋的氣氛影響。

所以即使想起鯰音坑的體驗，也沒有順勢連結到黑市的記憶嗎？

波矢多接受了這套說詞。與此同時，才後知後覺地發現在鯰音坑與轟之崎的預感其實也存在著相當大的差別。

礦坑流傳著令人頭皮發麻的黑色女人傳聞、鯰音坑則是出現了恐怖的黑臉狐狸，這些都是與礦坑如影隨形的怪談，同時也可能是因為對地底這個未知空間的恐懼，才創造出這些不存在的東西。實際上，發生在鯰音坑的是現實的殺人事件，雖然無法全部給予合理的解釋，但也幾乎都能用人類的理性與知識來加以說明。

可是……

他總覺得在轟之崎浮現的預感超出人類的理性，不知道為什麼，或許是來自本能的忠告也說不定。倘若將在鯰音坑的預感歸類於「厭惡」，那麼在九指岩前感受到的情緒則是「忌憚」。

厭惡與忌憚的差別……

說得更簡單明瞭一點，假設在鯰音坑被捲入的是類似偵探小說裡的事件，他總覺得在轟之崎可能會發生有如怪奇小說中的現象。

怎麼可能呢……

明明沒有絲毫根據，有的只是自己說不上來的預感和丹澤那令人有些難以釋懷的態度。

波矢多放下書本，陷入紛亂的長考，這時桐繪走上前來，對他看的書表示興趣，於是波矢多便提起一些偵探小說的話題，逗得她樂不可支。

「在嗎？」

這時，從旅館的小門那邊傳來有人探詢的聲音，想來應該是在問「有人在嗎」。但老闆和老闆娘都不在，所以遲遲沒有人回答。女服務生貌似都在二樓打掃，完全沒聽見。而且這時的桐繪露出有些驚懼的表情，文風未動。

波矢多無可奈何地走到門邊，只見有個四十開外、曬得黝黑，看起來很強悍的男人手足無措地站在那裡。

「老闆和老闆娘都外出了。」

聽完波矢多的說明，男人的反應倒是很鎮定，泰然自若地說了聲「那我晚點再來」，轉身就要離去。

「那個，請稍等一下——」

波矢多突然想到一個可能性，趕緊叫住他。男人停下腳步，但身體還是朝向門口。

「請問你是茂助先生嗎？」

「嗯。」

茂助回答，但依舊背對著他。

「我是物理波矢多，這裡的老闆娘向我介紹過你。我想請茂助先生幫我搬運行李及帶路。」

聽到這句話，茂助一骨碌地完全轉過身來，露齒一笑，令人意外的是那副生意人的應酬式笑容。接著，他開始口若懸河地依行李的重量及大小說明相應的運費。

因為夾雜著方言，波矢多聽得稀里糊塗。幸好茂助似乎已經習慣接待外縣市的客人，勉為其難地改用標準語說話。波矢多總算聽懂了，倘若皮包自己拿，只讓對方搬運柳條行李箱的話，費用並不會太高，這才鬆了一口氣。

「你會在這裡待一陣子對嗎？」

交涉成功後，茂助問道。

「不，不只是一陣子呢，我猜至少也得在這邊工作兩、三年。」

波矢多回答，臉上掛著示好的笑容，不料茂助的笑容卻瞬間在臉上凝結了，接著換上極為陰沉的語氣說：

「行李要運到山上的寺院是吧？」

雖然「是吧」跟剛才的「對嗎」一樣都是疑問句，但是相較於帶有確認意涵的「對嗎」，對方現在的「是吧」聽起來似乎蘊含了幾分強烈的怒氣。

你的意思是說，要把行李運到山上的寺院是吧？

硬是勉強解釋的話，意思好像是這樣。問題是波矢多從頭到尾都沒提到「寺院」這個詞。當然，沒一開始就告知目的地是波矢多的錯，但茂助自己也會錯意了，所以雙方得各打五十大板。

但波矢多還是老實地道歉，因為他認為這麼做才能讓茂助心甘情願地幫忙搬行李。

「不好意思，我應該先說清楚目的地。我是新來的燈塔守，想請你帶我去轟之埼燈塔。」

「這樣啊……」

茂助說歸說，表情始終僵硬。一看就知道他很後悔接了這個苦差事。

所以問題不在山上的寺院，他不想去的地方其實是燈塔嗎？

如果從這個角度來解讀對方的反應，應該是這樣沒錯。波矢多想知道為什麼，但這時要是多問一句，可能會同時失去幫忙搬運行李和帶路的人，因為茂助完全表現出一副萬一讓他找到藉口，他就會開溜的急切。

波矢多迅速地做出以上的判斷，請他重新計算費用。茂助儘管千百個不願意，還是看在錢的份上答應了，但他提出的價碼遠比去寺院高出太多。明明兩邊距離鎮上都是半天的腳程，價格卻天差地別。

但波矢多還是任由他獅子大開口，誰叫自己已經沒有時間再另請高明了。本來昨天就應該到燈塔報到了，委實不能再拖到明天。

「這個費用沒問題，麻煩你了。」

明明已經敲了竹槓，茂助還是一臉心不甘、情不願的表情，只有一瞬間眼神亮了起來。波矢多順著他的視線回頭看，桐繪正慌慌張張地退到走廊的角落，看樣子她從剛才就一直躲在角落偷聽兩人交談。

桐繪一躲進去，茂助就說他還有別的事要忙，要波矢多待在旅館等他來接，然後就頭也不回地走掉了。

他該不會走了就不回來吧……

波矢多突然感到不安，再想到茂助漫天喊價的費用，安慰自己應該不用太過擔心。

不一會兒，老闆娘回來了，他向對方轉述自己和茂助的對話，假裝若無其事地問老闆娘。如果目的地是寺院的話似乎就沒問題，為何換成燈塔就讓他變得那麼排斥呢？

「因為他已經習慣去寺院了，可是燈塔就不一樣了，肯定只是因為難為情。鄉下人就是這副德性。」

老闆娘避重就輕地岔開話題，波矢多只好繼續追問下去：

「那不像是難為情，感覺像是在害怕呢。而且不光是茂助先生，從古宮划船送我來的漁夫也給我類似的感覺，到底是怎麼回事？」

「這也不能怪他們啦。」

老闆娘一臉沒什麼好大驚小怪的表情，雲淡風輕地回答。

「因為這裡的人都認為燈塔很特別，畢竟姑且先不說別的，光是建築物本身就很稱頭嘛。不只那座白色的塔，那個是叫員工宿舍嗎？總之職員住的地方也很氣派，看在鄉下人眼中就像外國的房子。而且燈塔守是國家派來的人，光是這樣就足以讓茂助退避三舍了。你說他感覺像是在害怕，但不如說其實是敬畏的心情吧。」

燈塔那種現代化的氛圍令當地人為之傾倒並不是什麼特別的事，尤其是附近沒有西式建築的地方，燈塔就是唯一讓人覺得「充滿外國風味」的地點也說不定。

再加上燈塔守的職務內容雖然經常受到各種誤解，但仍是足以讓當地居民刮目相看的存在。聽說曾經有個燈塔守的小孩走在狹窄的鄉間小路上，迎面而來的老婦人停下腳步，盯著他看。小孩問老婦人：「有什麼事嗎？」老婦人則回答：「聽說燈塔的少爺會經過這裡，所以我特地在這裡等你路過。」

波矢多聽太呴埼燈塔的燈塔長提過這段趣聞，或許丹澤與茂助也只是類似的反應。如果將他們的反應視為敬畏而非害怕的話，老闆娘的解釋也不是說不通。

可是……

波矢多在心中自言自語。老闆娘並沒有實際看到他們的反應，但自己是親眼見證他們奇怪的態度，這一點差異可大了。

……等等。

這時，波矢多想到了某個可能性，心裡一凜。

莫非老闆娘根本在打馬虎眼，她明明知道燈塔有什麼問題，卻假裝什麼都不知道，這也不是不可能吧。

波矢多抱著這樣的懷疑，頻頻打量老闆娘。

「討厭啦！被客倌這麼有魅力的男人盯著看，人家會害羞啦。」

老闆娘將雙手貼在臉頰兩側，擺出完全不符合這個年紀的動作，嚇得波矢多趕緊移開視線。但這一切或許都在老闆娘的意料之中。

「轟之崎是個什麼樣的地方？」

儘管如此，波矢多還是努力擠出這個問題。他其實是想打聽關於燈塔的種種，但恐怕不能如願，只好改問關於岬角的事，沒想到老闆娘居然爽快地打開話匣子。

「以前好像叫『どどヶ崎』。」

「跟轟之崎的「轟」（轟く，とどろく）讀音相近呢，漢字是怎麼寫的？」

「這我就不知道了，只知道白子村成立後，好像曾經把兩個『百』字疊起來，寫成『百百崎』（どどがさき）。」

老闆娘向波矢多說明漢字的寫法。

「相傳是白拍子一行人巡遊到那邊，開拓出現在的村子。白拍子就是流行於平安時代、由穿男裝的遊女表演歌舞的藝人。據說那群人是在很久很久以前從南方來到這裡的。」

「因為是白拍子的村落，所以才叫白子村嗎？」

「這只是口耳相傳的傳說，誰也不曉得是真是假。」

老闆娘丟下這句話後又接著說道：

「過去名稱還寫成『百百崎』的時候，就是把白子村的『白』再加上『一』，變成『百』。這是戰前來這裡住宿過的民俗學者四十澤老師說的。」

「為什麼後來又改名為轟之崎呢？」

「據四十澤老師所說，好像是因為……白子村出現了擁有附身血統的家族。那家人開始為村民加持祈禱，並且祭祀白神大人。可是供奉在白子神社的神明也是白神大人，所以兩邊產生對立。

不過老師也不是很確定，因為白子神社本身也是謎團重重，供奉的白神大人也相當神祕。而且，據說白神大人每過幾十年就會變化成新的神明。」

「啊……」

想當然耳，波矢多聽得一頭霧水。

「結果還是有很多搞不清楚的地方，所以老師說還需要繼續進行更深入的調查。後來戰爭打得如火如荼，戰後我一直在等老師上門，可惜老師再也沒來過。」

「您一定很擔心吧。」

波矢多在戰敗後才去讀的大學與「民俗學」這門學問相遇。可是根據他對其他大學的所見所聞，記憶中都沒有姓「四十澤」的老師，或許是民間的民俗學者。

剛開始在礦坑工作的時候，曾經以為再也沒有比礦坑更適合進行田野調查的地方，只要利用工作的空檔請教礦工，把他們說的話記錄下來，即使不去念大學也能做學問，與在建國大學體驗到的實習正好不謀而合。

民俗學要分析、研究蒐集到的傳承，是一門探索日本人的歷史與文化的學問。研究這門學問不正是自己現在應該走的路嗎？

波矢多產生了新的希望，但礦坑的工作並不輕鬆，甚至還被捲入光怪陸離的命案，根本無暇顧及民俗學了。

「四十澤老師怎麼說明名稱的變化？」

因此，現在一定要從老闆娘口中問出民俗學者是怎麼說的——波矢多心想。

「他說原本どどヶ崎的『どど』就是從海浪拍打岬角的轟隆巨響聯想而來，所以後來才取名為轟之崎——。哎呀，跟客倌說的一樣呢。」

與老闆娘聊著聊著，時間已經來到了中午，但是茂助還沒出現。波矢多不禁擔心起來，不過老闆娘還是老樣子，語氣十分敷衍地要他別擔心。

沒辦法，波矢多只好先去鎮上的食堂吃午飯，然後回到旅館的一樓客廳繼續看書，無奈一個字也看不進去。

是不是該去鎮上找別人帶路？

問題是已經沒有時間再另外找人了，必須馬上出發，才能在太陽下山前抵達燈塔。

於是，波矢多決定獨自前往轟之埼燈塔。

第三章　山中彷徨

山 中 彷 徨

「客倌，你要自己去轟之崎？萬萬不可呀。」

旅館老闆娘想阻止他，但波矢多心意已決。

「我是燈塔守，肩負重大的使命。如果不能按照預定時間報到，真不敢想像會給其他同事造成多大的困擾。所以我今天無論如何都要抵達燈塔。」

老闆娘硬生生地留住前腳已經要跨出門的波矢多，然後進到廚房用最快的速度為他準備便當，再請附近的雜貨店老闆畫下前往轟之埼燈塔的地圖。雜貨店基於業務需求，曾去燈塔送過幾次貨。

如果是這樣的話，不如請他為自己帶路吧。波矢多請對方幫忙，但老闆以現在沒人幫忙顧店為由拒絕了。波矢多猜想，這個老闆說不定跟茂助一樣不想去燈塔，但事實為何就不得而知了。

在等便當做好、地圖畫好的空檔，波矢多將兩本大阪圭吉的書送給桐繪。

「我一定會看完，所以請你一定要回來拿喔。」

「到時候再一起聊偵探小說吧。」

波矢多把用報紙包起來的便當放進皮包，背起用繩子綑好的柳條行李箱，將地圖塞進長褲口袋，便動身出發。

臨別之際，老闆娘說的那句「現在是夏天，便當很容易餿掉，所以請務必趁早在太陽下山前打開來吃」，不知為何一直迴盪在腦海。明明不是什麼別有寓意的話，不過就是句尋常叮嚀，卻令他耿耿於懷，或許是因為從她的語氣裡察覺到一絲不對勁吧。

老闆娘和桐繪揮手目送他走到再也看不見旅館的轉角，波矢多也頻頻地回頭揮手道別，最後還稍微鞠了一個躬。

走到市郊，路突然變得好窄，兩側的雜草也變得茂密起來，愈往前走，草長得愈高。熱氣一直從草叢裡竄出來，沒兩下就走得氣喘吁吁。如果是初春撲鼻而來的青草香，還會讓人想深呼吸，但是悶在夏日草叢裡的熱氣則令人敬謝不敏。過於沉鬱濃重的氣味反而讓人只想屏住呼吸，快速通過。

起初還算平坦好走，然後逐漸變成上坡路，隨即又變成陡峭的山路，而且還七彎八拐、曲折蜿蜒，完全看不見前方的路況，這也讓波矢多感到莫名不安。

這條路真的沒錯嗎？

他一路照著地圖前進，而且走到目前只經過兩個岔路，所以應該沒錯。儘管如此卻還是感到忐忑不安，大概是因為深入山中的感覺愈來愈強烈了。

沒錯，他已經在山裡了。

明明要去海邊的燈塔，為何非得走在這樣的深山裡不可呢？波矢多再度意識到這個無情的事實，眼前的山路除了讓他感到不安以外，更多的是對每位燈塔守的崇高敬意。當然，他也是其中之一，但是他目前只有在太咰埼燈塔執勤的經驗，這次親身前往如此與世隔絕的燈塔，終於充分感受到前人的辛苦。

沒多久就汗如雨下，費了九牛二虎之力爬上九彎十八拐的斜坡，彎彎曲曲的山路有如人類的腸子，蜿蜒曲折地穿過枝葉扶疏的山毛櫸、水櫟與白樺樹之間，往前延伸。因此就算巨大的樹木擋住了視線，還是能勉強看到前方。

眼前的風景果然帶著不尋常的氣氛。

確實能看到前方一段距離的部分，但是不知道會通到哪裡的羊腸小徑拐來拐去、彎來彎去、繞來繞去……百轉千折地彷彿要把自己帶到非常不得了的地方。即使已經依照地圖走在正確的路上，複雜的山路好像也會引導自己走向錯誤的方向。

大概是因為在沒有人引路的情況下，隻身闖進人煙稀少、土地陌生的深山，不管周圍是什麼狀況，都難免讓人內心不安。即使大腦能夠理解，還是很難說服自己。

但我無論如何都必須前往轟之埼燈塔。

這份使命感驅使著波矢多往前走。都還沒抵達目的地的燈塔，如果現在就說喪氣話，未免也太丟人現眼了。

羊腸小徑的前方是下坡路，而且又開始彎來繞去了。反覆地上上下下無數次，不知不覺就來到了河岸旁。離開小路屋至今一個半小時左右，波矢多打算稍微休息一下，順便補充水壺中的飲水。

話雖如此，在旅館裝的水還剩下很多。一方面是因為喝太多水容易疲勞、另一方面是身為燈塔守，他很清楚水有多珍貴。

大部分的燈塔總是眺望著眼前的大海，煩惱著水不夠用。眼前湛藍的海水充滿鹽分，想也知道不適合作為生活用水。在只能仰賴雨水過日子的地方，用洗米水洗臉根本是家常便飯，五天能洗一次澡就要謝天謝地了——諸如此類的傳聞，他聽到耳朵都要長繭，自然也養成珍惜水資源的習慣。

他把手巾浸泡到河裡，稍微擰一下，圍在脖子上。流經山中的河水十分冰涼，能讓手巾一直保持在沁涼的溫度，非常舒服。

休息完畢，他再次邁開腳步走了一段路，來到一個不可思議的場所。右手邊是草木叢生的山壁，左手邊也是岩壁，兩邊都無路可走。宛如一線天的狹窄小徑，迂迴曲折地往前延伸。想當然耳，頭頂空無一物，所以陽光始終直射天靈，卻又讓人感覺莫名昏暗，或許是因為從山壁長出來的樹木不時在頭上製造出綠蔭。被夾在自然形成的山壁裡，感覺就像在隧道中前進。完全看不見前方，視線比剛才九轉十八彎的坡道還充滿閉塞感。

莫名地感到呼吸困難。

波矢多發現自己正流出冷汗。肯定不是因為夏天，也不是因為在深山裡跋涉，而是因為這裡的異樣氣氛。

兩側充滿壓迫感的高牆、視線十分狹隘的前路、不前進就只能後退的羊腸小徑……這一切都讓人望而生畏。一心只想快點離開這種鬼地方，另一方面又感到不安……這裡該不會是人類不該涉足的地方吧。感覺自己就像自投羅網的動物，再繼續拖拖拉拉下去，就會啟動陷阱，再也逃不出去。

我是怎麼了。

波矢多教訓自己。這裡又不是戰場，只是在深山裡，他只是被大自然擁抱，有什麼好害怕的。

……不對。

然而，波矢多意識到某件事，不由自主地猛搖頭。

礦坑位在地底，感到害怕是自然的，主要是對意外事故的恐懼，但人類本來就不該置身地底，會因此感到害怕也誠屬自然。他對轟之崎的九指岩大概也是相同的感覺。

地底、海、山……

自古以來，這些皆是讓人類心存畏懼的場域。當然不是所有地方都很可怕，海上與山中確實也有安全之處。

不過，這裡是……

想到這一點，波矢多的驚恐突然攀升到極點。正當他持續地提醒自己，不要東想西想，趕緊往前走的時候。

……沙、沙。

感覺有人從背後走近。波矢多頓時停下腳步，豎起耳朵，可是只有一片死寂，什麼也聽不見。頻頻回首的同時又等了一會兒，沒看見半個人影。

心想大概是錯覺，鬆了一口氣，他繼續往前走。

……沙、沙。

果然還是有什麼人的腳步聲，迴盪在這個貌似谷底的場所，聽起來像是一步一步地踩在雜草叢生的山路上。

誰在那裡？

差點就要出聲詢問時，波矢多猶豫了一下。不知怎地，潛意識警告他，最好別草率地讓對方知道自己的所在地。

對方也一樣……

想到這裡，突然不知道該怎麼接下去。

一樣是旅人嗎？

一樣是人類嗎？

真的一樣嗎……？

該不會是什麼魔物吧？

不想還好，愈想愈害怕。原本還以為是不是白子村的人，但根據雜貨店老闆畫的地圖，這條路根本沒有經過白子村。

莫非是轟之埼燈塔的職員？

可能是擔心新任的燈塔守怎麼遲遲不見人影，才特地來接他。但如果是這樣，對方應該從前方走來，不可能落在自己後面。

波矢多踩著如有千斤重的腳步往前走，那傢伙也亦步亦趨地跟在自己後面。

……沙、沙。

不止一次地轉過頭去看，但因為山路迂迴曲折，視野受到極大的阻礙。然而一停下腳步，背後的氣息也隨之消失。

波矢多告誡自己，再這樣下去會輸給自己的杯弓蛇影。

準備好。

波矢多對丹田用力，猝不及防地轉身，大步流星地走向來時路，雖然不知道究竟是什麼，但他打算與對方正面對峙。

說得很勇敢，可是每轉過一個彎，內心就多涼一截。總覺得有什麼東西正從岩壁另一邊悄悄地探出頭來看著他。他自認是膽大的人，問題在於如果對方是不知何方來歷的妖魔鬼怪，情況則又另當別論了。光是稍微想像一下，就沒有勇氣再往前走。

然而，已經回頭走了好一段路，都沒有遇到半個人，也沒有看到任何東西。走著走著，就連自己都搞不清楚是在後退還是前進。

算了，就此回頭吧。

波矢多告訴自己，決定掉頭，繼續往前走。

大概是這種特殊的地形迴盪著自己的腳步聲，一旦停下腳步，背後的氣息也跟著消失就是最好的證明。

遇到這種難以理解的狀況，給予合理的解釋是最好的方法。這是他在北九州的鯰音坑捲入命案時學到的最重要的一件事。這次也可以從相同的角度來思考，就算只是開玩笑，也不該想像那是魔物什麼的。

指稱怨靈或妖怪等存在的詞彙「物之怪」，也能用日文讀音相同的「物之氣」表示，說穿了還是心理思緒方面的問題。好比在天氣晴朗的春天或秋天出門，心情會很好，興緻也會很高昂；但鬱結於心的人經過氣氛如此詭異的地方，精神上理所當然會受到影響。

波矢多一開始前進，不一會兒，背後的氣息又回來了。

……沙、沙。

之所以會有一點時間差，恐怕是因為地形的關係吧。想必有些地方立刻就能聽到回聲，有些地方則不是這樣。

……沙、沙。

果然又聽見了。可是當波矢多停下腳步，四周又陷入一片死寂。然而當他再邁開腳步。

……沙、沙。

身後的氣息又出現了。既然是自己腳步聲的迴響，會覺得那股氣息亦步亦趨地跟著他也是人之常情，可是就連他停下腳步——。

……沙、沙。

背後的腳步聲仍未停歇，還在繼續作響，而且正從陰暗又狹窄的谷底靠近。

怎麼可能……

波矢多好想立刻停下腳步，用自己的眼睛看清楚背後到底有什麼東西，但又不禁遲疑。而且一旦稍微有所遲疑，恐懼不一會兒便開始萌芽。

波矢多往前跑。儘管因為背著行李，加上地勢高低不平，沒辦法跑得太快，他仍盡可能加快腳步。

……沙、沙。

一口氣與背後的氣息拉開距離，還以為可以甩掉對方時。

……噠、噠、噠。

那個開始跑起來了，而且跑得比波矢多還快，被追上或許只是時間的問題。

來不及從褲袋裡拿出地圖來看了，波矢多趕緊攤開腦海中的地圖，印象中再往前一點，路會分成兩條，往右邊前進得撥開草叢、往左邊前進得爬上岩壁。但是記得走右手邊要繞遠路、左手邊才是捷徑。

鑽出詭異的谷底小徑，波矢多尋找掉落在山路上的枯樹枝，卻遲遲找不到適合的。在來這裡的一路上明明要多少有多少，真正需要的時候卻遍尋不得，這到底是怎麼一回事？

……有什麼在干擾我嗎？

難道是背後的那個？

還是這座山本身？

發現自己的思考無法正常運作，波矢多心裡七上八下。這時要是失去冷靜的判斷力，一定會發生山難的。

……噠、噠、噠。

那股氣息從背後一步步逼近，腳步聲聽起來彷彿對波矢多意識到自己的存在感到樂不可支，打從心底享受著追趕人類的樂趣。

波矢多用掌心用力地拍打臉頰，為自己加油打氣的同時，掉落在路邊的枯枝映入眼簾，無論是長度也好、粗細也罷，完全是順手的大小。波矢多不假思索地撿起枯枝，加快腳步走向岔路。

所幸很快就走到了岔路，右邊通往長滿山白竹的山中小徑、左邊則是陡峭的坡道，周圍都是蒼翠茂盛的森林，所以兩條路都看不到盡頭，無疑是很適合藏身的處所。

波矢多小心翼翼、不發出任何聲音，爬上左側的坡道，等待身後的那個經過岔路，然後瞄準右手邊的山路前方，扔出了樹枝。

啪嚓！

樹枝發出擦過枝葉的聲音落地後，感覺那傢伙也跟著往右手邊前進，波矢多鬆了一口氣。

……得救了。

放下心中大石的同時，好奇心也隨之泉湧而出。

那傢伙到底是什麼？

明知不該管對方是什麼、明知應該快點趕路，可是另一方面，想一探究竟的心情也愈來愈強烈。

波矢多繼續沿著坡道往上走，從樹木的空隙往右下方窺探。順利的話，或許能看見那傢伙撥開草叢往前走的身影。

接著，只見有個白白的東西在林立的大樹間竄來竄去，看起來像是一顆圓圓的腦袋，卻又凹凸不平、奇形怪狀。而且比人類的頭還大兩號，該是脖子的地方非但沒有脖子，個子還高得出奇。

那個白白的東西足不點地地在森林裡前進，動作有些滑稽，但這種場合根本笑不出來，完全不像人類會有的動作簡直恐怖至極，讓人感到極度不適。

爬上坡道，眼前是一片岩石裸露的風景，幾乎都是懸崖峭壁，而且完全沒有輔助攀爬的鐵鏈或梯子。再仔細一看，岩壁上有一個又一個的坑洞，似乎是讓人用來攀爬的落腳處。看來只能依賴這些坑洞了。

波矢多重新背好行李，開始沿著眼前的岩壁，穩穩地、慎重地慢慢往上爬。垂直的岩壁幾乎要貼到鼻子，所以波矢多盡量緊貼著岩壁，否則可能會被行李的重量往後拉，隨時都會滾下去，那種感覺非常恐怖。

方才襲上心頭的是對未知的恐懼，現在則是純粹感覺到生命受到的威脅。但也沒必要去比較哪邊比較可怕，因為兩者都令人避之唯恐不及。唯一的救贖，是幸好在這麼危險的情況下，那個傢伙並沒有從正下方追上來。

在肉體與精神都疲累到極點的情況下，好不容易來到了懸崖上，但眼前的風景卻令波矢多大受打擊，無法不感到絕望。

岩壁上是狹小但尚稱平坦的空間，前面有一條宛如山脈頂端、既細又尖的路。不對，這實在稱不上是一條路吧。打個比方，地面的形狀就像是三角木馬那種拷問刑具的放大版本，稍微往前延伸，距離大概不到三公尺。

只看距離的話，或許一點問題也沒有。問題是要在這麼狹窄的岩石路上前進，著實要有走鋼索般的本事。換句話說，只要稍微失去平衡，就會倒栽蔥地摔下去。

不僅如此，細細長長的岩石路兩邊都是懸崖峭壁，尤其是左手邊，不管往下多少公尺都還沒有地面，而右手邊的正下方可以看到從岔路延伸過來的山白竹林，但高度還是挺嚇人的。雖然比左邊稍微好一點，可是掉下去的話一定會身受重傷。

這麼說來，雜貨店老闆說過，要他往右走……

波矢多為時已晚地想起這件事，只可惜已經來不及了。好不容易爬上絕壁，如果現在又要走下去，怎麼想都太浪費時間。

只能硬著頭皮繼續前進了。

波矢多再次氣貫丹田，雙手往兩側張開，藉此取得平衡，接著慢吞吞地跨出右腳。確定自己站穩腳步後，再把左腳跨出去。

千萬不能往下看。

波矢多提醒自己，然後右、左、右、左，輪流邁出腳步。因為不能往下看，無法確認當下的狀況，所以不安的情緒縈繞心頭。一想到萬一下一步不小心沒踩穩，就讓他緊張得快要瘋掉。

因此波矢多的每一步都非常慎重，反覆用腳底確認已經踩穩岩石地面後，才敢再跨出下一步，那個速度堪比蝸牛的爬行。

冷汗順著額頭滴落，流進眼睛裡，但又不能把圍在脖子上的手巾解開來擦汗，只能不斷地眨眼，但每次因此分散掉對腳邊的注意力時，都令他頭皮發麻。毒辣的夕陽曬在身上，熱得要死，然而從左下方吹上來的冷風卻又令他機伶伶地打了個寒顫，剎那間驚慌失措。因為在這種情況下，突如其來的妄動可能就會讓人瞬間失足墜落。

問題是他根本控制不了自己的反應，就算想控制，條件反射也不聽使喚。

啊……反應過來的時候，背脊先竄過一陣惡寒。下一瞬間，身體的重心偏移，頓時失去努力保持至今的平衡感。

要掉下去了！

波矢多彷彿看見自己頭下腳上地從懸崖摔下去的模樣。腦海中浮現出自己後悔萬分，卻只能束手無策地任由身體往下墜落的身影。

我會死在這種地方嗎……

內心充滿揮之不去的絕望後，腦海中陸續浮現被送到南方戰場，從此成為不歸人的建國大學同窗。

我不想死！

內心頓時湧出強烈的求生意志。

然而身體已經失去平衡了，目前這種狀態百分之百會掉下去。

「哇啊啊啊！」

波矢多大聲吼叫，然後不管三七二十一地一口氣往前衝，憑著一股氣勢想走完剩下的狹窄岩石路。

這一切都發生在短短的幾秒鐘內，他卻覺得漫長無比。自己的動作就像慢動作畫面，連闖入視線範圍的鳥看起來都飛得好慢，他也因此終於能望向自己的腳邊。

這麼一來，或許能安全地抵達對岸。

就在波矢多正要相信自己的感覺時，前方的岩壁忽地映入眼簾，而且愈來愈靠近。有如山峰的小徑前方只有榻榻米一疊左右的平坦空間，再往前又是壁立千仞的峭壁，左右兩側則是急遽下降的懸崖。

如果就這樣撲過去絕對無法倖免，上半身會直接撞在岩壁上，但如果放慢速度的話，勢必會掉下去的。

該怎麼辦……

這時真的需要瞬間的判斷力。絕不能從這裡失足墜落，一個搞不好，恐怕會摔得粉身碎骨，可是就這麼撞上岩壁一定也會受傷，但如果非要選擇的話，眼下也只能選擇撞上去了。

兩害相權取其輕。

波矢多下定決心，就這樣跑過剩下的岩石路，朝著眼前的岩壁衝過去。下一瞬間，幾乎是基於本能反應讓自己的身體轉了一圈。

砰！

背後的行李重重地撞上岩壁，差點就被反作用力推出那只有一疊榻榻米大小的空間，嚇得他趕緊紮穩馬步。

「呼……」

波矢多如釋重負地吐出一口大氣，全身瞬間失去力氣，冷汗直流。

……謝謝你們救了我一命。

回過神來，波矢多在心裡向懷念的昔日同窗們道謝。

待他再次爬上絕壁，這次換成沒完沒了的下坡路出現在眼前。下坡可比上坡輕鬆多了，但也才高興不到一下子，兩條腿的膝蓋便開始打顫。一路都是下坡的話，也會對膝蓋造成很大的負擔。只能邊觀察躲在群山另一頭的太陽，時不時地休息一下了。儘管心急如焚，但也不能操之過急。

下坡路逐漸趨於平緩，終於接上平地。另一方面，山間小路曾幾何時變成與獸道無異的羊腸小徑。波矢多反覆看了好幾遍地圖，卻怎麼也看不懂。從岔路到長滿山白竹的路線畫得很仔細，不過通往岩壁的路卻畫得甚是草率。

是這個方向沒錯吧？

波矢多拿出指南針確認方向，只要找到地圖上描繪的指標——樹幹岔開的大樹和有如墓碑般的奇岩或三叉路——的其中之一，就能知道自己身在何方。只可惜放眼望去，四周只有無邊無際的森林，不，或許應該稱為密林或樹海比較貼切。因為他的四面八方淨是茂密無比的樹叢，能夠行走的就只有一條細長的獸道。

順著蜿蜒曲折的羊腸小徑走了一段路，就連獸道也不見了。撥開腳底下茂盛的草叢，勉強還能看到路，卻無從判斷是不是原來的那條路，說不定是另一條獸道，而且搞不好就連山中的野獸都不會走這條路。

……迷路了。

等到他終於意識到這一點時，森林已經變得昏暗。波矢多悔不當初，早知如此，當初還是應該請人帶路才對，但後悔也已經來不及了。

只能找個地方露宿。

波矢多立刻做好心理準備，但是轉念一想，還是應該先去白子村才對，幸好地圖上也畫了村子的位置。經由白子村再去轟之埼燈塔等於是繞遠路，可是既然現在已經迷路，搞不好自己已經來到白子村附近了也說不定。

得先搞清楚目前的所在地，否則要去哪裡都無計可施。

波矢多不禁望向天空，發現天色變得比想像中還要暗，不由得心頭一驚。都說山裡的日頭落得非常快，這一瞬間不由分說地讓他體會到這句話的真實。

大事不妙了。

這麼一來就連找露宿場所的時間都沒有了，四周圍很快就會陷入一片漆黑。即使皮包裡有手電筒，可是在入夜後的山裡也幾乎派不上用場。

正當波矢多無計可施、四下張望時，猛然注意到好像有什麼東西出現在視線範圍內，連忙睜大眼睛細看。

遠處似乎有一盞忽明忽滅的微弱燈光。

第四章　孤家

孤 家

……是住家嗎？

那盞燈光映入眼簾的瞬間，波矢多總算鬆了口氣，看來是在不知不覺間走到白子村附近了。只不過，如果真的到達村子的話，至少也該看到幾十盞燈吧，怎麼想都不太可能只有一盞孤燈。

既然如此，那盞燈是……

對於未知的恐懼立刻在胸臆間擴散開來。

在這樣的密林之中，會有住家嗎……

基本上是不可能的，但是以同樣的情況來說，燈塔也是孤零零地矗立在僻地，不過，燈塔是因為有其必要性才會蓋在那裡。也就是說，這戶人家也有其不得不定居於此處的理由嗎？

波矢多屏氣凝神地注視著浮現在前方薄暮中的微弱燈光，看著看著，那棟房子在他眼中彷彿有了某種意義。

簡直就像燈塔一樣……

戰爭時，波矢多是武裝船的指揮官，知道每座燈塔都有其特定的燈質，因此腦海中當下就浮現出這個可能性。

所謂的燈質，指的是每座燈塔各自不同的亮法。設置於燈塔上層燈室裡的燈器，在轉動時會製造出閃光，再加上由白色、紅色、綠色構成的燈色，組合成所謂的燈質。遺憾的是，這些燈光看在一般人眼中，只會統一認為是「燈塔的光」，知道每座燈塔的閃光各有不同的人其實少之又少。對於大多數的人而言，燈塔的光或許皆大同小異。

所有的船隻都仰賴上述的燈質在海上航行，因此每艘船出海時都必須帶著海上保安廳發行的《燈塔表》。《燈塔表》或航海圖皆以記號標示出每座燈塔的燈質，看懂那些記號就能掌握船的所在地，可以說是在海上航行時的救命索。

在一片黑暗中看到光亮時，波矢多不禁聯想到燈塔的燈質。如同字面上的意涵，現實中的燈質確實是用來引導船舶航行的光明，但眼前的微弱燈光真能成為他的救命稻草嗎？

……黑暗？

大吃一驚的波矢多趕緊四下張望，發現太陽早就已經下山了。還以為才是黃昏，所以並沒有那麼擔心，但太陽其實已經在不知不覺間落下。他知道山裡日落得快，但沒想到超出自己的想像。

既然如此，就只能仰賴那盞燈光了。

波矢多做好心理準備，從皮包裡拿出手電筒照亮腳下的路，走向忽明忽滅的光源。

先靠近一點瞧瞧，感覺苗頭不對就逃跑吧。

想是這麼想，但是他也很清楚自己根本無處可逃，但是如果不這樣安慰自己，著實沒有勇氣靠近孤零零地在深山裡亮起的那盞燈。

然而，真的要走過去的時候，才發現腳下根本沒有路，連獸道都不見了。單靠手電筒委實找不回那條路，就算找到了，感覺方向也不對。更重要的是，他實在不覺得從這裡有路可以通到那個光源所在處。

波矢多無可奈何地決定穿過長在枝繁葉茂的樹林間的草叢，因為看不到地面，只能慎重地、緩慢地前進。幸好沒聽說這一帶有毒蛇出沒，但小心點總是對的。

沙沙、沙沙沙。

雙腳掠過草木的聲響迴盪在靜謐的樹海裡，完全是以撥開草叢的方式前進。白天的酷暑就像騙人似地，現在甚至覺得有點冷。果然什麼都能小看，就是不能小看山林中的變化。

沙沙沙、沙沙沙沙。

起初高度及膝的草木，現在已經來到腰部的高度，沒多久後就高過胸口，最後變成只剩一顆頭能探出來的程度。

要是就這樣被草叢吞沒……

直到剛才都還覺得有點冷，現在又變得悶熱起來。再不願意，也無法不感到害怕，萬一就這麼被草叢淹沒，可能再也逃不出去了。

波矢多刻意停下腳步，讓思緒冷靜下來，然後對自己說道。

從剛才的地點走到這裡，一直都看到那個燈光，也就是說，自己沒有被任何東西完全擋住去路。

繼續往前走，證明他想的沒錯。因為原本高到脖子的草逐漸變矮，先到胸口，再到腰部，最後回到膝蓋的高度。等到再也不需要撥開草叢前進時，他已經走到貌似獨棟小屋的建築物旁。

真的是住家啊。

話雖如此，由木材與土牆搭建的小屋在夜色裡也能看出歪七扭八的外觀，起初看起來只有小小一棟，現在的感覺就像房子憑藉自身意志擴大了。然而，或許在擴張的過程中沒有任何規畫，結果就長成這種東拼西湊的醜陋建築物。總之，小屋凹凸不平，外觀非常難看。

波矢多起初以為是狩獵小屋。但是以狩獵小屋來說，這屋子顯得大而無當，若說是民宅，空間又太小了。再說如果真是民宅，無論怎麼想，蓋在這裡也太奇怪了。住戶應該是白子村的居民，但是住在這種地方會不會太遺世獨立了？

從窗戶隱約流瀉出來的燈光，就像是屋子正在竊竊私語。感覺只要屏氣凝神地側耳傾聽，屋子就會表明自己的真實身分。但又覺得只要稍微聽到屋子的聲音，就會被誘入屋內、給吞噬殆盡。波矢多陷入匪夷所思的錯覺，為此感到焦慮不已，下意識地想轉身就逃。

話雖如此，在夜幕低垂的異地深山裡，一旦看到燈光，就再也離不開了。就算覺得眼前的光亮有些詭異，也無法不被吸引。再怎麼抵抗，依舊忍不住想走向光源的那一方。

就像飛蛾撲火……

不期然浮現腦海的比喻讓他從頭頂涼到腳底，就像是眼前小屋內的地爐正燒著火，而他就要這樣走進去。根本就是不折不扣的飛蛾撲火。

可是……

如果不進去求助，就只能在野外露宿了。他不討厭露宿，但是要在這種不知其所以然的深山裡露宿，老實說他還是感到猶豫，因為誰能保證絕對不會有生命危險呢。

既然如此——

既然這裡有棟屋子，就應該進去請屋主讓自己借住一宿。換成是誰都會做出相同的結論才對。

波矢多走向應該是小屋的入口處，但是才走了兩、三步，就不由得停下腳步。

……這棟屋子到底是什麼？

心裡果然還是很在意。如果不是狩獵小屋、也不是民宅，那這棟屋子到底是做什麼用的？為什麼會蓋在這種地方？誰住在裡面？外人可以擅闖嗎？

波矢多傻住了，自己是如此優柔寡斷的人嗎？他從不覺得自己是這種人，但目前的現況，就是他確實進退維谷地僵持在這裡。

因為害怕……

冷不防聽見自己的心聲。不管是上前敲門，還是在野外餐風露宿都很可怕。或許是因為這座山和眼前的屋子，都潛伏著連他這種大男人都裹足不前的某種東西吧。

儘管仍遲遲無法邁開腳步，但就在波矢多正要痛下決心的時候，突然感覺到好像有人在看他。

默不作聲地左右張望，當然沒有其他人，也不覺得有任何東西躲在草叢裡。望向屋子的兩側，依然什麼也沒看見。就在他心裡覺得莫名其妙、正要轉向前方準備出聲叫喚的時候。

透出燈光的窗戶出現一張異樣的臉。

因為光源在屋內，整張臉看起來黑鴉鴉的。儘管如此，還是能看出應該是個年事已高的女性。但是又感覺她絕對不是人，而是偽裝成老婦人的非人類。那個東西的臉貼著窗戶，一聲不響地凝望著波矢多。

波矢多連忙關掉手電筒，這麼一來，對方應該就看不見他了。想跑的話只能趁現在。

波矢多有如脫兔般回到背後的草叢裡，與此同時，背後傳來一個聲音。

「是哪一位？」

聲音十分年輕，波矢多倏地停下腳步。

戒慎恐懼地回頭看，有個身穿浴衣的女孩站在房子的右手邊。顯然已經過了十五歲，但感覺相當稚嫩，應該還不到成年禮的年紀吧。女孩身旁的門敞開，屋內的燈光照亮她雪白的肌膚，甚至有幾分與現場氣氛對照下顯得突兀的神聖感，令他怦然心動。

「我、我是……」

該怎麼說明才好呢，波矢多欲言又止地轉身面向她，當場愣住。

那張臉從窗戶消失了。

上哪兒去了？難不成站在門口的女孩是那個東西變的？打算變化成妙齡少女，哄騙他進小屋裡嗎？

此時此刻，波矢多真的產生了換作平常一定會覺得荒謬至極、想都不會想到的疑念。理智上很清楚這種有如鄉野奇譚的事不可能發生，可是雙腿卻一步也邁不出去。只能動也不動地杵在原地，輪流打量著門口和窗戶。

「你是登山客嗎？」

女孩寸步不離地站在門口問他。

「不、不是，我想去轟之埼燈塔，不小心迷路了……」

女孩聽他說完，稍微離開門口幾步，窺探著他的表情說：

「因為山裡面天黑得很快呢，也難怪你會迷路了。」

女孩直勾勾地盯著波矢多。

「你是新來的燈塔守嗎？」

「是的。」

波矢多遲疑地走到窗戶燈光能照到的範圍。

「夜裡很冷的，不嫌棄的話請先進來吧。」

或許是經過上述的對話，女孩判斷這個男人並非可疑人物，於是走回門口後又轉身對他說道。

「感激不盡。」

波矢多的恐懼與猜疑至此皆已消失大半。之所以尚未完全散盡，無非是因為先看到窗戶後那張詭異的臉孔。不過和女孩正常地聊過幾句後，現在反而更想確認那張詭異的臉到底是什麼東西。

「那麼，感謝妳的好意，打擾了。」

波矢多瞥了窗戶一眼，卸下背上的行李，改用雙手抱著，便朝著門口走去。

「請進，地方很小就是了——」

他很快就明白女孩的話絕非自謙。

天花板吊著古老的西式油燈，燈光勉強可以照亮室內，空間看來十分簡陋。進門後的地面鋪著三和土，一直延伸到左手邊的土間。那裡有座舊式的爐灶，周圍擺放著鍋碗瓢盆。

波矢多在三和土地面脫鞋，走進室內，鋪著木板的房間內空無一物，連家具都沒有，只有空蕩蕩、陰森森的氣息。四堵牆和小窗都處於半腐朽的狀態，儼然像是誤入了廢墟。明明有爐灶及鍋碗瓢盆，卻完全感受不到人類生活的氣息，是個令人不寒而慄的空間。這絕不只是因為太陽下山、夜幕低垂的緣故，而是覺得空氣原本就寒涼刺骨。

除此之外，他還看到一樣奇妙的東西。有條粗繩子從天花板垂落下來，前端空無一物。在與西式油燈的開關拉繩有段距離的地方，前端緊緊地打了個結，就這麼垂掛在那裡，活像盤踞在天花板上的青大將。

這裡是怎麼回事？

前腳才剛進門，波矢多就後悔了。

「請跟我來。」

女孩一臉羞澀地請波矢多進後方的房間。

「打擾了。」

他也想緊跟著女孩進去，但是垂到腰際、像是門簾一樣的布塊擋住了去路，令他進退兩難。撥開有如生物般纏住身體的布，波矢多踏進了那個從窗戶透出光線的房間。

一股野獸般的臭味撲鼻而來，令他險些嗆咳起來。前面房間的空氣很乾燥，所以兩者的變化令他大吃一驚。這裡也同樣是木板房間，不過鋪著草蓆。只不過草蓆痕跡累累、破爛得很。中央的地爐燃燒著熊熊火焰，前一個房間的冷空氣早已蕩然無存。與其說是地爐裡的火，更像是營火也說不定，而且要說是護摩火[5]也不為過。

在火光的映照下，四堵牆看得一清二楚。除了窗戶之外，周圍的牆上掛滿了和方才擋住波矢多去路一樣的無數布條。看來應該是原本極為白淨的手巾或衣物、布料的一部分。波矢多繼續瞪大眼睛觀察，發現其中竟夾雜著長長的白髮，讓他生理上萌生一股厭惡感。

房間裡瀰漫著與廢墟無異的氣氛，從感覺不到人類活動的角度來說，跟前面的房間很相似。但這個房間至少有某種氣息，先不管是不是人，但這裡確實藏匿著某種東西。

果然是魔物的棲身之所嗎……

如果真是這樣，那麼女孩也是魔物的同伙了。可是當他再次仔細端詳女孩被火光照亮的臉，原本的疑慮頓時煙消雲散。女孩的長相雖然樸實木訥，卻非常惹人憐愛。若說小路屋的桐繪是京都風味的美人，眼前的這一位則是純樸可愛的鄉下女孩。當然，這裡說的鄉下女孩是讚美的意思。

我是怎麼了。

都已經進來了，還無法拋開這些亂七八糟的懷疑。想到這裡，波矢多自己都覺得被自己打敗了。然而，當女孩繼續帶他往深處走時，波矢多往裡頭瞥了一眼，方才的疑神疑鬼思緒一股腦兒又重新湧了上來。

有個面無表情、臉部慘白平坦的女人臉孔……那是個肌膚布滿皺裂細紋的老婦人臉孔……話雖如此，是一張怎麼看都不像是人類、異樣的女人臉孔……擁有一頭亮麗光澤白髮的女人臉孔……她撥開木板房間深處那宛如門簾般的布塊，不聲不響地探頭進來。

⑤密教體系宗教的修法儀式。在護摩壇點火，投入供品和護摩木祈禱，進行增益息災、祈願除厄等儀式。

……是、是、是那張臉。

方才在窗戶後的漆黑面孔現在就在眼前，被熊熊燃燒的烈焰照得清清楚楚。然而，或許是從整片布幕之間探出頭來，看起來活像是只有一顆頭顱，沒有身體。不僅如此，陰森又詭異的感覺，幾乎就要讓人相信眼前真的就只有一顆頭。

而且雖然面無表情，但雙眸卻熠熠生輝，在火光的照耀下，顯得更加驚心動魄。她一瞬也不瞬地瞪著這裡，彷彿是在威嚇波矢多這個不請自來的外人。

因此聽到女孩的介紹時，波矢多還一時半刻反應不過來。

「……這是我外婆。」

波矢多費盡全力才把視線從令自己嚇得呆若木雞的臉龐移到女孩身上，女孩的表情彷彿受到天大的羞辱。然而，他還來不及換個角度，站在她的立場思考，女孩又換了另一副表情。彷彿坦然地接受了自己的命運，清冷的表情非常嚴肅。

……真是張漂亮的臉。

這是波矢多的真心話。硬要說的話，女孩的表情其實充滿怒氣，卻讓他感受到異樣的美艷。

「請往裡邊走。」

望向女孩為他帶路的方向，那張臉不見了。

「……好的。」

波矢多小聲回答，行了一禮，穿過剛才那張臉探出頭、像是門簾的布幕。那一剎那，內心充滿了驚恐，擔心布塊會不會纏住他的脖子、勒斷他的頸椎，把他也變成只有一顆頭的怪物……之所以沒有尖叫逃跑，或許是因為女孩就在身邊的緣故。

裡頭的房間也是個鋪設木板的空間，看起來比前兩間整潔一點。中間的地爐燒著火，上方的自在鉤[6]吊著燒水的壺，正冒出灼熱的蒸汽。周圍擺放著座墊，牆邊還有看起來幾乎形同廢棄物的衣櫥和餐具櫃。其中最引人注目的是衣櫥上方的老舊收音機，以及看上去已經相當古老的國語辭典，這兩樣東西在室內顯得特別格格不入。

房間的左側和最前面的房間一樣，都是沒鋪地板的土間，但是這裡可以感受到有人在此處生活的氣息。至此，波矢多總算放下心中大石，但也只安心了一瞬間。因為女孩口中的外婆、那個有著奇異面容的人就坐在地爐的另一邊。

「行李請放在那邊的角落。」

女孩說道，請他坐在外婆左手邊的座墊上。波矢多正要慶幸還好不用坐在女孩外婆的正對面，可是等他坐下後，才意識到隔著地爐反而能與對方拉開距離。以他現在的位置，那張臉就落在視線範圍的右側。雖說只要別看過去就沒事了，問題是對方一直以宛如瞪著入侵者的眼神看著他，實在很難假裝沒這回事。

---

⑥裝設於日式住宅地爐上的鉤子，可勾掛鍋子、燒水壺等物，並藉由上下高度的調節控制受熱。

女孩……

下意識地望向女孩，只見她下到土間，不曉得在準備什麼。

「那、那個……」

波矢多出聲喚道，希望她能過來這邊。

「雖然沒什麼好招待的，我來煮個粥吧。」

聽到女孩的回答，波矢多這才想起小路屋老闆娘幫他準備的便當。

「啊，請不用費心了，我這邊有旅館做的便當，不嫌棄的話，要不要一起……」

正想問她要不要一起吃，但又想到如果邀請的話，就得連她的外婆一起，不由得欲言又止。

「旅館的便當……」

然而耳邊傳來女孩莫名嬌嗲的嗓音，波矢多愣了一下，看了她一眼，發現女孩臉上滿是即便努力壓抑仍隱藏不住的喜悅。

原來是這樣啊。對她來說，旅館的便當或許是不太有機會吃到的大餐。

從屋內的狀況不難察覺到這點。說不定她平常就連吃都吃不飽……

或許是腦海中浮現出極為現實的問題，波矢多雖然有所畏懼，但也因此生出餘力來觀察她的外婆了。幸好對方終於把視線從自己的臉上移開，目不轉睛地盯著地爐燃燒的火光。如果是現在的話，或許就能大膽地凝視她。

結果只看了一眼，他就知道那張駭人的面容是怎麼回事了，緊繃的身體一口氣放鬆下來。

……那不是面具嗎。

因為離地爐的火很近，被火光照得清晰可辨。外觀很像能面，但好像比較薄，因此緊緊地貼附在臉上，在陰暗的環境下看起來就跟真正的臉沒兩樣。

「這是我的外婆白雲。」

女孩從土間回到地爐這邊，介紹坐在她正對面的老婦人。

「這麼晚了還突然上門打擾，真不好意思。」

波矢多畢恭畢敬地低頭打招呼。

「我叫物理波矢多，是這次要到轟之埼燈塔赴任的新燈塔守。」

波矢多向白雲自我介紹，但對方只是自顧自地盯著地爐裡燃燒晃動的火焰，沒有絲毫反應。

「外婆是向白子村的村民傳達白神大人旨意的白女，同時也是村內的產婆。」

根據女孩的說明，老婦人似乎是民間信仰的宗教人士，但為什麼要戴著面具，還離群索居、住在這種密林小屋裡呢？這棟歪七扭八的屋子又意味著什麼？波矢多內心充滿了疑問。

「妳叫什麼名字？」

不過比起滿肚子的疑惑，波矢多還是先問了女孩的名字。因為他突然反應過來，打聽外婆或這棟屋子的事，或許比什麼都更讓她痛苦也說不定。

「我叫白穗。」

最早浮現在腦海的是日文讀音相同的「白帆」二字，問了漢字怎麼寫之後，也覺得「白穗」比較適合她。告訴對方自己的想法後，白穗一臉羞怯，這時她的肚子突然咕嚕咕嚕地叫了一聲，白皙的臉頰頓時染上了赤紅。

「來吃便當吧。」

波矢多假裝沒聽見，走到房間一角，從放在那裡的行李中拿出用報紙包起來的便當盒。

「我也不知道有什麼菜色，真令人期待。」

白穗對他說的話輕輕地點了點頭，紅著臉從餐具櫃裡挑選器皿。白雲依然動也不動地坐在地爐前。

波矢多拆開報紙，裡頭是一個橢圓形的木製便當盒，蓋子上擺了張對折的紙條。波矢多不明所以地打開一看。

即使不巧迷路的話，
也千萬不要靠近白屋。
更不能在裡頭過夜。

紙條上寫著這樣的叮嚀，大概是老闆娘的筆跡，至少不是桐繪寫的，看起來比較像是出自年長者之手。

可是，到底是誰？

還有白屋又是……

一想到這裡，內心悚然一驚。

難不成……就是這屋子……

波矢多大驚失色，在臉從紙條上揚起的同時，意識到有人在看著自己。他慢慢地轉到地爐那一邊，只見白雲正定定地凝視他。

這時，原本面無表情的臉突然猙獰地冷然一笑。

第五章 白魔仔

白もんこ

波矢多把裝在便當盒裡的飯糰和小菜分成三等分，移到盤子裡。

「這是波矢多先生分給我們的。」

白穗將其中一個盤子放在外婆面前，白雲微微搖頭，不曉得說了什麼。聲音太小了，加上又是方言，完全聽不懂。

「外婆說她不用了，讓我們兩個吃就好。」

白穗邊說邊把盤子遞給波矢多，開始準備泡茶。

聽不懂白雲說了些什麼，但或許是「妳吃吧」，把自己的讓給孫子。波矢多覺得應該是這樣，於是把大部分的菜都撥到白穗的盤子裡。

便當很美味，但波矢多根本無心好好品嘗，注意力幾乎都放在緊盯著地爐火焰的白雲身上，移不開視線。

剛剛那個嗤笑……

不管怎麼想都應該是自己的錯覺吧。可能只是地爐的火光反射在面具上，看起來像是在笑。即使很清楚那張慘白的臉只是面具，但老婦人全身上下陰陽怪氣的感覺始終揮之不去，所以才會誤以為是猙獰的嗤笑。

儘管波矢多試圖做出合理的解釋，仍無法阻止自己邊吃便當、邊隔著地爐偷偷觀察白雲的衝動。

假如她真的戴著面具，兩隻眼睛的位置應該會凹進去。以戴著面具的前提來說，鼻子凸出成那樣，實在也不太對勁。與白穗說話時，她可有牽動面具表面的嘴角？

至今未曾留意的不自然之處雖然陸續呈現在眼前，但也不能因此就斷定她沒戴面具。正因為是千真萬確的事實，反而更顯得莫名其妙，愈發覺得眼前的老婦人可怕至極。

唯一的救贖就是白穗了。所幸白穗每吃一道便當菜，就會興高采烈地說：「這個好好吃。」小路屋的廚師要是在場，鐵定會聽得感激涕零。看到她這樣的反應，波矢多也稍微鬆了一口氣。

只不過，當他一望向白雲，輕鬆的心情頓時消失殆盡。不只她的存在本身令人疑惑，這個家怎麼看都一貧如洗，雖然在戰敗後的日本並不是什麼特別稀奇的光景。然而，雖說是簡陋又破舊的小屋，但光是有屋子可住這點就已經比許多人強太多了。問題是，這屋子裡有那種詭異的前之間和中之間，這兩個一般民宅不會有的空間讓小屋變成令人忌憚的場所。

這個家，真的就是白屋嗎？

單憑氣息異樣的白雲住在這裡、屋子裡有兩個莫名其妙的房間，判斷的資料還太少了。但不管怎樣，至少能確定這裡絕不是個一般的場所。

更重要的，就是不知道是誰、但確實有人想特地提醒他不要靠近不尋常的白屋。顯然是擔心波矢多萬一在前往燈塔的途中迷路了，可能就會不小心闖進去吧。

這裡有極大的可能就是留言中提到的白屋。

毋寧說這兩處確實就是同一個地方，才更顯得自然吧。

既然有這樣的可能性，就應該以最快的速度離開這裡。

乾脆請教對方該怎麼前往燈塔，然後鼓起勇氣徹夜趕路吧。

吃完便當，波矢多邊喝茶邊拚命動起腦筋。儘管很在意白穗，但現在是不是應該先擔心自己呢？波矢多陷入兩難。

「我燒水給您洗澡吧。」

這時被白穗搭話，波矢多這才回過神來。

「不用麻煩了，我在旅館洗過澡。妳的好意我心領了。」

可以想像燒洗澡水在這裡肯定是非常辛苦的一件事，所以波矢多趕緊婉拒。就算已經汲好水了，要燒柴加熱也絕非易事。除此之外，還有一個很重要的原因，那就是一旦在這裡洗過澡，自己再不願意都得住下來了。

「我已經休息夠了，是時候該告辭了。」

「咦……」

白穗臉上浮現依依不捨的神情，令波矢多有些心痛，但也不至於因此就想在這裡留宿。

「您現在要摸黑走到燈塔那邊嗎？」

「按照當初的預定，其實我昨天就應該要到任了。但因為船班出了點狀況才拖到今天，實在不能再延到明天了。」

「入夜後走山路怎麼說都太危險了，別說天亮前到不了，或許還會遇難呢。」

白穗的語氣聽起來除了不希望他離開，擔心他出事的關懷也溢於言表。

「可是我背負著守燈塔的重責大任。我來這裡當燈塔守，就是為了履行這項職務。」

「……」

聽到波矢多堅定的語氣，她只能無可奈何地輕搖著頭。

「……不可以。」

儘管如此，她還是從喉嚨中擠出聲音，試圖挽留。

「……白魔仔……」

這時白雲突然開口了。波矢多還是聽不懂她在說什麼，只是也不曉得原因何在，唯獨清清楚楚地接收到「白魔仔」這個字眼。不懂為什麼，唯獨「白魔仔」這個字眼縈繞在耳邊。

「您說什麼？」

波矢多一問，白穗略帶遲疑地回答。

「外婆說……夜晚的山中會出現可怕的東西，所以不能出去……」

「可怕的東西是指？」

波矢多繼續追問，但白穗沒有回答。

「如果我沒聽錯的話，應該是『白魔仔』對吧……那是什麼意思？」

白穗顯得很為難，臉上交織著羞恥、恐懼、放棄掙扎的情緒。

「是這一帶的方言，『魔仔』就是魔物的意思。」

「出現在山裡的魔物嗎？」

波矢多下意識地想輕鬆帶過，但表情不一會兒便在臉上凝結。

……沙、沙。

同一時間，背後傳來那股令人頭皮發麻的氣息。

……噠、噠、噠。

耳朵也開始聽見驚心動魄的腳步聲。

難不成、難不成……

腦海中栩栩如生地浮現出在森林裡踽踽獨行的可怕身影。

白雲口中的「白魔仔」，顧名思義就是「白色的魔物」，莫非是指那個白色的詭異東西？如果真是這樣，豈止入夜後的山上，在太陽根本還沒下山的時候，**那個**就出現了。還是說到了晚上的時候才會變得比較危險呢？該不會在夜裡碰到，就無法像白天那樣撿回一條命了？

見波矢多徹底陷入沉思，白穗站起來說：

「那我先去準備了。」

語聲未落，人已經從土間深處的小門那邊消失，看樣子浴室似乎建在小屋後面的室外。

還是洗過澡再離開吧。

不，乾脆趁現在……

雖然對白穗很過意不去，但是趁她回來前離開或許是最明智的選擇也說不定。波矢多在心裡這麼盤算著。

他不動聲色地偷看白雲，白雲的腦袋上上下下輕點，好像在打瞌睡，現在無疑是個好機會。這個老婦人應該不會挽留他——說不定反而對他的離開樂見其成——但最好還是別被對方發現。

波矢多留意不要發出任何聲音、站起身來，拿起放在角落的柳條行李箱和皮包，靜悄悄地走出最深處的房間。中之間的爐火就快熄滅了，室內一片昏暗，這也讓掛在牆上的布條看起來就像是不知名的生物，令波矢多產生生理上的厭惡感，機伶伶地打了個冷顫。

他加快腳步移動到前之間，那裡漆黑得伸手不見五指。就在波矢多伸手想點亮吊在天花板上的西式油燈時，等等……這時他感到不太對勁。

進屋的時候，這盞燈是點亮的。當時是白穗率先走進中之間，進到最裡面的後之間時也是一樣。也就是說，不可能是她關掉這盞燈的。那麼是白雲關的嗎？可是那位老婦人早在自己進屋前就一直待在後之間裡，所以也不太可能繞到前面來關燈。

問題是，此時此刻，這盞西式油燈沒有亮。

到底是誰關的？

明明只是微不足道的小事，波矢多卻感受到難以言喻的恐懼。或許只是這盞燈年久失修，剛好不亮了罷了……想是這麼想，卻又無法說服自己。

不管了，總之先逃走再說。

他的心情在短時間內變了又變，先從打攪完就應該告辭、再從離開這裡到逃之夭夭。或許是因此讓心情焦慮起來，就在波矢多揹起行李踏出前之間，正打算腳底抹油逃跑時，有某種東西絆住他的腳，害他摔了一跤。

「……好痛。」

手肘和膝蓋都撞得好痛，波矢多當場縮成一團，忍不住哀嚎起來，但現在可不是坐在地上喊疼的時候。

波矢多強忍住疼痛，奮力起身。背上的行李似乎失去平衡，害他一下子站不起來，不得不再次將雙手撐在地上。這時彷彿有人對他施了定身咒，讓身體動彈不得。

……沙。

前方的草叢傳來細微的聲響，感覺像是有動物站在那裡。他反射性地靜止不動，豎起耳朵，結果又聽見了。

……沙、沙。

那傢伙擺明在動，但該說是在移動嗎？不管那傢伙是何方神聖，是不是應該要等它離開再說。就在波矢多這麼想的時候——。

……沙、沙。

聽出那聲音十之八九是腳步聲，血色頓時從波矢多的臉上褪盡。

……沙、沙。

而且聽起來像是在朝著小屋前進。

波矢多護著疼痛的膝蓋站起來，悄悄地望向和人差不多高的草叢對側。他拚命睜大雙眼，死盯著傳來貌似腳步聲的方向。

於是，他看見某個東西在黑暗中蠢動。有個白色、很高的東西，正慢慢地……悄悄地……移動。

……是那傢伙。

在山裡追著他不放的東西，不知為何現在才朝著這間小屋走來。

白魔仔……

白雲說出的詞彙縈繞在耳際，這時波矢多才後知後覺地反應過來，老婦人才不會好心地給他忠告，她很顯然根本就不歡迎波矢多，壓根兒沒理由告訴他夜晚的山裡有多危險。說不定她說的是「把這外人給我趕出去，讓白魔仔吃了他」，結果被白穗轉譯了。

……沙、沙。

感覺那個可能是白魔仔的東西愈來愈靠近，波矢多手足無措地呆站在原地。急著想逃走，卻又不曉得該逃往哪個方向。如果像隻無頭蒼蠅似地隨便亂跑，大概沒兩下就會被那傢伙發現，追上來、然後沒三兩下就抓住自己。此時漫無目的地抱頭鼠竄，無異於自殺行為。

正當波矢多進退無路時，肩膀突然被人給抓住。

「哇啊！」

腦海中浮現出最糟糕的畫面——白魔仔有同伴，正從背後攻擊他。邊想像邊轉過身的同時，瞬間就要癱軟在地。

站在他身後的是白穗。可惜如釋重負的情緒一閃即逝，看到她憤怒中帶著悲傷的表情時，內心隱隱作痛。

「快點回屋子裡去！」

波矢多加快腳步，被她催著回到前之間。

……沙、沙。

在那之後，白魔仔的腳步聲出現了變化。小屋周圍長滿雜草，聽起來像是踩著那些雜草的腳步聲，而且已經相當靠近這裡了。

波矢多與白穗在伸手不見五指的房間裡緊挨著身子，屏住呼吸，側耳傾聽。

……沙。

沒多久，腳步聲戛然而止。根據傳到耳邊的感覺，似乎離房子還有幾步之遙。

為什麼要停在那種地方？

停在那裡做什麼？

萌生這些疑問的同時，也心想如果現在偷偷地往外窺看，是不是就能看到那個東西。波矢多想到這裡，身體微微發抖。

明明不想看，但還是想一探究竟。

內心充滿了矛盾的情緒，最後就在他輸給好奇心，想稍微把門打開一條縫的瞬間。

白穗一把抓住他的手臂，在他耳邊低喃：

「要是被白魔仔看見、要是被看清楚了，那就沒救了。」

無論是在有如山谷的地方從背後追趕自己的時候，還是他從岩壁上往下看的時候，都沒跟那傢伙正面對峙過，頂多只有感受到氣息，或是看到類似頭頂的部分，所以才沒出事吧——想到這個可能性，波矢多不禁為之愕然。

……沙、沙。

又聽見腳步聲，那傢伙走遠了。

……沙、沙。

不一會兒又變成走進草叢的腳步聲，然後愈來愈小聲，最後好像已經離開這裡了。

白穗默不作聲地把手放在他背上的行李，幫他卸下來，彷彿什麼事也沒發生過地說道。

「洗澡水燒好了。」

「……真是不好意思。」

波矢多只能道歉，聽起來或許只是感謝她幫忙燒水的意思，但其實也隱含了許許多多的歉意，像是從白魔仔的手中拯救了悶聲不響、不告而別的自己。儘管如此，她仍沒有一句怨言、再次接納了自己。明明還有更多話想說，又對自己各種忘恩負義的行為感到抱歉，無法好好說出口。

跟著幫他提行李的白穗走進中之間，發現白雲披著薄薄的睡衣，睡在重新燒起火的地爐旁，這讓波矢多愣住了。因為他還以為她們鐵定是在後之間的地爐邊就寢。

然而他也同時鬆了一口氣，最好別讓她知道自己逃走在先，後來又死皮賴臉地跑回來。像白雲這樣的人，可以的話是最不想讓她知道。

白穗走進後之間，把波矢多的行李重新放回原先擺放的角落，等他從皮包裡拿出替換的衣服和毛巾後，再帶他從土間深處的門走出去。

屋子後面的平地上座落洗澡的浴室、茅廁和水井。那裡雜草叢生，旁邊就是樹林，這個場面不禁讓人產生會不會被森林吞噬的恐懼。說這裡是蓋在密林中的孤宅，真的一點也不為過。

白穗帶他來到浴室，這也是間非常簡陋的小屋。雖然四面都有牆，但窗戶的位置沒有裝設玻璃，冬天想必會冷到不行。儘管如此，進門後出現在眼前的是一座舊歸舊，但還算氣派的鍋釜式浴槽，這就像是五右衛門風呂[7]那樣的東西吧。掛在小屋角落的西式油燈光芒照射在浴槽上，散發出微弱的光輝，看起來這東西很有歷史了。

不協調的陳設令波矢多有些意外，但他的注意力很快就跑掉了，因為帶他來這裡的白穗遲遲沒回來，一直留在外面燒柴。

他趕緊脫下衣服，潑了幾瓢水在身上，用雙腳踩住浮在水面上的底板，浸泡在有點過熱的水裡。嘩啦啦……響起了熱水傾洩而出的聲音，不免覺得有些浪費，但這正是泡澡最大的樂趣。

「水溫還可以嗎？」

她的聲音從燒柴的地方傳來，波矢多趕緊回答：

「剛剛好。」

其實有點太熱，但是泡著泡著，應該就會習慣了。

「這樣就可以了。」

---

⑦ 活躍於安土桃山時代、其生平眾說紛紜的大盜，江戶時代大眾藝文創作的熱門人物，留下了許多的傳說。其中一則便是他被捕後和兒子一起被處以烹煎之刑，在滾燙的大鍋內直到斷氣都舉著兒子不放的傳說，後世也由此衍生出被稱為「五右衛門風呂」的浴槽形式。

比起水溫，他更希望白穗快點進屋。因為不想再給她添麻煩了，而且從外面可以看見浴室裡大半狀況這點也讓他感覺非常尷尬。

然而，她依舊待在燒柴的地方，寸步不離。

「水溫真的很舒服。」

波矢多暗示她不用再守在燒柴的地方了。

「四周已經一片漆黑了，所以我得在這裡守著，以免您溺水。」

白穗說著莫名其妙的話，聽得波矢多啞口無言。不僅如此，她還等到他從浴槽中走出來的時候，跟著踏進了浴室。

「咦……等、等等……」

饒是波矢多也嚇得六神無主。

「我來幫您刷背。」

「不、不用了，我自己來……」

波矢多連忙拒絕，但白穗已經捲起浴衣的下襬，露出白皙撩人的大腿。她那樣子令波矢多臉紅心跳，但為了遮住自己的前面，自然而然要背對著她。

「請坐。」

見波矢多依言盤腿坐在拼接踏板上，白穗將毛巾打上肥皂，開始為他刷背。

雞皮疙瘩一路從頸項爬滿到背脊，與其說是快感，更像惡寒，令他心跳加速。

心想該說點什麼才好，幾欲脫口而出的全都是關於白穗與白雲的隱私問題。看到她們在這種地方過著與眾不同的生活，會對兩人產生好奇心也是人之常情，不過對方願不願意回答則又另當別論了。

「妳和外婆兩個人生活嗎？」

於是波矢多問了一個平凡無奇、早已知道答案的問題。

「我是外婆帶大的，從沒見過父母。」

得到的答案十分沉重，但白穗又接著說下去：

「我的父親是個無法在一個地方久居，走遍全國、浪跡天涯的浪子。外婆是這麼告訴我的。」

「是當時去白子村表演的行旅藝人成員嗎？」

波矢多想到什麼說什麼，話說出口才想起小路屋老闆娘說過的話——白拍子一行人流浪到轟之崎，建立了白子村。

「或許是吧，有個名叫太平一座的行旅藝人團體，確實每隔幾年就會去各個鎮或村落表演，說不定是……可是外婆什麼都不告訴我，而且我對拋棄女兒的父母也沒有興趣。」

不料她的反應冷若冰霜，然後又以像是代表白雲表達憤怒的語氣說道：

「外婆直到現在仍不諒解父親，認為是他搶走了自己原該繼承家業的女兒，也就是我的母親白露。外婆的母親教導她如何成為白女，所以她也努力修行，打算傳給自己的女兒，可是這一切都被父親破壞了。無須贅言，跟著那種父親私奔的母親也是同罪，所以外婆常說她詛咒了他們。」

她的告白未免也太驚人了。倘若白雲只是普通的老婦人，還能理解「詛咒」這個字眼或許只是一種譬喻，但她可是侍奉白神大人的白女。波矢多不清楚白神大人是個什麼樣的神明，也不清楚白女扮演的角色為何，但應該是民間信仰的宗教人士，不會錯的。既然如此，她的「詛咒」或許真有其效力。

不會吧……

波矢多在心裡搖頭否認。

「前面也洗一洗吧。」

白穗用木盆舀水，沖掉他背後的泡沫後說道。

「不不，我自己來吧。」

波矢多手忙腳亂地回過頭，想接過毛巾時，只見白穗的浴衣拉到大腿根部，那裡的密林一覽無遺。浴衣胸口處的部分也鬆開了，露出了大半個彈性十足的雪白乳房。她應該還有幾年才成年，但身材無疑已經從少女變成大人了。

如果在正常的情況下，一定會以為她是在誘惑自己，但是根本不用看到本人天真無邪的模樣，就知道絕無可能。大概是拚命幫他刷背，才會變成這副德性。外表已經逐漸長成迷人的女性，但內在還是原封不動的少女。而且本人顯然沒有注意到這點，這種落差反而格外誘人。

但是波矢多作為一個成年男子，理所當然地陷入了白穗散發的韻味之中。因此意識到這點時，會感到慌亂狼狽也是人之常情。

「妳、妳跟妳外婆不一樣，說話沒有口音呢。」

波矢多突然沒頭沒腦地冒出這句話，可見他有多麼方寸大亂。

「我常聽收音機，自然而然就學會標準語了。」

「我還以為是在學校學的。」

「我沒讀高中。」

從她過的生活來看，能升學讀高中才稀奇。明知如此，波矢多仍不知該做何反應。

「這樣的話，妳平常都在幫忙外婆做事嗎？」

明明是無關痛癢的話題，這時白穗卻沉默了。因為背對著她，無從判斷現在她臉上是什麼樣的表情。

「從十六歲開始，要進入成為白女必經的前段修行。」

白穗也沒頭沒腦地冒出這句。

「等我滿十八歲，戴上白色面具，開始從事完全成為白女的後續修行，就等於辦完成人式了。」

「妳還在前段修行的階段嗎？」

因為她既沒有戴上白色的面具，看上去也還沒滿十八歲，但聽到這句話後，她再次陷入沉默不語。

「還是說……」

只有實際修行時需要戴上面具，或是她對自己看起來比實際年齡小而有所不滿，波矢多緊張地正想要打圓場。

「成為白女後，就能聽見白神大人的旨意，也會受到村民的敬重。白神大人是村裡白子神社的祭神，白女能聽見在神社那邊絕對不會知曉的神諭，所以很受到村民們的歡迎，但說到底，他們其實只是想知道對自己有利的結果而已。」

白穗猝不及防地吐露心聲，令波矢多有些訝異。

「即使順利幫人接生，小嬰兒的滿月酒也絕不會邀請白女參加。他們只有在自己需要協助的時候才會來找我們……」

看樣子，白子村與白屋的關係相當特殊。只是突然聽到這番話，波矢多實在不曉得該怎麼反應才好。

「您洗好了嗎？」

白穗若無其事地問他，波矢多這才想起自己拿著毛巾的手完全沒動過。

「還是我幫您洗吧。」

「不用了，沒關係的。」

以上的對話重複了好幾次，波矢多終於把身體前面洗乾淨，用她舀進木盆的水沖過身體後，重新回到浴槽裡。

白穗認為他洗完澡後就會在這裡過夜，丟下這句便回屋裡去了。

「我去幫您鋪床。」

「呼……」

她前腳剛走，波矢多就忍不住大大地吐出一口氣。並不是覺得白穗多管閒事，而是覺得太害臊了，但與此同時，內心感到很溫暖也是事實。只不過，她以沒好氣的口吻提到父母及外婆的事情時實在太沉重了。本人似乎沒有意識到，但是不是真是如此，那就不得而知了。

更何況……

明明是自己主動提起修行的話題，卻只是輕描淡寫地一句話帶過。說不定她母親根本不想繼承家業成為白女，才跟認識的男性——也就是白穗的父親，貌似行旅藝人那樣的人物私奔。或許她也隱約察覺到了這個事實，所以才沒繼續說下去吧。

他跨出浴槽，擦乾了身體，把睡衣換上。為了以防突發狀況，他其實想直接穿著剛才的衣服睡覺，可是當著白穗的面就實在不好意思這麼做了。如果他擺出一副隨時都能逃走的陣仗，肯定會傷了她的心，他可不想讓白穗難過。

再說——

所謂的突發狀況會是什麼呢？只要待在屋子裡，就不用擔心會遭到白魔仔的襲擊吧。白雲雖然不歡迎他，應該也不至於趁睡覺時砍掉他的頭。

「……應該什麼都不會發生吧。」

波矢多口中自言自語，從浴室走回起居的屋子。

周圍的密林籠罩在完全的黑暗裡。原本他內心還抱著淡淡的期待，希望能看到白子村或轟之埼燈塔的燈光，可惜一絲光亮也沒有。取而代之的是隱約且頻繁地聽見不曉得是什麼東西發出的聲響，大概是夜風或小動物吧。儘管如此，他仍豎起耳朵傾聽，然後察覺到有個不太對勁的聲音。

……啪嘰……啪嘰。

起初還以為是動物行走時踩在樹枝上的聲響，問題是那聲音完全沒有要移動的跡象。

……啪嘰……啪嘰。

聽起來像是一直停留在相同的地點，可是怎麼聽都聽不出聲音來自何處。

……啪嘰……啪嘰。

更詭異的是，那聲音始終隔著一定的間隔響起，以自然界的聲音來說，未免也太規律了，因此讓人感覺更不舒服。

波矢多察覺到這點的同時，也陷入有什麼東西正從黑暗中凝視自己的錯覺，背脊也跟著陣陣抖動。無從得知是不是真有什麼在看著自己，但光是浮現那種感覺就已經夠嚇人了。

他看也不看旁邊一眼，趕緊衝到屋子後門，進入屋子裡後才終於鬆了一口氣。

「怎麼了嗎？」

正在地爐旁鋪床的白穗一臉驚訝地問他。

「……沒什麼。」

第一反應雖是否認，但是又不想說謊。

「我看著夜晚的森林，感覺有點可怕。」

雖然說出口的話仍語帶保留，但這確實是波矢多的真心話。

「真的很可怕喔。村子裡也只有極少數人敢在晚上出門，而且也只敢走固定的路線。」

「是因為……會出現白魔仔嗎？」

對於這個問題，白穗只是微微頷首，這麼簡單的動作反而充滿說服力。

「抱歉，只有這麼簡陋的被褥，請您好好休息。」

白穗在地爐旁準備好的被褥顯然已經重新拍過無數次，肉眼可見的破爛。然而對此時此刻的波矢多而言，能有被子蓋已經要謝天謝地了。

「讓妳費心了。」

他向白穗低頭致謝，發現這裡只鋪了一床墊被。

「妳和外婆在哪裡休息呢？」

「在祈禱室。」

波矢多明白她口中的祈禱室是指那間中之間，不由得慌張起來。

「二位該不會平常都睡在這裡的地爐旁吧？」

「有客人上門的時候另當別論，雖然機會不多，但偶爾還是會有迷路的旅人。」

想必都跟他一樣。

「既然如此，那我——」

波矢多正要表示自己就去睡祈禱室吧，白穗卻搶在他開口前先行禮告退。

「晚安了。」

道完晚安後，白穗自己也要洗澡，便從土間那邊的後門出去了。

白穗回來時，他其實還醒著，只是假裝睡著。因為他實在不好意思去看她剛出浴的模樣。然而，能沉浸在這種酸酸甜甜的氛圍裡也只是須臾之間。

因為有人特地留言提醒波矢多：「即使不巧迷路的話，也千萬不要靠近白屋。更不能在裡頭過夜。」沒想到最後還是得在疑似白屋的小屋裡過夜……

第六章　那一夜

その夜

即使地爐裡的火勢隨著時間流逝變得愈來愈微弱，波矢多仍毫無睡意。明知為了儲備明天的體力，一定要好好休息才行，但腦子依舊不聽使喚地高速運轉。

假如這棟房子就是白屋的話，為何不能靠近呢？

原因不用想也知道，肯定是出在白雲身上，雖然光靠第一印象就做出判斷不太好，但就算退一萬步來說，也無法不認為完全跟那位老婦人無關。

因為她是轉述白神大人旨意的白女嗎？

再說了，像她那樣的靈媒，無論是哪邊的村落都會有一兩個，這並不是什麼稀奇的事吧。更何況白穗說過白雲也擔任產婆，有必要畏懼這種人住的地方嗎？

……等一下喔。

這時，波矢多想起一件事。

老闆娘不是說過，以前下榻小路屋的民俗學者四十澤告訴過她，白子村以前出現過具有附身血統的家族嗎？他口中擁有附身血統的家族，該不會就是白雲的家族吧。

聽說時至今日，有些鄉下地方仍存在著某些特別的家族，這些家族的成員會遭到村民的歧視。如果是因為受到村民宛如村八分[8]般地排擠孤立，才把房子蓋在這種樹海，一切好像就說得通了。

如果真是這樣的話……

那麼白穗的母親想與她父親攜手私奔——雖不確定是否真有其事，但應該八九不離十——的心情也不難理解。大概是想到如果自己繼承白雲的衣缽，就得成為白女，在這個家終老一生，因此覺得如坐針氈、無所適從吧。

可是……

或許是考慮到帶著襁褓中的嬰兒逃家絕非易事，所以才忍痛拋下女兒，可是這未免也太自私了，而且難道父親什麼都沒有表示嗎？

白穗也太可憐了。

想到這裡，從敞開的浴衣中露出的隆起乳房和魅惑的白皙大腿也清晰地浮現在波矢多的腦海裡，這害他更難以入睡了。

……白皙，而且美麗。

與其徹夜難眠地反覆回憶，不如強迫自己想點別的事情。這時，他才終於後知後覺地意識到某個事實。

白也太多了吧。

過去，白拍子一行人巡遊到這裡，開拓了白子村。村子裡的神社祭祀的是白神大人。隨後誕

---

⑧日本傳統村落習俗中，對於破壞村子規定與秩序的人施以孤立制裁的行為。在共同生活的十項要事之中，除了喪事和滅火這兩項不協助處理就會造成他人危害的場合，剩下的八項（成人禮、婚禮、生產、照護、住處改建、水災後的關照、法事、旅行）都完全不會有所交集。

生了擁有附身血統的家族，也同樣信奉白神大人。不確定這兩邊的白神大人是否為同一位神明，只知道白女是為了侍奉其中一位白神大人而存在的。白女居住的地方似乎就是所謂的白屋。現任的白女是白雲，她的女兒叫白露、孫女名為白穗。而且村子周圍的森林裡還會出現被稱為白魔仔的魔物，根本從頭到尾都跟白有關。

想到這裡，波矢多震驚地在被子裡抖了一下。

他想起在轟之埼燈塔迴廊出現的那個詭異的白色身影。那道人影的樣子或許可以用「白色的人」來形容，而且漁夫丹澤也提到「因為白色的東西在跳舞」，最後沒有在轟之埼靠岸。白色的人扭曲著身體，在燈塔上起舞。丹澤該不會也看到了那個讓人畏懼的驚心畫面，所以才會放棄讓漁船靠岸，將波矢多送到網引港吧。

不不不，一定是自己想太多了。

話說回來，轟之崎跟「白」就一點關係也沒有不是嗎。

正當他準備放下心中大石時，又想起小路屋老闆娘轉述過四十澤的說明，心情一下子沉重起來。

原本叫「どどヶ崎」的地方變成「百百崎」是因為取白子村的「白」字再加上「一」變成「百」，再疊字成和「どど」讀音相同的「百百」。那麼，為什麼會在「白」字之上再加上「一」

呢？

因為從白子村排除掉一個家族……

心中冷不妨浮現出這個天外飛來一筆的解釋。至於那個被排除的，當然就是白雲的家族。一般來說，只要讓「白」字少掉「一」，就可以變成「日」字，但他們卻反而為「白」字加一，變成「百」字。然後變成疊字「百百」，或許是為了配合原本的發音，但如果並非是從白子村減少一個家族，而是看成多了一個額外家族，這個方向應該更合理不是嗎？

不對，應該不可能。

波矢多立刻推翻自己的想法。四十澤說「百百崎」之所以變成「轟之崎」，是因為白子村裡誕生了擁有附身血統的家族。如果他說的是事實，那麼「從白子村排除掉一個家族」，所以名稱從「どどヶ崎」變成「百百崎」的假設就完全不成立了。因為當時會遭到村民排擠的家族還不存在。

不過……

沒有證據能保證四十澤的假設是正確的，據悉他本人也說這個假設還有很多不確定的地方，必須進行更深入的調查。

總覺得反而是我的解釋還比較合理。

會不會從轟崎的時候開始，其實就已經出現白屋與白女的問題了。

波矢多之所以對自己的解釋莫名有信心，或許是基於昨天到今天——尤其是今晚——經歷到的各種體驗所致。

明明已經想破頭了，仍找不到任何明確的事實，但他的心情無疑平靜了點，不一會兒便開始昏昏欲睡就是最好的證據。只要這種昏昏欲睡的狀態再持續下去，應該就能毫不費力地睡著了。

……嘰。

耳邊傳來類似屋子震動的聲音。

……嘰嘎。

又聽見了。但好像不是在這間房間內的聲音。

……嘰嘎……嘰嘎。

聽起來好像是隔壁祈禱室發出的聲音，但是聲音一直在同一個地方連續響起也太奇怪了。

正當波矢多在逐漸遠去的意識中察覺到這一點時。

……嘰嘎……嘰嘎。

他意識到那個聲音正在移動，也終於聽出那是什麼聲音了。

……有人在走路。

波矢多頓時嚇了一大跳，轉念又想，可能是白雲或白穗夜半起床如廁，踩在隔壁房間地板上發出的傾軋聲。腳步聲之所以離現在的房間愈來愈近，肯定只是因為要從土間的後門出去。

波矢多繼續裝睡。如果是白雲，他不想與對方打交道；如果是白穗，他也不想讓她感到害臊。

……嘰嘎……嘰嘎。

話說回來，走得也太慢了。所以大概是白雲吧，或許因為年紀大了，步履蹣跚。

……嘰嘎……稀咻。

腳步聲有所變化，似乎走進了現在的房間，但速度依舊慢如牛步，簡直像是在躡手躡腳地前進。

……稀咻、稀咻。

波矢多睡的這一側位在土間對面的牆邊，因此腳步聲是從地爐的另一側傳來。

……稀咻、稀咻、稀咻。

然而，不知道為什麼，腳步聲並未經過地爐，而是感覺往這邊移動了，像是要往自己躺臥的這一側走來。

白穗嗎……

波矢多也是男人，不免情不自禁地浮想聯翩。重點在於就算真是這樣，他該做何反應才好呢？自己的本能一方面要他接受白穗的投懷送抱、另一方面又發出警告，這是為什麼呢？

不對，問題不在這裡……

不可能是白穗。波矢多真的只在一瞬間產生遐想，但隨即便告訴自己對方可不是那樣的女孩。

既然如此……

只有可能是白雲了。一思及此，全身爭先恐後地冒出雞皮疙瘩。無論她有什麼目的，肯定都不是什麼好事吧。

……稀咻……稀咻。

他把頭轉向屋子後方。因為繞過地爐的腳步聲主人，就快要走到可以低頭俯視他的位置了。

……稀咻。

孰料腳步聲戛然而止。明明離他只剩幾步，卻停在地爐中段的地方。

怎麼啦？

波矢多好奇得不得了，但也沒有勇氣睜開雙眼。光是想像不曉得會看到什麼，身體就產生抗拒反應，所以他只好繼續裝睡。

只要屏氣凝神，就能聽見屋外呼嘯的風聲、樹葉的摩擦聲、動物的叫聲。然而，整個屋內卻是一片死寂。即便如此，但凡側耳傾聽，還是會聽見吱……啪哩……等細微的聲響，恐怕真的是屋子發出的聲音吧。近在耳際的「啪唧……」肯定是柴火在地爐燒裂的爆響，至於祈禱室發出的「沙沙……」聲或許是白穗翻身的聲音。

……稀咻咻咻。

木板房間突然響起與其說是往前跨出一步，更像是體重落在地板上的聲音。問題是由始至終都不知道對方在做什麼，所以才更令人毛骨悚然、惶惶不安。

波矢多鼓起勇氣，決定微微睜開雙眼確認一下。在不會被對方發現的情況下，慢慢地、一寸一寸地撐起眼皮，絕不能操之過急。波矢多拚命忍住眼皮的顫抖，隔著睫毛偷看。

有一團白白的東西模模糊糊地映入眼簾，當他領悟到那張陰森森的慘白臉皮正從上方窺視著自己時，血色頓時從波矢多臉上褪盡。他驚慌失措地就想睜開雙眼，終究還是硬生生地忍下這個衝動。雖然沒有看見白雲的全身，但是不用看到全身也知道，她的腰彎了超過九十度，臉就在波矢多的正上方，俯瞰著躺在地上的他。

她到底想做什麼？

腦海中浮現出再自然不過的疑問。任何人碰上這種狀況，想必都會產生相同的疑惑吧，只不過，這個疑惑並未持續太久。

快點走吧……

因為恐懼遠遠戰勝了好奇心。固然想知道來人有什麼目的，但是比起這個，他更希望對方能快點離開。

只可惜天不從人願。

「歐啦，哈摸渣啦咩古。難波西他貼烏他忒……」

白雲非但沒有離開，還開始念念有詞。或許是波矢多比較習慣方言了，聽得比剛才清楚，但依舊完全聽不懂她在說什麼。只是這段台詞不可思議地縈繞在耳邊，揮之不去。

她呢喃了好一會兒，聽起來愈來愈像咒語，害波矢多感覺自己活像被詛咒了。他再也沒辦法默默地待著，擔心如果不徹底睜開眼睛要對方閉嘴，天大的災難就會降臨在自己身上，再繼續坐以待斃可就大事不妙了。

好吧。

就在波矢多總算下定決心時，白雲有如咒文的喃喃自語也戛然而止。

……稀咻……稀咻。

然後是從地爐旁離開的腳步聲。

……嘰嘎……嘰嘎。

終於走回了祈禱室，不多時一切又歸於平靜，看來是重新入睡了。

她到底在說什麼？

正因為聽不懂才更加覺得恐怖，待千鈞一髮的危機過去後，波矢多終於開始有餘力思考了。

物理波矢多是白穗趁她打盹時擅自留宿的客人，對白雲而言無疑是不速之客。波矢多也感覺得出來白雲並不歡迎自己。因此她剛剛那番呢喃想必也不是什麼好話，但問題在於內容到底是什麼。

……自己該不會真的被詛咒了吧？

雖是令人哭笑不得的想像，但是身處在這間屋子裡，卻又真實地無法一笑置之，畢竟對方可是白雲那種人。

可是我只待一晚就走了啊。

這點她肯定也很清楚。有必要刻意去詛咒等到天一亮就要離開的外人嗎？

波矢多感到滿腹疑問，隨後想起白穗對他說過關於自己父母的事，又覺得可能性並非不存在。

白雲至今仍無法原諒白穗的父親，恨他搶走理應繼承自己衣缽的女兒。

莫非是老婦人在波矢多身上看到貌似那個行旅藝人的身影，所以為了以防萬一，才對他下咒的吧。

……別開玩笑了。

如果確實如此，拜託放過他一馬吧。很明顯一切都是白雲的誤會，她太多心了。

如果說他完全沒有被白穗吸引，確實是自欺欺人，但是他對白穗的好感中顯然摻雜了同情心，再加上聽過她父母的事，也造成很大的影響。與白雲在這種鳥不生蛋的地方相依為命，未來勢必得繼承外婆的衣缽——這樣的處境比什麼都打動他，自然而然地湧現憐香惜玉的心情，想為她做點什麼。

但是，我背負著燈塔守的使命。

昨天從轟之崎海域遠望轟之埼燈塔，親眼看到極其荒涼的景象時，波矢多的內心再次萌生出比在太呴埼燈塔時更強烈的守燈精神。就算對白穗有什麼特別的想法，只要有這股強烈的使命感，他就不可能背棄燈塔。

因此白雲根本無需擔心，但這又不能對本人直話直說。最好的方式，就是天色一亮就鄭重地向她們道別，立刻動身前往燈塔。

在那之後，波矢多遲遲無法成眠，轉輾反側了一整夜，總算在不知不覺間入睡了。

不過，他做了個奇怪的夢。

波矢多夢見自己正爬上燈塔的螺旋梯，底下傳來啪噠、啪噠……的腳步聲。還以為是燈塔長，於是就停下腳步向對方打招呼，但是毫無反應，改喊同事的名字也一樣，整個樓梯空間靜悄悄地、萬籟無聲。儘管如此，腳步聲卻須臾未停，啪噠、啪噠……的聲響繼續不斷地從底下傳來。

燈塔的螺旋梯不是樓上樓下能一覽無遺的鐵梯，中間有根巨大的混凝土柱子，因此從停下腳步的地方只能看到前後幾階。

啪噠、啪噠……

腳步聲無疑是從視線可及的台階下方傳來，但明顯不太對勁。因為燈塔守的腳步聲基本都是卡、卡……的清脆聲響。

啪噠、啪噠……

聽起來簡直像是踩著濕答答的光腳爬樓梯，燈塔守才不會發出這種濕漉漉的腳步聲。

到底是什麼……

正在從底下爬上來。想到這裡，他不禁為之顫慄。

加快腳步爬完剩下的台階，鐵製樓梯出現在狹窄的樓梯平台。爬上鐵梯，進入安裝著光源控制系統與迴轉機的圓形空間，他有些遲疑，仍停下腳步往下看。從這裡應該就能看見來者何人，又不會被對方發現。老實說，要搞清楚對方是誰，其實需要很大的勇氣，但是在一無所知的情況下逃走也很恐怖。既然如此，不如鼓起勇氣面對現實吧。

啪噠、啪噠……

然而，當他側耳傾聽那詭異的腳步聲，卻又想立刻轉身逃跑。等等看到的，該不會是什麼事後會讓他打從心底後悔目睹的東西吧——內心滿溢出這樣的不安與惶恐，幾乎要壓垮他了。

啪噠、啪噠……

之所以還動彈不得地杵在原地，可能是因為被底下傳來的駭人氣息給迷惑住了。

伴隨著啪噠、啪噠……的腳步聲，有個類似頭部的物體從螺旋梯的陰影處猝不及防地冒出來，是團白色的東西。

白魔仔……

波矢多不假思索地轉身想逃，卻又陷入兩難，是要繼續順著通往樓上燈室的鐵梯往上跑、還是推開通往迴廊的門呢？到底該選哪個方向？

但他也只猶豫了一瞬間。因為一旦進入燈室後就再也無處可逃了，如果逃到迴廊上，白魔仔有可能選擇上去燈室，這麼一來，就能與對方錯身而過，跑下樓逃出生天。

他故意在鐵製的樓梯上踩出腳步聲，爬了幾個台階，再躡手躡腳地用最快的速度下來，悄悄推開門來到迴廊，然後靜靜地關上門，躲在門後面，豎起耳朵偷聽。

這麼做是為了讓那傢伙誤以為他上去燈室了。

啪噠、啪噠……耳邊傳來爬上鐵梯的腳步聲，然後在爬到頂端的時候戛然而止，出現短暫的空白，彷彿是在思考該繼續沿著眼前的樓梯往上走，還是要推開旁邊的門。

啪噠、啪噠……只要能聽到上樓的腳步聲，他的策略就奏效了。只要在確定對方進入燈室的同時從迴廊返回燈塔內，再沿著螺旋梯往下衝就行了。但萬一運氣不好，對方往這邊來的話……

這時感覺有人從內側推門，讓波矢多大驚失色，連忙用盡全力把門給堵住，這時他明白自己的策略失敗了。

怎麼會……

那種騙小孩的把戲派不上用場，這個事實嚇得他驚慌失措。

推門的力道突然間消失了。頓時還慶幸對方死心了，但也絕對不能因此掉以輕心。說不定自己一旦鬆懈，門就突然被打開了。

就在他繼續使力堵門時，內部傳來一聲鈍響，那應該是再熟悉不過的聲音，一時之間卻聽不出來。

……啊。

反應過來的瞬間，兩條手臂的寒毛都豎起來了。那是和他眼前的這扇門幾乎處在正對面位置的另一扇門被開啟的聲響。

平常都從靠近樓梯的這扇門進出，所以壓根兒忘了還有一扇門，竟然在關鍵時刻犯下足以致命的失誤。

啪噠、啪噠、啪噠……

那傢伙從迴廊走向這邊的腳步聲立刻從自己的左側傳來，正當波矢多慌不擇路地想往右邊逃時。

……真的在左邊嗎？

波矢多一時感到困惑了，因為直到現在他才發現迴廊這邊颳著強風。會不會受到呼嘯風聲的干擾，混淆了那傢伙腳步聲傳來的方向？一旦內心產生這個疑慮，就一步也跨不出去了。

波矢多進退兩難地僵在原地，不知該往左還是往右逃，心亂如麻地輪流望向左右兩邊的迴廊。

啪噠、啪噠、啪噠……

才感覺那個東西愈來愈近，一團白色的東西已猝不及防地出現在左手邊。一看到模糊的輪廓，他便像是脫兔般衝向右側，想從對面的另一扇門逃回塔內。

噠、噠、噠……

聽得出來那個也跑了起來，問題是無法判斷是在追他，還是也轉身要從另一側去堵自己。波矢多站在迴廊中間，豎起耳朵傾聽，確定那傢伙是往回走之後，他也趕緊轉身。這麼一來，就只能從自己剛才出來的那扇門回塔內了。

噠、噠、噠……

然而，他感受到腳步聲又出現變化了，難不成對方也改方向了？一想到這裡，波矢多不由得又停下腳步。

接下來就是在迴廊上一下子左轉、一下子右轉。不不不，應該往左邊，還是右邊才對……這場如惡夢般重複的過程，一直持續到第二天早上被白穗搖醒為止。

萬一波矢多就這樣一睡不醒的話，到底會有什麼結果呢？

第七章 白色巨人之塔

白き巨人の塔

波矢多猛地睜開雙眼時，白穗正憂心忡忡地低頭望著他。

「不好意思，把您吵醒了。」

不明白她為何要向自己道歉，波矢多仍鬆了一口氣。

「因為您好像做了很可怕的惡夢，我有點不放心，所以雖然天色尚早，還是忍不住叫醒您。」

「……別這麼說，讓妳見笑了。」

波矢多坐起來，瞥了一眼放在枕頭邊的手錶，時間確實還早。但一想到要是白穗沒叫醒自己，自己可能會繼續做著那個惡夢，內心對她就充滿了感激。

「您夢到可怕的東西嗎？」

「是啊……」

原想告訴她惡夢的內容，卻又打消了念頭。白穗肯定也不想聽他說起和白魔仔有關的惡夢吧。

「那麼請多睡一會兒吧，我正在準備早飯。」

雖然白穗這麼說，但波矢多實在沒勇氣睡回籠覺。而且她正在忙，自己也不好意思繼續在旁邊睡大頭覺。

「我來幫忙吧。」

白穗受寵若驚地搖頭婉拒，但波矢多回以一笑便從後門走出去，打算去井邊汲水。

雖說天已經亮了，但破曉的森林依然顯得昏暗，散發出一股與夜晚不同的陰森氣息。幾乎可以用嘈雜來形容的鳥鳴聲，換作平常只會讓人覺得朝氣蓬勃，但此時此刻聽起來卻有種不祥的預兆，彷彿在高聲地提醒他要提高警覺。

實在無法阻止自己不去檢查夢裡看到的白魔仔是否就潛伏在草叢裡，因此他在前往水井的路上就把四周圍看了個仔細。這種疑神疑鬼的行為，無異也證明那個惡夢有多麼真實、多麼駭人。

不，除此之外還有別的原因促使他這麼做。昨夜洗澡時，白穗曾說過一句莫名其妙的話。「四周已經一片漆黑，所以我得在這裡守著，以免您溺水。」是因為太陽下山後，這一帶就會出現白魔仔嗎？他想逃離這棟屋子時，也感受到那種氣息，或許那傢伙已經依附在白屋上了也說不定。

他仔細地檢查周遭環境，在水井和土間之間來來回回走了好幾趟，想說會不會在哪裡還留有相關的痕跡。

波矢多汲好水後，不顧白穗的再三婉拒，幫忙做了早飯。起初氣氛確實很尷尬，所幸隨著她的反應愈來愈輕鬆開朗，才終於感受到兩個人一起準備早飯的樂趣。

「托您的福，比平常更快做好了。」

把三人份的早飯放在地爐旁，白穗欣喜地走向祈禱室，手舞足蹈地去叫白雲來吃飯。看到她那模樣，波矢多由衷慶幸自己有出手幫忙。

可是等了半天，她一直都沒回來。波矢多滿心疑惑，不曉得她在做什麼，這時耳邊傳來了竊竊私語的聲音。

明知不該偷聽，還是忍不住豎起耳朵。只可惜，從頭到尾都是白雲在講話，所以完全聽不懂她在講什麼，頂多只能勉強聽出孫女對外婆說的話提出反對意見的部分。

劍拔弩張的對話持續了好一會兒，白穗總算獨自回來了。

「外婆還沒有起床的樣子，所以我們先吃吧。」

這個再明顯不過的謊言令他有些吃驚，但是也輪不到自己多嘴，波矢多只好假裝相信。遺憾的是剛才瀰漫在兩人間的親暱氣氛，現在已經蕩然無存。

開始用餐時，波矢多提起太哃埼燈塔的事，試圖用觀光景點的故事引起她的興緻，可惜徒勞無功，白穗看起來反而更加悶悶不樂。但就算是這樣，也不好跟她提起自己在礦坑還是黑市時的體驗。

波矢多不禁想起在黑市的赫衣殺人事件中結識的那個熱愛怪談的青年，但如果提起那件事，話題又會變成恐怖的內容了。於是他搜索枯腸，以幽默風趣的口吻講述他在故鄉和歌山的家業，亦即傳馬船⑨的種種。

或許是內容夠稀奇，白穗聽得津津有味。然而，話題沒多久就轉到隨著世面上出現以螺旋槳為動力的船，導致傳馬船的需求逐漸降低，到了波矢多的父親繼承家業時，物理家的生活已經陷入捉襟見肘的窘境。波矢多心想又搞砸了，為時已晚地後悔根本沒必要這麼老實地一五一十交代清楚。

沒想到她的反應出乎意料地投入，還問他後來怎麼了。

波矢多在校成績優良，所以老師鼓勵他報考幾所遠近馳名的大學，但是考慮到家裡的經濟狀況，實在不容許他繼續升學，如果要念大學，就必須同時工作。而且除非找到付得起高薪，而且還不是臨時工的工作，否則就無法應付學費及生活費的開銷。

這時，老師告訴他在滿洲國有一所建國大學，以「全部的學費皆由政府買單」為創校宗旨。那是一所非常難考的學校，但他還是順利錄取了。從此以後，波矢多的命運產生天旋地轉的變化，但是他當然沒有說到那些細節。

「您決定了自己的人生呢，真了不起。」

這是白穗最感興趣的點。或許是因為她已經預見自己必須繼承白雲的衣缽，成為白女的未來。

「沒這回事，才沒有妳說的那麼了不起。」

⑨出現於日本近世的小型船隻，負責貨船、客船與碼頭間的接駁載運或拖曳等工作。

波矢多想說得更有深度一點，但終究只能回以不痛不癢的廢話。

「而且戰爭讓一切都亂了套。」

之所以不由自主地加上這句話，無非因為他曾經是建國大學的學生，對於在那之後的侵略戰爭充滿了異於常人的憤怒。

吃完早飯，白穗立刻著手捏飯糰、做便當。

「您走得再快，也是要到下午才能到達燈塔，這些請帶在路上吃吧。」

「真的非常感謝妳。」

波矢多誠心誠意地道謝後，便拿出雜貨店老闆畫的地圖，向白穗確認前往燈塔的路。

她指著地圖上的某個地點——把那裡和白子村、燈塔連接起來的話，剛好形成一個三角形——說出了令波矢多大驚失色的話。

「我們的小屋在這一帶，白子村的人都稱這裡為『白屋』。」

果然……波矢多費了九牛二虎之力才沒讓這樣的情緒表現在臉上。

「原來我繞了好大一圈。」

「這也不是什麼稀奇事啦。」

白穗說得理所當然，見他露出詫異的表情，繼續理所當然地斷言：

「因為白衣森林會迷惑人心，就算是白子村的人，要是掉以輕心也會迷路的。」

地圖上並未標出「白衣森林」，但不難理解那是指白子村、白屋、燈塔構成的三角地帶所框起來的整座密林。又是「白」啊。

「其實昨天在抵達這裡之前，我曾經走過像是在谷底的路——」

波矢多提起令他耿耿於懷的體驗。

「哦，那裡啊。那條莫名其妙的路叫『卡托斯小徑』。」

根據白穗的說明，「卡托斯」這個方言是「追趕」的意思。緊接著，她又說出意味深長的話。

「走在卡托斯小徑的時候，如果覺得前面好像有人，這時一定要自報家門。」

「我是白子村的某某——像這樣嗎？」

「是的。這麼一來，前面的人也會回答他是哪裡的誰。」

「……萬一沒有回答呢？」

「不，前面的人通常都會回答的。問題在於明明覺得後面有人走過來，但等了半天對方還遲遲不打招呼的時候。」

簡直就是自己體驗到的狀況，心跳加速的波矢多立刻問道。

「不能由走在前面的人先報上姓名嗎？」

「倒也不是不行，只是後面如果沒有任何反應就糟了……」

「如果後面的人始終沒有報上姓名……」

「這種時候只能加快腳步通過卡托斯小徑。」

「為什麼?」

「因為萬一在那裡被不是人類的東西從後面追上來,之後絕對會生病的,聽說搞不好還會丟掉性命。」

但波矢多不僅回頭看,還故意退回去,想搞清楚對方是誰。聽完他說明自己當時採取的行動後,白穗臉色大變。

「幸好您沒事……」

「接下來才會發病嗎?」

「不,如果您已經被附身了,應該在到達我們這裡的時候就會染病了才對。但是聽您剛才的敘述,顯然是沒有被追上吧。」

問題是,那傢伙該不會在那之後也一路跟著波矢多吧。他在像是把三角木馬拷問刑具放大的岩場區前,看到那傢伙在森林裡足不點地地前進就是最好的證據。

聽他說完這段體驗,白穗的反應不太尋常。

「……好奇怪,我從沒聽過這麼古怪的事。卡托斯小徑的魔物應該不會出現在其他地方。您都已經離開那裡了,卻還是一路被跟著,會不會是什麼別的……」

「像是白魔仔嗎?」

白穗一言不發地站起來，轉身走進祈禱室。過了一會兒，祈禱室裡傳來類似咒語之類的聲音。咒語稍停，馬上又聽見白雲嘴裡「那揪嗟哩」和「沙咧咖摸那」的說話聲。跟之前的方言一樣聽不懂意思，但想必是在說「別管那種男人死活」之類的吧。

由始至終都沒聽見白穗反駁的聲音，她就回到這間房間了。

「在您前往燈塔的路途中，請把這個掛在脖子上或圍在肚子上，總之請貼身帶著。」

白穗說完，遞給他一條類似白色背帶的東西。白色的布料滿是用黑線描繪出的不可思議圖案，這個長度如果掛在脖子上，兩端會垂到腰際的位置。

「這是什麼避邪護身物嗎？」

「總之在抵達燈塔之前，千萬不要離身。」

她那真摯的眼神與語氣令波矢多不知所措，或許也能因此確信她並不是在開玩笑。

起初想把這條避邪布圍在肚子上，卻又讓他想起戰爭時的千人針習俗，不由得陷入猶豫。為祈求武運昌隆，會由上千名女性各自用紅線在白色或黃色的木棉布上縫一針再打個結，這種護身符就稱為千人針。當兒子或丈夫、兄弟收到召集令的時候，母親、妻子或姊妹便會帶上布和針線站在街頭，請路過的女性幫忙縫製千人針。光靠左鄰右舍和親朋好友，要召集千人並非易事。若想在收到召集令到出征之前這段有限的時間內完成千人針，勢必得借助第三者的力量。因此女性比較多的公司及學校經常會接到協助完成千人針的請求。

出征的士兵相信只要把千人針圍在肚子上，就能避開敵軍的子彈。這塊布也象徵不得不把兒子、丈夫、兄弟送上戰場的無奈，蘊含母親、妻子、姊妹「請一定要平安歸來」的深切祈願。遺憾的是如此真摯的祈求只是徒勞，千人針理所當然地沒有發揮任何效果。

腦海中浮現出這個慘痛的事實，令波矢多感到有些遲疑。最後他決定把避邪布掛在脖子上，將垂下來部分塞進襯衫裡。

白穗將他脫在前之間三和土地板上的鞋拿過來，看樣子是為了讓他不用與人在祈禱室的白雲打照面就能直接離開。波矢多非常感謝她的貼心，但又覺得就這麼一聲不吭地走人實在太失禮了。

「至少讓我跟妳外婆打聲招呼再走——」

波矢多主動提議，但白穗只是靜靜地搖頭。

「可是……」

「我覺得別和外婆見面會比較好。」

這句話彷彿是在給予忠告。與白雲道別時，對方可能會對自己下咒，令波矢多忐忑不安。

「承蒙關照了。」

波矢多向隔壁房間行了一禮，便從後門走了出去。

他與白穗一語步不發地走到白屋的前方。唯有此時此刻，比起周圍的狀況，就走在身旁的白穗吸引了他所有的注意力。波矢多惦記著她今後將何去何從，可是區區只是一介燈塔守的他，卻什麼也做不了。

「路上請務必小心。」

「非常感謝妳。」

除此之外還有千言萬語想說，至少波矢多是這樣的，但最後也只是微微一笑。白穗也回以微笑，目送他離開。

波矢多撥開草叢，回到昨天太陽下山後看見白屋燈光的地方。途中頻頻回首，每次都能看到白穗向他揮手道別的身影，所以他也不住揮手。不一會兒，被密林的樹蔭給遮住，無論是白屋和白穗都看不見了。看起來就像是被森林吞沒，波矢多下意識地就要往回走。

那是那個少女出生長大的地方。

唯有這樣提醒自己，才能硬生生地沒有真的回頭。另一方面，很高興能逃離白屋也是事實。

只是因為逃離白屋嗎……

其實離開白穗也令他鬆了一口氣……

……不對，才沒有這回事。

他在內心拉扯了一會兒，隨即就被另一件事轉移了注意力。

看著地圖，試圖以最短距離前往燈塔，結果愈走愈沒路，只能艱難地在密林的樹海裡撥開草叢前進。草的高度從膝上到頭上不等，非常消耗體力。不僅如此，他也怕再次迷路。既然如此，最好先回到昨天迷路的地方，再從那裡往正確的方向走就沒問題了吧。可是這樣走的話，問題在於要花費很多時間，而且必須先朝著跟燈塔不同的方向前進，就結論來說其實相當於繞了一大圈。

搞不好還沒走到燈塔，太陽又要下山了。

預想到最壞的情況，波矢多難免裹足不前，但不能再拖延到燈塔就任的時間了。這樣一來不光是燈塔長，也會給其他職員添麻煩。

更何況……

光是想像要在白衣森林裡露宿，他就忍不住簌簌發抖。以前不覺得在野外餐風露宿有什麼問題，但這裡委實不妥。這裡可不是尋常的森林，原本就不是人類該來的地方。

但是既然燈塔在那邊，那就另當別論了。

不管是受到多厲害詛咒的土地，只要燈塔在那裡，身為燈塔守，再怎麼害怕、再怎麼畏縮，也必須義無反顧地前往，無論如何都要使命必達。波矢多也有強烈的使命感，因此儘管內心充滿不安，終究還是選擇了最短的距離。

一路撥開草叢潛行，在無邊無際的樹海裡走了半天，終於攀上爬滿藤蔓的岩壁。幸好岩壁不高，再加上有藤蔓可抓，所以不像昨天那麼吃力，但仍必須充分確認藤蔓的強度，才能再往上爬。

岩壁前方又是一望無際的草叢，往前走了一段路，下坡的岩石路出現了。再過去又是上上下下的岩石地、岩石路和鬱鬱蔥蔥的樹叢，感覺沒完沒了，彷彿走到天涯海角也走不到盡頭。

方向沒錯吧。

波矢多每站上一處新的岩盤，就拿出指南針來確認方向。之所以這樣還不放心，無非是因為沒有任何地標可供參考。白穗在白屋那裡為他指出燈塔的方向，但沒告訴他途中會經過哪些地方。換言之，他沒有任何方法可以確認自己現在位於哪裡。

無論是深陷在草叢裡，還是爬到岩盤上，周圍都是高聳的樹木，除了從枝葉間隙透進來的陽光，完全曬不到太陽，但也沒有因此就變得涼爽。身邊的空氣始終悶熱難當，就像在密林中遍佈的草叢散發出來的熱氣。滿頭大汗順著額頭和臉頰往下滴，感覺連衣服裡面都濕透了，因此掛在脖子上的避邪布就顯得格外多餘且擾人。

先暫時拿下來吧。

他取下脖子上的布，捲成一團，收進長褲的口袋裡。只是這麼簡單的動作，卻讓他感覺輕鬆多了，彷彿立刻有陣清涼的微風拂過頸邊。

好舒服啊。

離開白屋後，這或許是他第一次感到通體舒暢。早知道就不該圍在脖子上，不對，是應該早點拿下來才對。

剛才熱成那樣簡直是活受罪。

明知道白穗是為他好，現在只覺得避邪布十分礙事，而且即使放進褲袋裡也讓他舉步維艱。真麻煩。

要是有人幫忙帶路，根本不需要這種避邪物。只要跟著對方走，別落後太多就行了。

……沙、沙沙。

前方高度及腰的草叢裡有聲音響起，周圍的草叢蠢蠢欲動，似乎在誘惑他，暗示他應該走這條路。

波矢多從褲袋掏出避邪布，原本捲成一團的布自己鬆開，波矢多就這麼扔掉避邪布，這麼一來爽快多了。

才剛丟掉，原本拂過頸邊的涼爽舒適頓時變成令人頭皮發麻的寒意。

沙沙沙沙沙。

原本出現在前方的聲音突然往四面八方擴散，周圍的草叢一陣騷動，彷彿要將他團團圍住。

沙、沙。

而且草叢的躁動愈來愈靠近，騷動的範圍開始縮小，一寸一寸地朝他逼近。

……這下糟糕了。

他怎麼會取下避邪布呢？為什麼會丟掉呢？波矢多想了又想，也想不出個所以然來，徒留滿心悔恨。

丟到哪裡去了？

波矢多連忙四下張望，明明才剛丟掉，而且就扔在腳邊，卻到處都沒看到。白色的布應該很顯眼才對。

雙手探進身邊的草叢裡摸了半天，什麼也沒撈到，再怎麼找都遍尋不得。

被草叢掩沒了……

眼前的狀況讓他只能想到這個可能性。像那種又輕又長的布不可能這麼快就掉到地面，應該會被長得如此茂密的草木給勾住才對。

沙、沙。

在尋找避邪布的過程中，周圍的草叢繼續對他步步進逼。如果早一點發現，或許還能穿過蠢動的草叢逃走，但一切都太遲了。原本各自為政的騷動合而為一，形成一個巨大的圓圈。

要是把手伸進去……

一想到不曉得會發生什麼事，兩條手臂立刻爬滿雞皮疙瘩。

不，根本不用特地把手伸進去……

只要草叢蠢動的範圍繼續縮小，遲早會吞噬波矢多。到時候他會有什麼下場呢？

趕在具體的想像成形前，波矢多不顧一切地在附近的草叢裡摸索。若想擺脫眼前的危機，絕不能缺少那條避邪布，一定得找出來才行。

咖沙咖沙、啪嚓啪嚓。

這是波矢多拚命翻找周圍草叢的噪音。

沙沙、沙沙、沙沙。

這是包圍他的圓圈慢慢縮小、漸漸靠近的聲音。除了這兩種聲音，這片密林裡一片死寂。樹海安靜得令人發毛，彷彿所有的小動物都屏住呼吸，正在觀察事情的發展。

……找不到。

草叢裡的騷動已經迫近到張開雙手就能碰到的地方，卻依然找不到避邪布。

既然如此，只能強行突破了……

正當波矢多的雙手無力地垂在身體兩邊，痛下決心時。

咻！

右手突然被某個東西給纏住了。他還以為是魔物從蠢動的草叢裡伸出有如觸手般的器官，忍不住驚聲尖叫。

「哇啊啊啊啊！」

波矢多反射性地舉起右手，只見避邪布就纏在手腕上。

咦……

思考頓時陷入停止的狀態，波矢多隨即解開纏住右手腕的布，繞在脖子上。光是這樣還不放心，乾脆像是打領帶般綁在脖子上，讓它絕對不會鬆脫。

沙沙沙沙。

這麼一來，原本圍成圓圈的蠢動開始往同一個方向集中，聚在一起後，發出細微的聲響，就這樣離開了。

得救了……嗎？

波矢多茫然地佇立了好半晌，他還無法相信丟掉避邪布後發生在自己身上的一連串怪事。

接著他拿出指南針，發現與燈塔的方向偏移了九十度。就算沒丟掉避邪布，只是放在口袋裡，可能也會被草叢裡那個不明的存在帶往與燈塔不同的方向。

真是驚險啊。

波矢多重新打起精神，修正軌道。然而，若要繼續像剛才一樣撥開草叢前進，現在需要比先前更大的勇氣了。

萬一草叢又開始蠢動……

他想像著最壞的情況，全身展開戒備。如同明知道毒蛇就潛伏在樹海裡，仍必須在樹海中前進。

儘管如此，緊盯著行進方向的前方一小段還好，因為他一心想著但凡前面或左右兩邊的草叢稍有不對勁，就要立刻轉身逃跑。問題在於撥開草叢，往前走了一段路後，忍不住開始在意起自己的腳下。

沙、沙。

波矢多無法不覺得自己每踏一步造成的草叢聲響，就宛如剛才那陣真相不明的蠢動。那個似乎就跟隨在自己腳邊，配合自己的步調行動，等到他放鬆警戒時，就會不由分說地撲上來。這樣的不安令他倏地停下腳步，一再打量自己的腳邊。

……什麼也沒有。

波矢多繼續往前走，可是沒走幾步，剛才的恐懼又再度襲上心頭。只好又停下腳步，低頭張望，果然還是什麼都沒看見。

再繼續像這樣走三步、退兩步，時間只會一分一秒過去。

我有這麼膽小嗎？

波矢多斥責自己，可是又感受到這片密林非比尋常。一旦進入白衣森林，人類的勇氣什麼的根本一點用處都沒有。

既然如此，只能相信她了。

波矢多想著，自然而然地抓緊細長的避邪布。接著，內心的不安稍微減輕了，真是不可思議。即使不安尚未完全消失，至少產生了一線希望。

不一會兒，前方出現高聳的岩壁，波矢多把注意力放在岩壁上，往前邁進。他全神貫注地思考要如何克服那道天險。要從哪裡進攻？要怎麼爬上去？光是思考這些，也讓他終於不再那麼在意腳邊的情況了。

當他站在長著山毛櫸和栗子樹的岩壁上時，剛好時值中午。前方依舊是一片綠意盎然的樹海，再往前則是如同瀑布般往下陷落。看樣子千篇一律的路還有得走。

波矢多決定在這裡休息一下，順便吃午飯。不確定還要多久才能走到燈塔，但經過剛才的體驗，現在最好先充分地喘口氣。

吃著白穗為他做的飯糰，喝著水壺裡的水，光是這樣就讓他快活多了，感覺方才的恐懼逐漸煙消雲散。或許也歸功於自己站在岩壁上，居高臨下地俯瞰遇上怪事的草叢。

吃完便當，波矢多打算在這裡小睡片刻。可以的話，他才不想睡在這片森林的正中央，可是昨晚沒睡好，再加上跋涉到這裡已經消耗太多體力了，他判斷自己必須要睡一下。

……咯。

被詭異的聲音吵醒了，看了眼手錶，似乎只熟睡了十六分鐘左右，他還想再睡一會兒，但既然都醒了也沒辦法。

正當波矢多要坐起來的時候。

……喀。

身邊又傳來奇怪的聲響。連忙四下張望，可惜聽不出聲音是從哪裡傳來的，只能猜測是不是石頭互相撞擊的聲音。

……喀嚓。

這次除了聲音，同時也看見有東西從他身邊掠過。

……喀、喀嚓。

緊接著，瞳孔清清楚楚地捕捉到有個小小的黑影飛過去。那一瞬間，波矢多明白眼前異樣的狀態是怎麼一回事了。

——是天狗礫。

在山裡行走時，會有石頭不曉得從哪裡飛過來，可是四下張望卻不見半個人影。既不知對方是何方神聖、也不知有何目的，所以以前的人就認為這種時候是天狗在作亂。

此時此刻，就有人在對波矢多扔石頭。他睜大雙眼，仔細地往周圍看了一圈，但一個人都沒看見。

再過一會兒，就會聽見笑聲……

光是想像就感到毛骨悚然。因為如果真是天狗礫的話，附近還會響起尖銳的笑聲。

此地不宜久留。

波矢多趕緊收拾東西，從岩壁的另一側下去。但也不敢操之過急，戒慎恐懼地一步一步往下走。

老天爺保佑，天狗礫不要再飛來了。

波矢多忍不住向上蒼祈求，萬一在這種情況下被打中是非常危險的。或許是他的誠心奏效了，這段期間沒有再受到天狗礫的攻擊，直到下到岩壁下方。

……喀嚓。

平安無事地踩到地面後，抬頭一看，天狗礫正砸向附近的草叢，嚇得他急忙離開那裡。

那個岩壁上方該不會是天狗的座椅吧？

波矢多想起小時候祖父講給他聽的故事，內心悚然一驚。

以前的人會把橫向長出粗壯枝枒的巨大松樹或杉樹稱為「天狗的座椅」，大概是因為看起來就像是天狗坐在上面休息的關係。除此之外，「天狗的座椅」也會被用來稱呼山頂或是又高又引人注目的岩石上方。

問題是，那塊岩壁的上方……

實在不像天狗的座椅。因為看起來一點都不像，反而更顯得詭異陰森。還是那裡有什麼東西，只是自己沒發現？

不，重點是天狗根本不存在……

波矢多想嘲笑自己，但實在笑不出來。彷彿又回到小時候，聽祖父坐在地爐旁講述山川怪談，自己嚇得渾身發抖的時光。

波矢多以電光石火的速度，三步併成兩步地離開現場，繼續前往有如瀑布般往下陷落的地方。從截至目前經過的路線推測，那裡恐怕是片巨大的岩石斜坡。還是眼前會突然出現幾乎呈九十度垂直、人類根本不可能走下去的絕壁呢？

滿懷不安地前進，果然是預料中的一整片岩石斜坡。比之前經過的岩石斜坡都高，而且坡面凹凸不平，但也不至於完全下不去。

喀啦喀啦、唰啦。

再怎麼步步為營地往下走，大小不一的岩石依舊紛紛崩落。為了防止自己也失足摔下去，波矢多捏著一把冷汗繼續前進。

總算有驚無險到踩到地面，在他喘了口氣後抬頭一看，不由得愣住了。眼前依舊是一望無際的茂密草叢，有張巨大的白色臉龐正隔著前方枝繁葉茂的樹木，直勾勾地看著這裡。

是白魔仔那個魔物……

雖然只有一瞬間，但他真的差點相信白魔仔就像是從祖父那聽來的見上入道⑩，也會變高然後巨大化。

……不對。

接著，波矢多立刻就知道自己終於抵達了轟之埼燈塔。

⑩日本傳說中的妖怪。當行人深夜走在上坡路時，會以小和尚的模樣出現在前方，行人一旦看到它，它就會長高、變大，跟著抬頭的行人便會不知不覺地向後倒仰。在不同地方的傳承中，它對倒下的行人採取的舉動也不一樣。

第八章 燈塔附屬員工宿舍

灯 台 付 属 官 舎

波矢多展顏而笑，開心得幾乎要手舞足蹈，而且打從心底鬆了一口氣。回顧前天傍晚，搭乘漁夫丹澤駕駛的漁船靠近轟之崎，看到燈塔後的一連串經歷，他會出現這樣的反應也不足為奇了。

……因為他甚至有一度覺得到不了。

現在反而說得出洩氣話了。因為已經看到前方的燈塔，再也不需要擔心了，心情頓時輕鬆起來。

就連讓腳步沉重、撥開草叢往前走的動作，都已經不像先前那麼痛苦了。即使前方再度出現像是瀑布般的地形陷落，發現這次必須繞一大圈的時候，他依舊神采飛揚。因為抬頭就能看見右手邊燈塔的白色燈籠屋頂和相當於燈室背面的白色遮蔽板部分，就算遲遲找不到可以下去的地點，他依舊非常樂觀。

就快抵達轟之埼燈塔了。

他對這點毫不懷疑。因為燈塔已經映入眼簾，再也沒有比眼見為憑更有力的證據。

然而，他的信心卻開始一點一滴地流失。

沿著如瀑布般陷落的地形邊緣悶著頭往左邊走，高低差也逐漸縮小。他先隨便找個地方下去，發現草叢太高、寸步難行，走著走著，前面是一條獸道般的小徑。

說不定這就是正規的山路，雖然要繞很大一圈，但說不定真能走回本來的路。

波矢多直率地感到欣喜萬分，隨即又浮現了疑惑，因為走了一陣子都無法靠近燈塔。根據草叢及周圍的樹木高度而異，有時候不光是燈塔的遮蔽板，還能看見迴廊；有時候別說是燈籠屋頂了，就連避雷針和風向儀都看不到。但燈塔確實近在咫尺。儘管如此，無論走了多遠、無論過了多久，始終無法縮短彼此之間的距離，怎麼看都感覺自己完全沒有前進。

燈塔就在那裡。

然而自己卻一直處於相同的狀態。陷入明明朝著矗立於草叢構成的迷宮正中央的燈塔前進，卻一直在外圍鬼打牆、怎麼也無法走到正中央的錯覺。

……迷宮的結構一直在變。

波矢多腦海中倏地浮現出想也知道不可能的現象，彷彿能看見根本就不會動的植物在跑來跑去，刻意改變路線的光景。

怎麼可能有這種事……

看見燈塔時油然而生的喜悅早已消失殆盡，如今只剩下原因未明的不安感。好似要與他的精神狀態呼應，周圍開始暗下來了。曾幾何時，暮色已逐漸籠罩大地。

太陽要下山了嗎。

對波矢多來說，他還覺得時間還早，感覺還是剛進入下午的程度。從吃完午飯到看見燈塔，這段過程走了這麼久嗎？難不成他發現燈塔的時間沒那麼早嗎？

如果是這樣的話……

那就是自從踏入迷宮般的草叢後，其實已經過了很長一段時間，只是他沒有實際的感受，但或許已經走了相當遠的距離。

儘管如此，竟然還沒走到燈塔。

明明就近在眼前，卻遲遲無法靠近。

簡直就像是法蘭茲．卡夫卡的《城堡》嘛。這是作者死後才由友人幫忙發表的未完成作品，內容描寫測量員K受雇於座落在大雪覆蓋村莊的威斯特韋斯伯爵城堡，但是卻連一步也沒能踏進那座城的內部。不過，K是因為人為理由才無法進城，波矢多的情況又是另一回事。

……受到大自然的干擾。

例如轟之崎這塊土地本身拒絕接受新的燈塔守。還是說其實是白魔仔幹的好事呢？是白魔仔在擾亂他嗎？

束手無策的同時，陽光漸漸不再毒辣，再這樣下去，就得在燈塔面前露宿了。要是真的變成那樣，那可真是個大笑話，不過他一點也笑不出來，不僅笑不出來，還感到欲哭無淚。

波矢多停下腳步，左顧右盼地思考了半晌。這時，右手無意間摸到避邪布。意識到這一點，他突然打起精神，撥開周圍的草叢，找到一根粗細適中的樹枝。撿起樹枝後，把那條長長的布從自己的脖子上解下來，前端綁在樹枝上，然後用右手以拿刀的姿勢握緊樹枝，開始慢慢地在草叢裡的獸道上前進。

這種應急的護身符……

他打從心底不覺得會有效，但這塊布是白穗給他的「貨真價實」避邪之物，上午也拯救他於危難之中。或許這次依舊能派上用場也說不定。

結果馬上就揭曉了。之前歷經的千辛萬苦如同是假的一樣，他才走了一小段路就穿出草叢迷宮了，簡直有幾分被耍著玩的感覺。

不，這都是托白穗的福。

內心還來不及強烈湧現對白穗的感謝之意，波矢多的注意力就先被眼前莫名其妙的光景給抓住了。

在奇形怪狀的九指岩後方，被宛如血色的夕陽光輝染紅的轟之埼燈塔就矗立在那裡。

夕陽餘暉中的燈塔，在太哃崎時已經看得夠多了，但還是無法厭倦這種光景，因為總是能在燈塔上感受到稱為孤高之美也不為過的華麗與莊嚴。太陽下山後，燈火通明的燈塔也別有一番美感。正因為知道有多美，所以每天到了黃昏時分，他的內心都會充滿期待。

可是……

以前看過這麼怵目驚心的紅褐色嗎？還是抵達燈塔之前，路程中各種不尋常的遭遇才讓他產生這種想法呢？

與此同時，波矢多腦海裡升起兩輪令他永生難忘的夕陽。

一輪是在滿洲國與建國大學的同學們目睹沉入地平線的雄偉夕陽。

另一輪是在北九州行駛於筑豐的火車上看到、將山林染成一片火紅的夕陽。看到前者時，波矢多內心燃燒著希望；看到後者時，波矢多跌落失意的谷底。儘管如此，兩者都讓他牢牢記住大自然的美好。明明就要往西方落下，卻能讓他重新領略到太陽的偉大。換言之，與波矢多當下的精神狀態沒有任何關係，這兩種夕陽都為他帶來莫大的感動。

既然如此，現在這種心驚膽跳的感覺到底是怎麼回事……

波矢多一時半刻邁不開腳步，對接下來的新生活產生了難以言表的恐懼。比前往太呴埼燈塔赴任的時候，更沒有把握自己是否真能勝任燈塔守的職務。

太呴埼燈塔所有的設施都蓋在四邊被圍牆包圍的基地內。燈塔和附屬員工宿舍、霧笛室都設置在用走的就能輕鬆到達的範圍內，每天的業務與生活只要在不同的建築物間來來去去就好了。

但是轟之埼燈塔卻不是這樣。宛如巨大岩塊的岬角上開拓出三塊平地，員工宿舍蓋在最低的地方，中間那塊是燈塔的所在地，最高的地方可以看到霧笛室。先前從海上看過來的時候之所以沒看到員工宿舍，大概是剛好被岩石擋住了。雖然應該有看到霧笛室的大喇叭，不過他毫無印象，肯定是因為注意力都放在九指岩上的關係。

三棟建築物分別蓋在不同高度的岩盤上，以石階串連。石階沿著岩盤的裂隙延伸，從第一層的員工宿舍通到第二層的燈塔，再通到第三層的霧笛室。天氣好的時候不成問題，若是狂風暴雨、颱風季或下雪的冬天，走起來就很困難了。

波矢多望著眼前的風景，在做好心理準備的同時也冷靜下來了，一口氣擺脫夕陽懾人心魄的魔咒。

徹底鑽出草叢，踏上順著轟之崎山嶺延伸的路，宛如站在巨大的海龜殼上前行，先往上走、再往下走。當他走到岬角的最低點，眼前就是石階的起點，也就是通往燈塔員工宿舍的階梯。

這樣看起來，陸路的物資補給相當困難啊。

波矢多邊爬樓梯邊想。從前天丹澤的模樣可以得知，要開船穿過九指岩靠近岬角也絕非易事。但就算是這樣，他也不氣餒，因為愈是重重險阻，愈能激起物理波矢多這個男人的鬥志。

爬上石階，來到了第一層岩盤，員工宿舍就出現在眼前，那是用混凝土建造的西式平房。除了漆黑的屋頂，其他部分統一為白色。有個只有三層台階的石階，上去後是並排著白色柱子的室外走廊，看起來別有一番洞天。話說回來，燈塔本就仿照法國和英國的風格，所以每座燈塔的員工宿舍基本上都採取西式外觀。因此愈是鄉下地方，當地人自古以來對燈塔的憧憬便愈發強烈。無論是戰前或戰後，這點幾乎毫無變化。

波矢多正要踏上室外走廊時，不由自主地回頭看，望向自己才剛穿過的白衣森林。

……有人在看我。

突然陷入這種感覺。但眼前除了蓊鬱深邃的樹林和層巒疊翠的群青外，什麼都沒有。就算真有什麼，應該也淹沒在密林裡，不可能看得見。換句話說，對方也無法看到波矢多。是我多心了嗎？

波矢多再往走廊跨出一步，結果腳又在半空中停住了。眼前是一排看在日本人眼中只覺得是對開式的落地玻璃窗，總不能從窗戶進去吧。

左看右看，發現左手邊還有另一棟建築物，於是就繞到右邊，眼前是同樣只有三層台階的石階和玄關門。

波矢多卸下背上的行囊，爬上石階。

叩、叩。

先敲門再推開，只見筆直往前延伸的走廊倏地映入眼簾。右手邊有四扇門，左手邊有兩扇門，走廊盡頭還有一扇門。

在這裡報到也很奇怪。

波矢多如是想，他雙手提著行李，逕自走進員工宿舍，反手關上玄關門。問題在後面，一共有七扇門，他該打開哪一扇門才好。

「我是這次來轟之埼燈塔赴任的物理波矢多！」

波矢多突然大聲宣告。

「本來前天就應該到任，延遲至今，深感抱歉。」

面對這種情況，他一向很快就能做出判斷。他的想法是與其繼續拖泥帶水，不小心與燈塔長或其他職員碰個正著，彼此都很尷尬，不如直接在這裡大聲地打招呼，可能還比較妥當。

然而員工宿舍安靜得連一根針掉地上都聽得見。等了好一會兒，都沒有任何反應，七扇門一扇都沒打開。

大家都在燈塔那邊嗎？

太陽就快要下山了，再過十幾、二十分鐘左右，夜幕就會籠罩大地，所以認為所有人都去燈塔協助點燈，倒也是極其自然的想法。

可是，所有人都去嗎？

聽說燈塔長入佐加孝藏和他的夫人路子、單身職員濱地和須永都住在轟之埼燈塔的員工宿舍。因為須永要調職了，所以波矢多才來補他的缺。

可以理解燈塔長和濱地會在燈塔那邊，因為點燈是他們的工作。可是路子就不同了，她應該留在宿舍才比較合理吧。

難道是去下田嗎？

位於邊陲極地的燈塔，確保生活用水及糧食是最重要的課題，很多地方光靠每年只來幾次的糧食補給船和外出採買是解決不了燃眉之急的。而且有些地方光是要外出採買都得拚上老命，例如北海道的神威岬燈塔，必須經過海岸線的岩石地帶才能抵達村落，大正時代曾經發生過燈塔長的妻子及年幼的稚兒、職員新婚的妻子不幸被大浪捲走、下落不明的憾事。

這起悲劇讓村民心痛不已，向當時的官府陳情，希望能建設隧道，無奈官府不答應，所以他們乾脆自己開挖。因為所有人都是門外漢，工程遲遲沒有進展。從兩側開始挖，卻怎麼挖也無法把中間打通。只好邊挖邊誦念佛號、敲擊法器，總算讓兩邊的洞相通了。花了四年才完工的隧道中間七彎八拐，暗得伸手不見五指，但充滿了村民們對燈塔職員的心意。

雖然這已是四十年前的往事，但還是不能因此小看，因為燈塔守和他們的家人至今仍在充滿各種危險的環境裡生活。

所幸上述的糧食問題倒也不是無法解決，由職員自己種田就是解決之道。由於四面環海，不愁沒有魚吃，缺少的是肉類和蔬菜。因此也有人在附近找地方耕種，致力於農務。

可是，太陽都已經下山了。

這時還不回員工宿舍，怎麼想都不太尋常。再加上剛剛鑽出草叢，仰望轟之埼燈塔時，並沒有看到任何貌似田地的地方。而且這片滿是岩石的土地要怎麼耕種？難道在別的地方還有什麼土地嗎？

佇立在靜得令人心慌的宿舍走廊上，波矢多陷入莫名的不安——該不會出了什麼不好的事吧？

假如燈塔長和濱地同時病倒或發生意外，不得不由路子代替他們處理燈塔的工作……
兩人不是被送到鎮上的醫院，就是躺在宿舍裡休息，所以路子只好獨自守著燈塔。

實際上，他就聽過好幾個類似的例子。

擔任燈塔長的父親出門辦事，到了夕陽西下都還沒回來。母親認為不能再等下去，於是便幫忙點燈，但是旋轉燈器的工具裝置卻故障失去作用。如果是父親還能修理，但母親處理不來。這時，當時才七歲和五歲的兩個男孩試圖徒手轉動燈器透鏡，想也知道這時早已顧不得燈質了，但光是要轉動沉重的透鏡就得使出吃奶的力氣。因為太費勁了，弟弟因而放聲大哭，但也不能讓燈光熄滅。兩兄弟只好繼續努力，撐到父親回來。

波矢多想起這個故事。或許這裡也發生了類似的狀況。他決定先確認職員們是否真的都在房間裡休息。

「打擾了。」

打開走廊右側的第一扇門，是個空房間。看到裡頭空空如也的模樣，他立刻反應過來，這大概就是自己的房間。離玄關門最近這點也是資歷尚淺的新任燈塔守應有的待遇。

波矢多猶豫了半晌，總之先把行李放進房間。

接著打開左手邊的門，也是個空房間，不過面積相當寬敞。面向室外走廊的四扇對開式落地玻璃窗中，這個房間就占了右側兩扇，還設有暖爐，看來是相當重要的空間。

難道是給視察員用的房間嗎？

波矢多基於太呴埼燈塔的經驗做出判斷。原本搭船前來視察的人通常任務一完成就得前往下一座燈塔，所以幾乎都在船上過夜。儘管如此，還是得留一個房間給他們使用。考量到視察的重要性，這項安排也是理所當然的。

視察員不只要檢查設置於燈塔、霧笛室以及無線方位信號台內的各種專門儀器，也必須仔細地巡視員工宿舍，還得查看許多帳簿。由燈塔長說明各項用品的消耗狀態及用途，與帳簿進行核對。進行這些作業的過程中，從頭到尾都瀰漫著緊張的氣氛。

這是戰前的事了，有個視察員在巡視某座燈塔時，發現少了一面信號旗。詢問後，職員回答：「因為又髒又破，所以處理掉了。」個性一向溫和的視察員大發雷霆：「擅自處理國家配發的物品會造成麻煩的！」接著要求職員交出破破爛爛的旗子給他帶回去，可見管理得多麼徹底。

走廊右手邊的第二扇門看來是濱地的房間，從亂七八糟的環境和物品少之又少的程度就一目了然。接著第三扇門又是個空房間，跟第一個房間一樣空蕩蕩的，什麼也沒有，想必是須永的房間吧。

左手邊的第二扇門裡面是隔成一半榻榻米、一半木頭地板的房間，比貌似給視察員用的房間更大。榻榻米上擺著矮桌，木頭地板那邊設置桌椅，還有暖爐，看來應該是職員們的餐廳兼起居室。面向外面走廊的四扇對開式落地玻璃窗中，左側那兩扇都屬於這個房間。室內只有一扇門，門後面大概是廚房吧。

走廊右手邊的第四個房間應該是燈塔長及家人的房間，明顯比另外三個房間大多了。應該是燈塔長持有物的工作日誌與私人日記，都攤開放在桌上，波矢多不小心瞄到一點內容。看樣子，燈塔長是個徹頭徹尾的記錄狂。除此之外，還有折到一半、清洗完畢的衣物以及縫補中的衣服，比濱地那殺風景的房間多了幾許生活氣息。更重要的是，可以感受到這裡有女性的存在。

光是這樣就讓波矢多稍微鬆了一口氣。他知道燈塔長有位名叫路子的夫人，但是能親眼看到路子生活的痕跡還是很讓人高興。

燈塔的「世界」說穿了是以男性為主的社會。極端的天氣或機器故障的時候都需要大量的體力及膽量，所以這種工作還是比較適合男人。以視情況必須拋家棄子、單身赴任的特殊條件來說，也是男性會比女性適合。因此同住在員工宿舍的同事家人就顯得彌足珍貴。

但是如果因此就以為燈塔長夫人會照顧單身職員的衣食起居，倒也不盡然。畢竟大家各有各的私生活。所以累了一天回到房間的單身職員，深切感受到一個人在燈塔的生活有多麼不容易時，想快點結婚的例子不勝枚舉。話雖如此，比起別的組織或公司，同事間的交情更為緊密，當然也包括家人在內。

也難怪波矢多會因此放下心來，他在這個房間待了比其他房間還久的時間。

推開走廊盡頭的門，裡面是盥洗空間。正前方和右手邊各有一扇門，打開來看，正前方是浴室、右手邊是廁所。當然這時並沒有人正在洗澡或上廁所。

只剩下餐廳兼起居室裡面的廚房了。

想到這裡，波矢多突然害怕起來，不太敢一探究竟。

萬一那裡也沒有人……

冷不防，他想起了橫濱燈塔官吏養成所的橫山教官。

橫山教官對波矢多疼愛有加，起初只是單純的指導者與學生關係，但波矢多經常陪著喜歡小酌幾杯的橫山喝酒，感情也因此愈來愈好。酒席間的話題幾乎都與燈塔有關。只不過，養成所傳授的是與航路標識有關的知識，但是與橫山共飲時，除了從他身上學到各種身為燈塔守必備的知識外，也聽到不少圍繞燈塔發生的奇聞逸事。拜他所賜，波矢多成為燈塔守之前，就已經知道許多原本應該要到了就任單位，才會從燈塔長或前輩那邊學到的事。

與橫山成為莫逆之交的某一天，教官一臉拿不定主意地說道。

「在燈塔工作和生活真的很不容易啊。」

「一點也沒錯。」

波矢多不假思索地附和，因為他非常有信心，自己已經充分理解了燈塔守這份工作。

「你知道為什麼會這麼辛苦嗎？」

所以就算橫山問他這個問題，他也能對答如流。

「無論是什麼工作都有辛苦的一面，但燈塔守必須保護船舶在海上航行的安全，等於是在背後支撐著對日本戰敗後的經濟重建不可或缺的海運與水產業，同時還攸關人們的性命，這種工作在別的地方應該看不到了。」

橫山默默地聽著。

「儘管是如此重要的任務，大部分的燈塔守都置身於非常惡劣的環境。考慮到這份工作的重要性，我認為國家給予的支援要更充實一些，不能過度仰賴個人的力量。造成有心無力的原因之一，莫過於燈塔設立地點這個問題，但我還是希望能再給燈塔守一些協助。」

波矢多以不苟言笑的口吻一股腦兒說到這裡。

「不過，我也認為正因為在那麼惡劣的環境下工作，才會產生教官說的那些奇聞逸事。因為其中有很多同事間的互助合作或與村民們的交流，是在國家的支援體系下絕對不可能出現的狀況。」

加上這句並不是為了給橫山台階下，而是真的覺得這些奇聞逸事中充滿了只有燈塔守才能得到的寶貴經驗。

不料橫山的樣子有些古怪，他平常都會以「某時某地的燈塔發生過這樣的事」開啟話題，這次卻始終一臉拿不定主意的表情。

「怎麼了嗎？」

波矢多狐疑地問他。

「與燈塔有關的故事就算變成傳聞也不奇怪，不如說是沒變成傳聞才奇怪。但是你有發現嗎？那些內容卻始終沒有流傳開來。」

橫山突然抛出一個天外飛來一筆的問題。

「您是說，『明明只有燈塔才會發生那些事』的意思嗎？」

「這也是原因，不過最主要還是受制於燈塔的環境。」

「難不成——」

波矢多一下子反應過來，可是又猶豫著該不該說出口。

「怎麼啦？有話就說。」

「難不成是……怪談？」

聽到這裡，橫山噗哧一笑。

「不愧是物理同學，舉一就能反三。」

隨即又換上為難的表情。

「除此之外還有一個原因。如何？要不要猜猜看。」

「如果說還有什麼的話，無非是與燈塔的人際關係有關的種種吧。」

橫山默默地頷首。

「長則五年，最短也要兩、三年，不只工作，就連日常起居都得跟同一群人生活在非常侷促的有限空間裡。期間因為職務的調動，成員可能會有所變動，但還是相當不自由。」

「人際關係還會因為職員是未婚或已婚、已婚的人有沒有小孩而產生各式各樣的化學變化。」

「其中必定會發生某些矛盾或衝突，這就是人類的特性。」

「問題是，很少聽到這方面的事……更貼切的說法，就是應該會出現很多矛盾與衝突，但是卻沒有傳開。」

「也就是說，基本上只有部分相關人員知道，幾乎沒有外傳。」

「因為一旦傳開，會影響到新人燈塔守的士氣……」

靜默不語的橫山再度點了點頭。

「只要是燈塔守，每個人都具備守燈精神，只不過程度因人而異，這件事沒有標準答案。倘若燈塔長的守燈精神太旺盛，會對在他手下工作的職員造成很大的影響。因為不是所有的事情都能靠意志力解決。但是又要一起工作，所以也無法視而不見。」

「過去發生過因此出事的例子嗎？」

如果真的發生過，波矢多想要知道。橫山停頓了半拍才繼續說：

「雖然告訴你也無妨吧。不過，還是別說好了。」

「因為帶有怪談色彩嗎？」

「而且，倒也不是完全沒有人知道。」

橫山意味深長的回答讓波矢多產生了些許的期待，但也不好意思強迫他說。

「青森下北半島的尻屋埼燈塔在昭和二十年七月遭受到美軍的機槍掃射與砲擊。」

橫山以欲言又止的語調，開始娓娓道來。

「燈塔勉強逃過一劫，但燈室的燈器和樓梯都被破壞，全面喪失燈塔應有的功能。不僅如此，當時正在進行無線通訊的標識技工也因公殉職，我認為這也是不折不扣的為國捐軀。」

「您說的沒錯。」

波矢多有如默禱般地低下頭。

「尻屋埼燈塔在布倫登的設計中，是為數不多的磚造燈塔。」

「你果然很優秀呢。」

橫山表情凝重的臉上浮現出淡淡的微笑。

「然而到了第二年夏天，遭受攻擊而毀掉的燈室下方，窗戶每天晚上都會透出燈光。我這邊要再重複一次，樓梯也被破壞了。拜這燈光所賜，船隻故障的漁夫們都能平安返航。另外，有艘駛向橫濱的船隻提出『去程看見燈塔開燈，回程卻沒有亮燈』的報告，當時也被人們稱為『不存在的燈塔』。可是自從在霧笛室的上方開啟臨時設置的燈後，那個謎樣的燈光就消失了。」

「果然是怪談呢。」

「就連公文書也記錄了這件事。」

「除此之外還有相同遭遇的燈塔嗎？」

「最早受害的或許是沖繩的池間島燈塔。昭和二十年被美軍攻擊，慘遭破壞，後來經由緊急施工，如今已恢復原貌。宮崎的都井岬燈塔的燈室嚴重損毀，長崎的伊王島燈塔則是因為原子彈爆炸而有所損傷。除此之外也有完全被破壞殆盡的例子，例如鹿兒島的佐多岬燈塔原本是鐵造的，如今已改建為混凝土燈塔。北海道的惠山岬燈塔與岩手的魹之埼燈塔也在空襲中付之一炬，重新改建。」

「還有其他人殉職嗎？」

「宮城的金華山燈塔遭受美軍潛水艇的砲擊時，燈塔長不幸殉職，只不過並未因此傳出怪談之類的傳聞。」

橫山說道，彷彿早已預料到波矢多會問這個問題。

「只不過啊，我的意思並不是說燈塔一旦有人死亡，就會出現那方面的傳聞。」

「絕大多數的燈塔職員都在非常偏僻的極地與相當封閉的環境，以相當有限的人手從事責任極為重大的工作，有時候還得賭上自己的性命。在這種情況下，會產生一、兩個怪談也不足為奇。」

「尻屋埼燈塔的怪事之所以會傳開，是因為當時的船公司向燈塔管理局提出相關報告，但同時也是因為這個怪談非常符合守燈精神吧。」

「完全沒有傳出純粹恐怖的體驗，這點還是有些不太尋常……這才是您想表達的意思吧。」

只見橫山稍微想了一下。

「國外的燈塔就有很多這方面的傳聞呢。」

「什麼樣的傳聞？」

「一九〇〇年十二月十五號，有艘名為亞契號的汽船從美國的費城航向英國的愛丁堡時，險些撞上夫蘭南群島，因為位於蘇格蘭以西的赫布里底群島海灣中的艾琳莫爾島，上面的燈塔不知原因為何，沒有點亮。」

聽到這裡，身為燈塔守的強烈自覺讓波矢多的心跳停頓了一拍。

「赫布里底群島的牧羊人會用船把羊載到島上吃草，可是絕不在島上過夜，因為他們擔心會遇到小矮人的幽靈。」

「還有妖精傳說啊。」

波矢多問道。

「天曉得。」橫山不是很感興趣地搖搖頭。「艾琳莫爾島的燈塔前一年才剛蓋好，實在不太可能故障。船長一抵達格里諾克港，立刻聯絡當局。但離開燈塔度假的燈塔長摩爾和調查員搭乘的金星號居然二十六號才抵達。看樣子是聯絡上出現了疏失。」

「當時燈塔的狀況如何？」

「燈塔位於一百公尺高的斷崖上，在當時已然變成廢墟的修道院上方。根據亞契號的船長報告，當時燈器並未開啟。金星號試著傳送信號，但燈塔完全沒有打出規定的旗幟，一行人上島後，前往燈塔守等人住的小屋。摩爾先進去，發現桌上放著碗盤、有張椅子倒在地上、時鐘不走了、爐灶處於未點燃的狀態。床鋪很整齊，衣服也好好地收在櫃子裡。可是原本應該有馬歇爾、杜卡特、麥克阿瑟等三名職員，結果誰也不在。燈塔也確認了，還是找不到人。最奇怪的是還剩一件掛在衣架上的防水雨衣和一雙長靴。換句話說，三人中有其中一人在嚴寒的冬天既沒穿外套、也沒穿長靴就出去了。問題是他們上哪兒去了？這座島要到海邊只有一百公尺，而且也沒有船可以載他們出島。」

「兩人在防波堤上作業時，被意料之外的大浪捲走，第三個人得知此事，顧不得穿上外套和長靴就衝出去了，結果落得跟另外兩人一樣的下場——這個推理如何？」

「你果然很優秀，立刻就能做出這樣的解釋。可惜不對，因為那一帶的海相在十二月中旬沒那麼洶湧猛烈。」

「島上的其他地方呢？」

「當然每個角落都檢查過了，包括廢墟化的修道院在內，整座島都被翻遍了，卻什麼痕跡都沒發現。」

「聽起來很詭異呢。」

「後來發現了其中一位燈塔守馬歇爾的日誌，隨著內容公諸於世，整件事的感覺愈來愈詭異了。」

「日記裡寫了什麼？」

波矢多急切地詢問，他完全被這個話題吸引住了。

「十二月十二日，記錄了他們經歷前所未有的狂風暴雨。可是令人訝異的是上面還寫了杜卡特好容易生氣。一般來說工作日誌上不會有那麼私人的描寫。」

「有道理。」

「同一天的紀錄中，還有風雨依舊強勁、看見許多船隻的燈光、以及發脾氣的杜卡特冷靜下來的事。問題是後面居然還提到麥克阿瑟哭了。」

「為什麼呢？」

「紀錄中沒有提到理由。只是根據離島度假的摩爾表示，麥克阿瑟這個人非常堅強，縱使發生天大的事，應該也不至於掉淚……」

「好奇怪呀。」

「十三日，寫到暴風雨再度來襲，杜卡特保持安靜，麥克阿瑟在祈禱。」

「日誌寫到哪一天？」

「寫到出事的十五號當天，那天的日誌也是充滿謎團。記錄完風雨終於遠離後，最後一句話是『神在萬物之上』。」

「他會不會是想說——神無所不在？」

「或許吧，但是沒有人看得懂這句話的意思。要說看不懂，這本日誌的紀錄本身就不符合現實。」

「怎麼說呢？」

「因為十二日到十五日之間，赫布里底群島根本沒有受到狂風暴雨的侵襲。」

「咦……」

「慎重起見，還問了同時期在附近航行的船長及漁夫，確定誰也沒遇上激烈的暴風雨。」

「嗯嗯……」

意外的展開令波矢多念念有詞。

「至少十五日的天氣很不錯，第二天暴風雨才來。」

「既然如此——」

「那三位燈塔守遇到的暴風雨究竟是怎麼回事……在他們身上到底發生了什麼……」

這時，橫山突然語出驚人地說：

「只不過啊，也有資料顯示記錄工作日誌的人其實是杜卡特，而不是馬歇爾。」

「欸！」

波矢多感到困惑極了。

「倘若這是真的，那麼日誌裡描寫的內容也有可能根本是不存在的。」

「可是為什麼要這麼做……」

「大概是因為這樣比較有趣吧。這種事傳來傳去，本來就會逐漸加油添醋。」

「……說的也是。」

「可是啊，假設要胡說八道，你不覺得也有點奇怪嗎。」

「您是指如果想利用憑空杜撰的內容來增加離奇性或不可思議的程度，應該杜撰得更具體一點嗎？」

「你果然一點就通呢。捏造誰生氣、誰在哭這種程度的謊言有什麼意義？」

「我也這麼認為。」

「既然不確定日誌是誰寫的，就應該分析其內容不是嗎？」

「您的意思是說——」

「嗯，首先，三位燈塔守忽然在風和日麗的某天從島上消失，這點應該沒錯。」

怎麼偏偏想起這個莫名其妙的故事呢？波矢多再次走進餐廳兼起居室的那個空間，站在後面那堵牆壁的門前。

要是也不在這裡……

波矢多壓下驚悚的想像，推開門。

裡面果然如他所料，是廚房。

而且，廚房裡也沒有半個人。

第九章 燈塔與霧笛室

灯 台 と 霧 笛 舎

一定是在燈塔那邊。

波矢多站在沒有其他人的廚房裡想著。不，是這麼說服自己，因為空無一人的廚房，氣氛十分詭異，必須這樣才能讓自己放心。

他連忙從後門走出去，這裡相當於玄關的另一邊，同樣有三層的石階。抬頭往上看，燈塔就矗立在前方。

轟之埼燈塔。

在夕陽的殘照下，染成紅銅色的燈塔有如巨大的蠟燭。只要點亮燈室的燈，看起來或許就會像是點火後的蠟燭。原本燈塔的光就是為了讓海上這一側看的，所以對現在只能看到遮蔽板的他來說，無法看到全貌。只能揚起視線，從反射夕陽光輝的燈塔主體一路望向燈室。

這時，他看見迴廊上有個白色人影。

……感覺是這樣沒錯，可是當波矢多連忙想要定睛細看時，就已經消失無蹤了。再怎麼睜大眼睛看，迴廊上已經什麼都沒有了。

果然在燈塔那邊。

本來應該要鬆口氣，但他始終懸著一顆心，反而讓他猶豫該不該前往燈塔。

在想什麼啊……

波矢多開始順著通往第二層岩盤的石階往上爬，不時還偷偷地將目光望向燈塔的迴廊，但還是一個人都沒有。

就在即將爬上第二層岩盤前，波矢多驀地回頭。

……又來了。

感覺森林裡有個視線在看著自己。明明和密林有一段距離，為什麼還會覺得有人在看他呢？

面向白衣森林四下張望了一番，波矢多繼續往第二層岩盤前進。燈塔的入口就在幾公尺開外的正前方。圍繞頂端和左右兩邊、以石頭堆砌而成的裝飾，有如莊嚴的門，乍看之下可能會以為這裡是什麼遺跡。頂端的石頭貌似還鑲嵌著初點紀念銘板，這是記錄第一次點燈日期的牌匾，無論是哪座燈塔都有這個東西。

燈塔下層的左右兩邊各有一棟白色的小型建築物，波矢多敲了敲右手邊建築物的門，邊打招呼邊打開。裡頭是機械室，走進一看，還是一個人都沒有。順著倒「U」字形的走道前進，從左手邊的門走了出去。兩扇門在機械室內是相通的。

走進敞開的燈塔門，眼前是一根粗柱子。在還沒有使用電力的時代，柱子裡會是中空的重錘室，也就是運用重錘式旋轉機械。重錘室內部吊著鉛或鑄鐵製的砝碼，利用砝碼落下的重力讓燈室的燈器旋轉。這種機關製作得非常精良，但卻存在一個很大的問題，那就是比較高的燈塔可以有比較長的時間讓砝碼落下，因此要用滑輪將砝碼捲上去的次數相對較少；但是比較矮的燈塔，落下的時間就比較短，一個晚上必須將砝碼重複捲上去，對職員們造成相當大的負擔。後來隨著電力普及，就不必再負擔重錘式旋轉機械的重勞動，這點實在值得大書特書。

在這根貫穿燈塔中央的粗柱子右邊，是通往電源設備的門、左邊則是螺旋梯。波矢多禮貌性地敲了門才打開，裡面空無一人。

在燈室嗎？

從剛才出現在迴廊上的人影反推，也只能做此猜想。問題是，那真的是燈塔職員的身影嗎……

「別胡思亂想了。」

波矢多故意發出聲音自言自語，走上了螺旋梯。

接下來就要見到燈塔長和前輩同事了，可不能讓莫名其妙的想像顯露在表情或態度上。別再想那些有的沒的，現在只要想著報到時要怎麼打招呼就好了。

波矢多提醒自己，但腦海中依然浮現出從橫山教官口中聽到、關於海外燈塔的怪談。

十六世紀，英國在蘇格蘭北部蓋了一座城堡，後來成為金奈爾海德燈塔。某天，去城堡表演的風笛手與城主的女兒相戀，城主大怒，將女兒關在房裡、把風笛手囚禁在地下洞窟。沒多久，風笛手因為一場突如其來的暴風雨淹死了，城主女兒悲痛萬分，跳崖自盡。從此以後，洞窟深處就不時響起風笛聲。

位於麻薩諸塞州小布魯斯特島上的波士頓燈塔是美國的第一座燈塔，建設於一七一六年。不幸的是，第一任燈塔守與家人返回燈塔的途中，所有人都落海淹死了。接著，繼任的燈塔守居然也同樣死於溺斃。從此以後，燈塔就迴盪著令人毛骨悚然的笑聲與少女的啜泣聲，據說廣播還會自己切換頻道。

興建於一八二四年、佛羅里達州的聖奧古斯丁燈塔在一八〇〇年代末期進行改建工程，當時受雇的工人有兩個女兒，在玩耍時不聽父親「不准靠近工程車」的勸阻，結果掉進海灣裡死掉了。從此以後，聽說到了晚上就會聽見女孩們的笑聲。

他不斷想起諸如此類的故事。萬一這一秒從狹窄的螺旋梯上方傳來笑聲……光是想像就令他裹足不前。一般來說，應該會是職員們談笑的聲音吧，可是，如果是孩子的笑聲……又或者是哭聲……

波矢多樓梯爬到一半，停下腳步，下意識地豎起耳朵。

……什麼也聽不見。

這裡有一扇朝東的長方形窗戶，從窗戶往外看，立刻注意到太陽就快下山了。

不能再拖了。

波矢多又開始爬樓梯，與此同時，突然不經意地想起在白屋做的惡夢。那個啪噠、啪噠、啪噠……的腳步聲從樓下響起，不知是何物的腳步聲對他窮追不捨的惡夢。

波矢多又停下腳步，側耳傾聽。

……什麼聲音也沒有。

這不是理所當然的事情嗎。他就是因為沒看到半個人才會來這裡找人，如果能在這裡聽到腳步聲，反而應該要慶幸才對吧。

波矢多重新打起精神，一口氣爬完剩下的台階。

螺旋梯的頂端是個狹小的樓梯間，從這裡換成筆直往上延伸的鐵製樓梯，再上去是個圓形的空間，中間設置了控制光源的裝置和迴轉機，所以正確來說應該是甜甜圈狀的空間。左右兩邊各有一扇通往迴廊的門，眼前則是通往燈室的第二座鐵梯。

不過，或許根本沒有必要爬上鐵梯。

因為燈室並非是個由地板隔開的房間。燈器與迴轉機相連，所以無論如何都會有空隙，也因此地面是由鐵絲網構成，從下方就可以大致看到上面的情況。

也不在這裡嗎？

波矢多感到無奈，但還是決定上去燈室看看。

站在面向海洋的玻璃帷幕與巨大的燈器之間，久違地沉溺於在太响埼燈塔時也經常籠罩他的異樣亢奮裡。

站在燈塔的命脈，亦即負責發光的燈器前，大得嚇人的透鏡令他驚愕不已。感覺透鏡就跟眼球一樣，令他陷入自己的內心世界完全被巨大眼球看穿的恐懼之中。

如果硬要解釋亢奮的理由，大概是這麼回事吧。

繞著燈器走到另一頭的遮蔽板那邊一探究竟，果然還是沒有人在這裡。雖說從正下方往上看時就已經心裡有數了，但那種心情還是難以形容。

波矢多下了鐵梯，從門口走到迴廊。

咻咻咻咻……

門一開，立刻就受到風的洗禮，吹過汗濕皮膚的感覺十分舒服，波矢多暫時任風吹拂。然而不到一會兒就機伶伶地打了個冷顫，不過並不是因為風才覺得冷。

從宿舍後門往上看的時候，迴廊出現了白色的人影……

就是想起先前那個光景的關係。一路爬到這裡，都沒有碰到有誰從燈塔走下來。如果是趁他人在燈室時從迴廊溜進去，自己一定會留意到才對，然而完全沒有這種跡象。也就是說，那個白色的人現在還在這條迴廊上。

波矢多踮起腳尖，悄悄地在迴廊上前進。他轉進與大海那一側相反的方向，慢條斯理地往前走。截至剛剛為止他都還是一路走一路喊，但此刻卻一聲不吭。明知對燈塔職員不該是這種態度，卻怎麼也無法阻止自己這麼做。

繞過剛好設置在後側的遮蔽板，依舊沒看到任何人。最後他都已經繞了一圈以上，始終沒看到半個人影。

倘若對方也是這樣繞圈……

突然想到這個可能性。與惡夢相反，夢裡是對方追著波矢多跑，現在則是跑給波矢多追。怎麼想都是夢裡的情況比較恐怖，但就算是這樣，他還是嚇得撲簌簌發抖。

對方正配合自己的一舉一動，不讓自己發現似地移動著。

這種情況不也很可怕嗎？不知道對方是何方神聖，也不清楚對方的意圖，天曉得那傢伙什麼時候會反過來追自己。

波矢多想逃離迴廊，認為自己應該回到燈塔內部，一股作氣地衝下螺旋梯，然後再往外跑。可是他並沒有逃走，因為自己身為燈塔守的使命感十分強烈。他有種預感，這時一旦逃離燈塔，就再也無法在轟之埼燈塔工作了，最後會落入夾著尾巴逃走的田地。

話雖如此，但害怕就是害怕……

波矢多突然拔腿就跑，在迴廊上跑了一圈，然後又往反方向繞了半圈，倏地停下腳步，然後再往反方向跑。

……這裡沒有別人。

好不容易說服自己時，太陽已經隱沒在西方的海平面盡頭，白衣森林像是被降下的夜幕給籠罩著，放眼望去盡是一片漆黑。

黑色部分出現裂隙，宛如傷口裂開般撕開一條縫，裂縫裡冒出巨大的眼珠子……波矢多不禁想像起這樣的光景。因為他突然想到從剛才就纏著自己不放的視線，該不會就是森林本身的眼珠子吧……

……再怎麼說也太荒唐了。

波矢多感覺自己白忙了一場，走下螺旋梯。這麼一來就只剩下霧笛室了，但他不覺得能在那裡找到其他職員。

因為沒有起霧。

而且就算起霧好了，他也不覺得兩個人都去了霧笛室。但是仍不能完全排除機械故障，因此兩人一起去修理的可能性。

都到了這個節骨眼，還不願意放棄希望，就連波矢多都對自己感到訝異。但也唯有這麼想才說得通，除非像艾琳莫爾島上的燈塔那樣，職員們全部神祕地消失了……

四周以極快的速度暗下來，波矢多把目標放在第三層岩盤，爬上石階。內心只剩下不祥的預感，但還是有必要眼見為憑。萬一真有什麼特殊狀況，還得聯絡轄區的燈塔事務所，報告狀況並請求支援，而且這段期間必須靠他一個人執行業務。

霧笛室是長方形的白色建築物，面向海洋的另一邊裝了巨大的喇叭，一旦起霧，按規定要鳴響喇叭。霧笛又稱為霧信號，每座燈塔的信號週期都不一樣。由鳴響的時間長短組合成週期，船隻就能藉此確定燈塔的方向，原理與燈質相同。

可惜霧笛有個美中不足的地方，那就是會受到當時吹的風及周圍噪音的影響，這時很難正確地判斷聲音是從哪個方向傳來。

此外，有些燈塔也擔心引進霧笛會受到當地漁夫的抗議。「叭——叭——地吵死人了，魚都被嚇跑了。」明明是因為潮汐等原因捕不到魚，卻怪到霧笛頭上。每次要引進什麼新的事物時，但凡有任何不盡人意的地方，習慣承襲自古以來的慣例工作的人就有把一切的錯推給新事物的傾向。除非有過起大霧時，拜霧笛所賜才能平安回到港口的經驗，否則很難說服頑固的漁夫們。以上就是霧笛室多苦多難的歷史。

另一方面，霧笛室也給職員及其家人帶來非常大的煩惱。如果跟這座燈塔一樣，員工宿舍和霧笛室之間還有段距離，那還好一點，如果員工宿舍緊鄰霧笛室，噪音簡直是一種折磨。別的不說，小嬰兒或年幼的孩子都會嚇得哇哇大哭。但如果員工宿舍和霧笛室離得太遠，下雨天或積雪的季節則又要辛苦奔波。總之是非常吃力不討好的設備。

波矢多推開霧笛室的門，走了進去，放眼望去依舊只有大型的機械，不見職員的身影。儘管已經沒有確認的必要，他還是仔仔細細地查看室內每一個角落，不過依然沒有任何可疑之處。這點宿舍和燈塔也不例外。

與艾琳莫爾島上的燈塔不同。

波矢多試圖保持正向思考，無奈一點用也沒有。

萬一霧笛突然響起……

自己必定會發瘋吧，波矢多心想。必定會跟消失的職員們一樣也不知所蹤。此時此刻，滿腦子都是這樣的想像。

不不不，別再胡思亂想了。

既然燈塔職員都不知去向，就只能由波矢多來為轟之埼燈塔點燈了。就像身為燈塔守的父親出門辦事，到了黃昏時分還沒回來，便由妻子和年幼的兩個兒子點燈的故事。而且得知旋轉燈具的裝置故障時，兄弟倆還合力旋轉透鏡，就連年幼的孩子都知道要盡力完成父親的工作。

我可是燈塔守啊。

既然找不到轟之埼燈塔的職員，點燈的任務就落到波矢多頭上。這並不是因為他已經走馬上任，而是因為他是燈塔守。

正要轉身離開霧笛室時，波矢多為之愕然。

……燈塔已經點燈了。

黑暗中，明亮且溫暖的燈光投射在太陽已完全沉入水平線的廣漠海面，炫目的光線彷彿要將漆黑的海面撕開一道缺口。

到底是誰開的……

這個疑問瞬間掠過腦海，但隨即轉念一想，除了燈塔職員以外還會有誰。

波矢多衝下石階，頭也不回地衝向燈塔，驀地停下腳步。視線先從燈塔移向宿舍，再跑下另一座石階。

比起從玄關進宿舍，走後門還比較快，但波矢多還是繞到正前方，爬上三層石階，推開玄關門，進入走廊，直接走向燈塔長的房間。

叩、叩。

用力地敲門後，他大聲地打招呼。

「我是新來的物理波矢多，打擾了。」

不等回應便推開房門，有個看上去約莫四十多歲的男人站在那裡，臉上掛著半是驚訝、半是放心的表情。

「你總算來了。」

從男人的口吻可以聽出不安與安心各占一半，可見他真的非常擔心自己。

「真是對不起，原本在前天就應該——」

「不不不，別這麼說。你能平安無事抵達比什麼都重要。」

男人說是這麼說，表情卻好像笑中帶淚。

「我是燈塔長入佐加。另外還有一個你的前輩、姓濱地的職員，現在剛好去燈塔了。」

「兩位難不成……」

或許是從波矢多堆滿歉意的表情中察覺到什麼，入佐加語帶安慰地搖搖頭。

「沒關係，別放在心上。這裡這麼偏僻，會擔心新來的同事是很自然的事，所以我們昨天和今天都利用工作空檔去森林那邊看你到了沒有。」

「抱歉給各位添麻煩了。」

波矢多深深地鞠了個躬。

「這件事就別再提了。」

燈塔長率先起身走出房間，領著波矢多到餐廳兼起居室，請他坐下。

「改天再為你辦歡迎會，今天先好好休息吧。」

「不，我現在就可以開始工作。」

波矢多一心只想挽回因為遲到而帶給他們的困擾，因此就算入佐加好言相勸，他也聽不進去。

「我覺得你那強烈的責任感非常了不起。」

燈塔長委婉地教導他。

「話是這麼說，但如果從現在開始值夜班，我怕你身體會撐不住。你來這裡的一路上，應該已經消耗相當多體力了吧。」

「我昨晚和前天晚上都睡得很好，所以不要緊。」

波矢多非常迷惘，不曉得該不該告訴他白屋的事，但終究還是沒有說出口。因為這件事與燈塔的工作一點關係也沒有。

「就算你真的休息過，但畢竟剛來到不熟悉的土地，想必疲勞還沒有完全消除吧。」

「我沒事——」

「那只是你自己沒有注意到，你的疲憊都寫在臉上了。」

波矢多一時半刻無法反駁，此時有個白皙的美麗女子推開廚房門走了進來，手裡捧著托盤，托盤上有三個茶杯。

……是燈塔長的女兒嗎？

女子身上洋溢的青春氣息帶給他這種感覺，但之前聽說燈塔長的家庭成員裡並沒有女兒，所以波矢多露出疑惑的表情。

「這是內人路子。」

入佐加的介紹令波矢多大吃一驚。不過當她走近後再仔細觀察，年紀感覺在三十歲左右。說不定只是外表看起來年輕，實際上已經四十好幾了。

「內人是白子村出身。」

入佐加又說出了驚人之語。

這樣的大美人居然來自那麼偏僻的地方……

意識到雖然自己誠屬無心，但似乎仍對白子村心存歧視時，波矢多深深地自我反省。

燈塔守的妻子大多是美人。

經常可以聽到這種說法，而路子也確實證明了真有其事。

相較於世人通常對「燈塔守」或多或少都存在著誤解，住在燈塔所在地附近的人自古以來就對燈塔守充滿敬意，這種風氣並不罕見。人們能充分理解這份工作有多麼辛苦當然也是原因，但最主要的理由還是在於燈塔守是官吏。而且從燈塔到員工宿舍等建物皆為西式建築，深受年輕人——尤其是女性的嚮往。加上在燈塔工作的人多半是充滿守燈精神的年輕男性，會因此萌生愛意也是人之常情。

一旦嫁給燈塔守，就必須離鄉背井好幾年。不僅如此，還得過上在日本各地顛沛流離的生活，隨著赴任職場的不同，還充滿了各式各樣的考驗。之所以能克服重重險阻，主要還是基於當事人想離開邊陲之地——或是希望女兒能換個環境的天下父母心。

順帶一提，「燈塔守的妻子大多是美人」這句話的背後帶有「明明燈塔守本人也不是什麼美男子」的意涵。即便如此卻還是能抱得美人歸，無非是因為先前提到的理由。想也知道，燈塔守既不以此為榮、也不以此為恥，就只是就事論事而已。

只不過，這句話用在入佐加孝藏身上絕沒有前面這種背後的意涵，因為他雖不是美男子，但是那精悍的五官非常有男子氣概。

「我是這次前來赴任的物理波矢多，請多多指教。」

波矢多立刻站起來問好。

「我們才要請你多多關照。」

路子臉上浮現微笑，行了一禮。

接下來的話題主要都圍著波矢多打轉，從他為什麼立志成為燈塔守，到他在太呴埼燈塔的工作情況，幾乎都跟燈塔有關。更早之前的經歷則被波矢多輕描淡寫地一筆帶過，入佐加也沒有打破砂鍋問到底。

然而，隨著波矢多逐漸說到這幾天的經歷，燈塔長的臉上也開始出現細微的變化。起初還會出聲附和，後來漸漸地陷入沉思。接著，他冷不妨冒出一句：

「抱歉打斷你說話，你昨天和前天都住在哪裡？」

入佐加問道，但臉上寫滿了明明一點也不想知道答案，卻又不得不問的矛盾感。

「抵達網引港那天晚上，我在小路屋住了一夜。」

「是那個從京都嫁來、有點年紀但風韻猶存的老闆娘經營的旅館嗎？」

入佐加一臉懷念地說。

「我見到的是很有氣質，但年紀已經可以稱得上是老婆婆的婦人。」

聽到波矢多的回答，入佐加換上了似乎很遺憾的表情。

「這樣啊……畢竟已經過了二十年嘛。」

「也就是說，燈塔長以前也去過小路屋嗎？」

波矢多不假思索地問道，入佐加只是微微頷首，便讓他繼續往下說。

「那昨天晚上呢？」

「在小路屋老闆娘的介紹下，我原本雇了白子村的茂助為我帶路，但是等了半天，那男人都沒出現，我只好一個人出發。雖然請雜貨店老闆幫忙畫地圖，但還是迷路了……」

「你在野外露宿嗎？」

「……不。」

燈塔長說是這麼說，但是看起來似乎早已知道答案並非自己猜測的那樣。

波矢多心虛地搖頭。儘管如此，他仍不確定是否要提起白屋和那對祖孫的事，原因就連他自己也不知道。

「難不成……你在白屋過夜？」

所以當入佐加一語道破時，波矢多感受到自己心跳快得讓人不適，但同時也有一股如釋重負的解脫感。既然燈塔長也知道那一家的事，自然沒必要再隱瞞。

「那裡也有個有點年紀但風韻猶存的母親，還有個年輕的女兒——」

入佐加說到這裡，突然閉口不言，大概是想起就如同小路屋的老闆娘那樣，她們也受到歲月無情的摧折。

「我只見到祖孫兩人，那個老婦人應該就是您說的母親，聽說她的女兒和當時造訪白子村的行旅藝人中的一個男人私奔了。」

「那個女兒……」

「私奔前就懷孕了，所以才會留下小嬰兒。我猜大概是這麼回事吧。」

「……這麼說來，確實有行旅藝人來網引表演過。」

「不是白子村嗎？」

仔細想想，如果行旅藝人要找個演出的地方駐紮的話，比起位處深山荒郊的小村落，選擇港口城市表演確實合理多了。

但是，入佐加對於波矢多的問題沒有做出任何反應，只有眼神流露出宛如正在做夢般的感受。

「燈塔長二十年前就來過這裡嗎？」

波矢多開口，這次不是提問，而是為了確認。

「我之所以想成為燈塔守——」

這時，入佐加突然開始說起自己的故事。那是個讓波矢多愈聽愈覺得可怕、詭異至極的故事。

第二部　日暮途窮

日 暮 途 窮

第十章　燈塔守

灯台守

戰爭的陰影尚未籠罩大地的昭和初期，入佐加孝藏從東京的水產講習所畢業。去東京之前就在故鄉念完郡立的水產學校，所以他認為自己一定能很快地找到工作。在老家經營水產業的父母也相信兒子一定能成為水產品加工技師。

然而，人算不如天算，故鄉的加工水產品主是要柴魚片。想當然耳，柴魚片是季節性的產物，因此好不容易意氣風發地學會各種技術，衣錦還鄉，也得等到明年的生產季才會有工作。這麼重要的事，他居然到了畢業以後才意識到。

既然如此，回故鄉的話也沒事可做。

於是孝藏畢業後繼續留在東京，每天碌碌無為。家人三天兩頭問他：「什麼時候回來？」當初父母明明大力反對他去東京，想也知道後來肯定又向左鄰右舍吹噓：「我兒子之後會領高薪。」因此他更不想回去了。

不想回去還有另一個原因，那就是一旦找到工作——實際上現在還是無業——不用想也知道，接下來就會催他結婚，而他還不想結婚。更麻煩的是父母已經準備了好幾個媳婦的人選。小時候經常一起玩，住在附近的青梅竹馬、來過家裡好幾次，母親遠房親戚的女兒、以幫人做媒為畢生職志的姑姑介紹的相親對象。對他而言，青梅竹馬只是朋友，對遠房親戚的女兒也不感興趣，但其中最棘手的，莫過於姑姑介紹的相親對象。

「姊姊她啊，就只是為了增加自己當媒人的成績。」母親這麼形容姑姑，而這點他也同意。

但父親可就不這麼想了，父親深信自己的姊姊是好意為外甥介紹對象，所以要婉拒就更加困難了。

總而言之，孝藏認為現在還是別回家會比較好。

就在這個時候，經常去隔壁房東家玩，曾幾何時與他也變成忘年之交的里中老人，在聊天的過程中提起一個建議。

「你要不要去當航路標識看守？」

突然聽到這個建議，孝藏一時反應不過來，腦子的字庫裡沒有「航路標識」這個詞彙，再加上「看守」又讓他聯想到「監獄」。對一般人而言，這大概是再自然不過的反應了。

「是哪個監獄的工作嗎？」

孝藏直覺地反問，里中啞然失笑，同時也露出傷腦筋的表情說：

「不是啦，我是指燈塔守。」

「哦，你是指船隻航行時的標識啊。」

孝藏終於意會過來的同時，也想起一件事，這麼說來，里中以前就是燈塔守。

「我們這行都管它叫燈塔守，正式名稱其實是航路標識看守。燈塔守這個名稱固然也會引起各種不必要的誤會，但航路標識看守這種死板的稱呼真的有比較好嗎？」

「燈塔守乍聽之下確實不曉得是在做什麼的。」

對於孝藏的直言不諱，里中發出了輕微的嘆息。

燈明番、守燈方、燈塔守、航路標識看守……名稱隨著時代多次變動。有人認為燈明番和守燈方不是指燈塔守，但是考慮到燈塔的歷史，也不能忽略他們。昭和十六年，名稱改為海務院航路部標識技工。昭和二十三年，海上保安廳成立，運輸省繼「燈塔局」又規畫了「燈塔部」，正式名稱也變動為海上保安廳職員。

如此一路回顧下來，「燈塔守」雖然不是百分之百正確、也不算膾炙人口，但依舊是最恰當的稱呼也說不定。

從里中口中聽到過許多燈塔守的工作內容，孝藏也能理解這份工作的重要性，所以他也因為這樣無法立刻做出決定。

「讓我好好地考慮一晚。」

就在孝藏這麼回答的當天晚上，他躺在被窩裡，輾轉不能成眠。

因為從小就在臨海的土地長大，他覺得燈塔守是一份很吸引人的工作，但是也很清楚那不是抱著玩票性質就能勝任的工作，這點從里中告訴他的經驗談可略知一二。另一方面，經由與當地人接觸，肯定能得到其他職業無法獲得的成就感。最重要的是，他覺得離遠故鄉、從北漂泊到南的燈塔赴任生活很適合自己。或許只是現在還不想回故鄉的心態使然……雖然心中存疑，這種心態卻是促使他做出決定的關鍵。

當時的自己真是太幼稚了。

成為燈塔守後開始寫的日記裡，就記錄了當時的過程。

第二天上午，孝藏到里中的家與他商量一番後，立刻向通信省航路標識看守練習所提出報名表。之後他接受測驗，無論什麼考題都是中學畢業就足以應付的程度，所以不費吹灰之力地考上了。

從此以後，他在通信省航路標識看守練習所與大約四十名的練習生一起學習，從一般普通學科到相關法規、製圖及氣象觀測、手旗信號、鑄造與焊接法、甚至還得學會刷油漆，總之要學的專業科目多如牛毛，每天從早背到晚，課堂間還會穿插實習，非常辛苦。

但凡有一點不專心，教官就會大發雷霆，不停地揮舞著用來指黑板的棒子。再加上實習期間只有半年，每個教官都凶得跟惡鬼沒兩樣。

因為實在太嚴格了，孝藏叫苦連天。之所以沒有半途而廢，是多虧了某位教官告訴他們的話。

「我們的大前輩們因為缺乏建設燈塔的知識和技術，都被外國人當成奴隸使喚。位於石川縣能登半島的祿剛埼燈塔是日本唯一一座有菊花御紋銘板的燈塔，你們知道是為什麼嗎？雖然那座石造燈塔是布倫登設計的，但是全部的工程都是由日本人一手包辦，是完全只靠日本人興建而成的燈塔，菊花御紋就是為了紀念此事。當然，現在我們已經可以從設計到建造燈塔，都由日本人包辦。但是從今往後，外國大概還會繼續研發出許多關於航路標識的新技術，我們可不能落後。

為了讓日本成為能與世界列強並駕齊驅的國家，守護海上安全的燈塔工作也至關重要。未來必須由你們這些年輕人扛起這個重責大任。」

孝藏有生以來第一次明白何謂「使命感」。雖然當時的孝藏做夢也想不到，教官那句「為了讓日本成為能與世界列強並駕齊驅的國家」會被當時的政府及軍部用來作為政治宣傳的手段，招致第二次世界大戰這個糟到不能再糟的結果。

每天都漫長又辛苦，但也覺得半年的時間一眨眼就過去了。聽起來似乎很矛盾，但兩者都是他真實的感覺。在他手忙腳亂地準備綜合測驗，接著通過後要離開練習所時，與其他練習生都已經產生了深刻的羈絆，建立起所謂「同吃一鍋飯」的革命情感。

入佐加孝藏最早赴任的地點是丑緒的太吘埼燈塔。還以為至少能離開關東，坦白說這不免讓他感到有些失望。或許因為自己下意識期待能前往遠離家鄉的燈塔赴任。

儘管如此，第一眼看到太吘埼燈塔時還是大受感動。以蔚藍的天空與大海為背景，傲然挺立的雪白燈塔，看起來簡直與異國的風景無異。如果矇住他的雙眼再帶他來到這裡，在沒有任何心理準備的情況下看到眼前的燈塔，就算告訴孝藏這裡是日本，他可能也不會相信。

白天固然美不勝收，太陽下山後燈光點亮的燈塔也非常壯觀。有人會將夜晚的燈塔比喻為蠟燭，但最貼切的形容其實是「西式燭台」。除了西式燭台以外，還有什麼東西能發出這種如夢似幻、璀璨生輝的光芒呢？

孝藏既興奮又歡喜，由衷感謝上天讓他在這種地方工作。

只不過，他很快就吃到苦頭了。正因為太响埼燈塔是如此風景秀麗的地方，理所當然也成為了觀光景點，每天的參觀人潮絡繹不絕，適逢假日真的只能用人山人海來形容。

燈塔的業務當然不包含接待這些觀光客，但也沒規定「禁止非相關人員進入」，因此想來參觀的人多如過江之鯽。既然來了也不能放任他們不管。那麼應付這些觀光客的差事自然就成了新人的職責。不用當班的前輩有時候會來幫忙，但是害他們沒得休息也很讓人過意不去。

因此孝藏盡可能主動請纓，為觀光客進行導覽，但他也不是完全沒有怨言。

在觀光景點之前，請記得這裡可是燈塔。

他的認知是再怎樣都得優先完成燈塔守的職務，工作之餘如果還有空檔的話，再去招呼其他參觀者。

所以燈塔長的話完全刷新了孝藏的認知。

「帶人參觀燈塔，讓他們理解何謂燈塔守、我們的工作是在做什麼，也是很了不起的業務。因為一般人對燈塔守的認識通常都不太完整，導正世人的認知，最後也會幫到在各地工作的伙伴們。目前只能一步一腳印地累積影響力，而這是位於觀光勝地的太响埼燈塔才能達成的，是非常重要的使命喔。」

孝藏聽得目瞪口呆。從燈塔長口中得知讓觀光客參觀燈塔有助於促進世人對「燈塔守」的理解後，他才知道自己的想法有多麼淺薄。

這都是為了燈塔守。

在招呼觀光客的時候，他經常這麼提醒自己。其中也有旁若無人的討厭鬼，但只要想起在通信省航路標識看守練習所同甘共苦的同學，就能以「這也是為了同伴」為由，勸自己忍忍就過去了。

希望參觀燈塔的人不分男女老幼，從個人到團體應有盡有。自早上開門到傍晚關門，來訪者沒有一刻停歇。其中也不乏來遠足或校外教學的小學、中學與高中生。他經常邊收拾學生吃完後隨手亂丟的便當盒，邊與同事互吐苦水：「真希望學校不止知識，也要教授一下公民與道德。」遠足或校外教學有老師帶隊，還不至於太離譜，比較棘手的反而是上了年紀、自以為是的自由行觀光客。

無論是鑽進燈塔的大門還是參觀完要離開時，很多鄉下仕紳會掏出錢包，盛氣凌人地說：「喂，問你呢，參觀費多少錢？」他經常和其他職員苦笑著調侃：「那種人該不會以為這裡是現在已經不存在的淺草十二階⑪吧。」大部分人聽到「免費」或「不用錢」時，通常都會說聲「這樣啊」就走了。問題是裡頭偶爾也有人硬要付錢：「你就收下吧。」讓他們相當困擾。

遇到那種人，前輩有一次曾經以毅然決然的態度表示：「燈塔不是遊樂設施，之所以開放參觀，是為了讓海事思維普及到全國的人民。」對方聽了便低頭道歉：「……這樣啊，真是不好意思。」臉上寫滿歉意，匆匆地離開了。

孝藏聽得大快人心，感覺平常淤積在胸口的鬱悶一掃而空。雖說頂著為了讓世人認識燈塔守的大帽子，但是照顧觀光客顯然還是在精神上對他造成相當大的壓力。

有過這樣的經驗，後來每次出現態度驕傲自大到令他難以忍受的人，孝藏就會有樣學樣地搬出前輩的話，幾乎所有人聽了都會表現出難為情的反應，因此他也逐漸產生自信，認為像這樣確實說明白是有必要的。但是在另一方面，這也證明世人對燈塔守的工作有多麼不了解。太吘埼燈塔的觀光客表現出來的反應，不由得讓他覺得這條路道阻且長。

即便如此，只要看到對方表現出些許反省的念頭，認同燈塔的存在與燈塔守的工作意義，孝藏的疲憊就會瞬間煙消雲散，徒留滿心喜悅。就算速度比蝸牛還慢，他依然相信這是很重要的業務，只可惜不是所有人都這麼明白事理。

某天傍晚，到了差不多該關門的時候，有個擺著「大老爺」派頭的男人帶著兩個貌似藝伎的女人前來。

「今天的參觀時間已經過了。」

孝藏當然拒絕讓他們進去。正常人聽到這裡，應該都會摸摸鼻子，轉身離去，但是這個男的

---

⑪正式名稱為凌雲閣，明治時期於淺草公園建設的複合性建築，因為地點與十二層的結構，被人們暱稱為「淺草十二階」或「十二階」。內部裝設了日本第一台電動式電梯，規劃有數十間販售外國商品的店鋪、休憩空間、眺望樓層等，是當時摩登文化的象徵，成為許多藝文創作的題材標的。後來在關東大地震中受損，因為評估修復困難，最後以爆破處理謝幕。

顯然無法溝通。

「我們只是要上去看一下景色。」

「已經到了關門時間，現在不能讓你們進去。」

「都說只待一會兒就好了。」

男人不死心地糾纏不休。

「今天已經結束參觀，請您明天再來。」

「哪來的明天，我們得搭下一班電車回去，就不能通融一下嗎？」

「不好意思，就算您這麼說……」

女人在僵持不下的兩人身邊笑著看戲，一臉不管能不能上去，她們都無所謂的「樂在其中」。

男人大概是覺得絕不能在這個節骨眼丟臉吧。

「哎，別這麼說嘛。」

男人慢條斯理地掏出錢包，往孝藏手中塞了一些錢。

「參觀燈塔不用收費。」

孝藏火冒三丈地把錢塞回去。

「所以才要請你行個方便——」

「這點我辦不到。」

孝藏不假辭色地拒絕，男人反而抓住他的語病。

「參觀燈塔之所以不用收費，無非是因為這裡是公共設施吧。既然如此，我們身為國民就應該有參觀的權利。」

「問題是時間已經過了——」

「我都這麼低聲下氣地求你了，給點面子嘛。不然我直接拜託燈塔長大人好了，光靠你的判斷就拒人於千里之外也不太好吧。」

因為不想給公務繁忙的燈塔長添麻煩，孝藏迫不得已只好放他們進去，幸好他們很快就離開了。倒也不是真的履行了「只待一會兒」的承諾，而是那兩個女人只在迴廊上稍微看了幾眼就顯得興致缺缺。

三人離開後，孝藏繼續工作，後來剛好有事要到鎮上去一趟，回程的時候他選擇沿著海岸的那條路走。他很喜歡在太陽下山後去海邊散步，從鱗次櫛比的旅館和土產店的長凳、到松林和礁岩等處反射的燈塔光輝，有如走馬燈般美麗且燦爛。無論再怎麼疲憊，只要看到這個畫面，內心就能受到洗滌，就能對製造出這般美景的燈塔重新充滿自豪。

然而，這天出了點狀況。剛才那個自以為是、大老爺派頭的男人和兩個貌似藝伎的女人就坐在某家土產店的長凳上，低俗地嬉笑著。男人口中的「下一班電車」這個時間早就開走了。

……被騙了。

滿腔怒火翻湧而上，差點就要衝上去對他破口大罵。只怕光是這樣還出不了這口怨氣。視對方的反應，可能會大打出手。

會給燈塔添麻煩的。

他最先考慮到的是這一點。前輩們不辭勞苦地帶觀光客參觀，自己輕率的行為可能會讓他們的努力毀於一旦。萬一鬧上警局、見諸報端，還會讓人對燈塔產生不好的印象。

孝藏硬生生地嚥下這口氣，回到燈塔。

當然，讓人開心的事也有不少，例如向小、中學或高中生說明燈塔在航路標識中扮演的角色時，當他們理解其重要性的那個瞬間。觀光客因為從迴廊看出去的景色而感動到手舞足蹈、異口同聲讚不絕口的瞬間。出現濃霧的傍晚，拜霧笛所賜得以平安返回港口、當地漁夫特地上門道謝的瞬間。航行到國外的船員說他們返回日本，在途中看到燈塔光線、喜悅得難以形容的瞬間。他對自己的工作引以為傲，打從心底慶幸自己能成為燈塔守。

只不過，有件事孝藏無論如何都無法習慣，相較之下，就連應付任性妄為、氣焰囂張的觀光客也算不上什麼了。如果能避開那件事，就算要一直帶人參觀也無所謂。

令他避之唯恐不及的，就是要面對跑來這裡尋短的人。

全國各地存在許多既是觀光景點、也是自殺聖地的地方。雖然極不樂意，但太呴埼燈塔也是其中之一。幸好還沒有發生從燈塔迴廊一躍而下的案例，但每年都有幾個從附近的岩壁上跳海尋死的例子。所以正確來說，所謂的自殺勝地應該是「太响崎」，而不是「太响埼燈塔」，不過這兩個地方被視為同一個觀光景點，所以事到如今也無法置身事外。基於燈塔的地理位置，一旦有人從太响崎跳海自殺，發現及救助的責任通常都會落到燈塔守頭上。因此太响埼燈塔雖為世人稱道的風景名勝，但也同時背負著自殺聖地的惡名，令人開心不起來。

孝藏起初很同情那些被救回來的自殺未遂者。問他們為什麼尋短，得到的理由總能讓他感同身受。可是，在他漸漸知道動不動就尋死的人其實不在少數後，也不禁大動肝火。再過一段時間，逐漸明白再怎麼同情、再怎麼由衷感到憤怒，不愛惜生命的人也不會因此減少後，他開始感受到一陣空虛。

就算這次被燈塔守阻止，也只是再另外找別的地方自我了結吧。

向燈塔長透露這種想法時，燈塔長糾正他：

「燈塔守的工作是保護出海人的安全，另一方面，就算是想不開，一旦跳進海裡，拯救他們的生命不也是我們的使命嗎？聽起來或許有些強詞奪理，但這也意味著燈塔守有義務保衛日本海域的安全。」

雖然沒有完全被說服，孝藏仍從這番話中感受到「守燈精神」。這也讓他在面對自殺者時不至於想得太多。幸運的是，燈塔長這番話的效果從他去太响埼燈塔工作到調任的三年後都持續有效。

只不過，當他成為燈塔守約莫過了一年，出現了一個讓這句話失效的人。孝藏並不後悔救了對方，可是對當事人而言，沒死成究竟是好是壞呢？那個人給他留下了非常強烈的印象，強烈到孝藏至今仍陷在這個沒有答案的疑問裡。

那個自殺未遂者是個只有十來歲的少女。

從看見她溜進燈塔，孝藏就猜到她想做什麼了。一整年下來，他基本上已經能分辨哪個人的心裡懷著「想死」的念頭。當然不至於百發百中，但也有過好幾次因為這種經驗上的直覺，防範了從迴廊跳下去的憾事。

那個少女也給他相同的直覺，所以孝藏一面帶其他人參觀、一面不動聲色地觀察她。只可惜好像被少女發現了，每次當他按兵不動地靠近，她便動如脫兔地閃開。以上的試探持續了兩、三次，少女就突然不知去向。

孝藏連忙向前輩說明原委，請前輩接替自己帶客人參觀，心急如焚地繞到燈塔周圍的岩壁找人。有幾個地方是比較多人輕生的場所，但他刻意跳過那些地方。只能說是第六感促使他這麼做，幸好就結果來說是正確的。

截至目前，大部分的自殺者都是從燈塔後面、觀光客不太會去的岩壁投身大海。那邊從迴廊可以看得一清二楚，但就算參觀燈塔的人發現有人跳海、驚慌失措地通知燈塔守，等到有人趕去的時候通常都已經來不及了，是非常危險的地點。

然而少女選擇的地點是燈塔前方的岬角東端，幾乎就當著大批逛土產店的觀光客面前。由於店鋪正好在海岸的另一邊，絕大部分的觀光客都背對少女，再加上突然起霧，視野望不太到岩壁那邊。

在千鈞一髮之際察覺到的，只有孝藏。

「別做傻事！」

孝藏大喊著衝上去，少女只往後瞄了一眼，便從岩壁上縱身一躍。當時有幾個觀光客注意到兩人的異狀。

「有人掉進海裡了！」

「不對，是跳海啦！」

背後傳來一陣騷動，孝藏也從岩壁跳進海裡。

雖然是情急之下的舉措，可是當身體浮在半空中時，還是能感受到血氣從臉上瞬間褪盡。雖然浮現自己是不是判斷錯誤的後悔念頭，但也隨即做好心理準備。事已至此，再後悔也無濟於事。他擺出萬全的跳水姿勢，就這麼栽進海裡。

跳進海裡救人時，最駭人的就是對方死命地掙扎。最不妙的情況，就是連出手相救的人都會賠上一條命。

該說是萬幸嗎，少女乖乖地將身體交給自己，兩人以仰躺的狀態漂浮在霧氣繚繞的浪濤間。

或許是入水的衝擊令她昏過去了，孝藏讓她的臉朝上，把她拖到附近岩石區的狹小沙灘上。

然後須臾不停地檢查少女的狀態，立刻對她施行人工呼吸。當她喘過氣來時，孝藏感到難以言喻的如釋重負，同時也覺得累到不行。這時霧已經完全散開了。

孝藏坐在地上休息了一段時間，同時也是為了等少女恢復狀態。

「……有辦法走回燈塔嗎？」

孝藏站起來問她，少女仍躺在地上，動也不動。

「沒弄乾衣服的話，也不能這樣回去吧。」

少女穿著藍底白花紋的和服，和服都鬆開了，內衣緊貼在胸前，下襬拉高到大腿上，但是想也知道完全感受不到女人味，只讓人覺得心疼。

「來，走吧。」

孝藏又催了她一次，但她依舊雷打不動。

「真拿妳沒辦法。」

就在孝藏心想這下子只好背著她回燈塔時。

「誰要你多管閒事……」

少女凝望著空中，說出令人跌破眼鏡的話。不僅如此，還突然以氣急敗壞的眼神瞪著他。

「你要怎麼負責？」

簡直莫名其妙，但不知怎地，孝藏心驚膽顫地反問：

「妳……妳在說什麼？」

比起恩將仇報的態度，少女不明所以的反應更令他不寒而慄。

對方只是個不到二十歲，還沒什麼社會經驗的少女。樣貌不算差，但是陰陽怪氣的感覺也絕對稱不上可愛。更何況現在還全身濕透、沾滿泥沙。孝藏救了她，明明就是她的救命恩人。

儘管如此，少女說的話和眼神都讓孝藏感到頭皮發麻。

「我、我要負什麼責？」

孝藏努力半天才擠出這句話，因為他幾乎要被眼前難以理解的狀況嚇壞了。

「……無路可走了。」

少女又回以一句意義不明的話。

她的腦袋有問題嗎？

如果真是這樣的話，自然不能與一般的尋死者相提並論了，若想明哲保身，最好別搭理她，但總是得先帶她回燈塔那邊再說。

孝藏還一籌莫展時，燈塔長和前輩們就趕到了，接下來可以全部交給他們。

——聽燈塔長入佐加講到這裡，難以言喻的奇妙感受襲向了物理波矢多。

從入佐加立志成為航路標識看守，到他在通信省航路標識看守練習所學習半年的體驗，波矢多都聽得津津有味。當時的練習所在昭和十三年變成燈塔官吏養成所，學習期間也延長為一年。昭和二十三年因為海上保安廳成立，又再分成東京的海上保安教習所、橫濱的燈塔官吏養成所、茅崎的水路技術官養成所。到了昭和二十六年，上述三個機關又整合成位於舞鶴的海上保安學校，學校開設了燈塔系，進行航路標識職員的教育。

如此這般，到了波矢多的時代——他在橫濱的燈塔官吏養成所學習——出現了一些變化，之後也持續改變，不過課程和實習的內容倒沒有什麼太大的差別，所以他也覺得很懷念。

入佐加最初赴任的地點就是太呴埼燈塔應該也只是單純的巧合。波矢多一邊聽著他的燈塔經驗談、一邊回想自己的遭遇。聽到入佐加講到拯救跳海少女的經過時，也只是感慨無論哪個時代的青少年都大同小異。

然而，當他發現少女的言行舉止很像自己以前救過的少女時，波矢多的頸部一帶感覺有陣陰風吹過。不僅如此，就連樣貌與氣質都很像，一把冷汗順著背脊往下淌。

是同一個少女嗎……怎麼可能。

兩起自殺未遂事件間隔了二十年以上。每個時代都有十多歲的少女尋短，只是這兩個孩子剛好有異曲同工之妙罷了。

波矢多努力地像這樣說服自己，內心深處仍無法壓抑另一種想法冒出頭來。

該不會兩個少女都是大海的魔物吧？

他在位於北九州野狐山地方的拔井煤礦旗下的鯰音坑，聽說了毛骨悚然的女人傳說，說那是地底的魔物也不為過。相傳那個女人會從礦坑內的洞穴裡現身，誘惑礦工。既然如此，突然起霧的時候，海中的魔物就會從濃霧中出現，試圖將燈塔守誘入海中，這種事情或許也沒什麼好奇怪的。

……白魔。

波矢多想起第一眼看到轟之埼燈塔的時候，浮現在腦海中的字眼。

……白色的人。

……白魔仔。

接連串起的聯想一發不可收拾。但他無法確定三者是不是同樣的東西。

話說回來，「白魔」與「白色的人」都是波矢多自己取的名字。可想而知，沒有任何證據能證明入佐加和波矢多救的少女是同一個人，而且還是來自大海的魔物。另一方面，「白魔仔」則是巖栖地方傳說中棲息在白衣森林裡的魔物。

果然是自己想太多了嗎……

就在波矢多笑自己多心時。

「我在太响埼燈塔待了三年。」

聽到入佐加接下來說的話，不由得讓他全身僵硬。

「下一個工作地，就是這座轟之埼燈塔。」

第十一章 羅州丸

羅 州 丸

燈塔巡視船「羅州丸」從橫濱港出發後，入佐加孝藏來到甲板上，持續望著怎麼也看不膩的大海。

明明在太响埼燈塔時，每天從早到晚都可以看到這片海。

現在之所以百看不厭，想必是因為孝藏人在船上的關係吧。從燈塔上眺望海洋時，他本身不會移動，就算移動，範圍也有限，頂多只能從太响崎這頭走到那頭。無論走到哪邊，眼前的海景始終如一。

而他現在搭的船正行駛於汪洋之中，海平面在孝藏眼前不斷地向後流動，雖說海面無邊無際，景色大同小異，但實際上並非如此，還是存在著地域性的差別。他很高興能親眼看到其中的差異性，所以才會一直望著大海，怎麼看也不厭倦。

燈塔巡視船是指專門運送各式各樣的物資到各個燈塔，並且把視察員和燈塔守送上岸的船隻，也有燈塔巡邏船、燈塔視察船、燈塔補給船等稱謂，也有很多人直接簡稱為「燈塔船」。說來有些複雜，原本「燈塔船」是指為了作為航路標識而定錨的船舶，但特別是當地方的燈塔守在日常生活中提到這個名稱時，幾乎都是指燈塔巡視船。因為平均每年才來一次的燈塔船是他們望眼欲穿的存在。

燈塔船上設有大眾食堂，自明治時代就提供西餐。燈塔守會帶著換上外出服裝的家人，興高采烈地去吃這種特別的餐點。船上也有正要前往燈塔赴任的人，因此也是燈塔守們的交流場所。

其中如果有一起在同一個練習所或養成所學習的同窗，更是會聊得口沫橫飛。此外，燈塔守的孩子還能收到玩具或糖果。

在所有的燈塔船中，最有名的就莫過於這艘羅州丸了。這艘船的前身是在德國製造、於明治三十三（一九〇〇）年下水的前俄羅斯船舶「阿魯渾號」。到了明治三十七年，阿魯渾號在前往當時為俄羅斯租界的中國青泥途中，於韓國全羅道八口浦附近被大日本帝國的軍艦吾妻號拿下，其後用來代替被徵收為海軍御用船的視察船「新發田丸」，搖身一變成為視察船「羅州丸」。

羅州丸雪白的船身十分美麗，因此又有「白姬」的美譽。上頭還帶了一點紅色，看起來就像每年會來送禮物給小朋友的聖誕老人。想當然耳，既然是巡邏船，必定會受到燈塔守的敬重。他們會繃緊神經隨侍在側，直到巡視員完成工作。即便如此，燈塔船仍是燈塔守翹首以盼的存在。

孝藏搭乘羅州丸是為了前往第二個赴任的地點，也就是位於巖栖地方的轟之埼燈塔。然而，羅州丸將從古宮取道另一條航線，因此他必須在古宮下船，雇用民間漁船載他去轟之崎。船長非常過意不去，無奈羅州丸另有任務在身，所以也愛莫能助。孝藏也知道如果要羅州丸載他到轟之崎，反而會給其他燈塔守添麻煩，也會影響到視察的工作，所以並沒有任何不滿。

得知自己分配到的房間相當於普通客船的二等室時，孝藏非常感恩。不過他只有就寢時才會待在房間，其他時間幾乎都在船裡走來走去。能搭上百聞不如一見的羅州丸，也難怪他會像個孩子似地一刻也安靜不下來。

設置於船體下層的交誼廳掛著德國畫家的油畫，總共有四幅。關於這些畫，孝藏後來在日記裡提到過兩次。第一次是戰爭時，日德義三國締結同盟之際；第二次是戰敗後搭乘羅州丸時。前者只是從德國與日本是同盟國產生的聯想，後者則是因為他留意到日本畫家入選二科展⑫的作品取代了德國畫家的油畫。

那幅油畫上哪兒去了？

突然很想知道油畫的去向，或許是因為心裡有數，覺得那也成了戰爭的犧牲品。孝藏在日記裡寫下當時情緒的轉折，第一次看到那幅油畫時，還無從知曉日本與自己的未來，只是純粹對交誼廳內時尚的西洋情調感到驚艷不已。

交誼廳裡隨時有人，不愁沒人聊天。尤其是長年在邊陲地帶的燈塔工作的人，特別渴望能跟別人交流。話題一個接一個，簡直無窮無盡，其中有很多分享都令孝藏獲益良多。拜船的蒸汽所賜，冬天的交誼廳很暖和，但是到了夏天，豔陽直射下的交誼廳實在太熱了，所以大部分的時間孝藏都待在甲板上吹風。

終於要離開關東了。

即使是自從當上燈塔守就做好心理準備的人，此時此刻大概也難免湧起思鄉的情緒，但孝藏不然。坐在羅州丸上，內心充滿斬斷一切留在故鄉枷鎖的情緒。

就在他沉溺於這樣的心情，凝望被夕陽染成赤銅色的明媚大海時，耳邊響起雖然低沉但仍然銳利的女性聲音，嚇了他一大跳。聲音好像是從船尾的方向傳來的。

孝藏受到好奇心的驅使，走近一看，兩個不曉得在爭執什麼的人影映入眼簾，發現是一男一女，而且是田莊和他的夫人美都子時，孝藏連忙轉身走人。

田莊是大他兩歲的燈塔守，是與孝藏一起前往轟之埼燈塔赴任的同事，因此自從在羅州丸上結識後就經常聊天，還約好要一起出錢在船經過的港口買土產給燈塔的前輩。加上美都子一起討論要買什麼土產時，三人的結論首先是「食物」，其次是「方便攜帶，體積不大，重量也輕的東西」，最後是「好惡比較不明顯，可以的話最好能長期保存」，最後他們買了一箱海苔。

由此可見，孝藏和田莊夫婦的關係很好。不過，雖然他們年齡相近，但對方才剛新婚，看到兩人如膠似漆的恩愛模樣，孝藏內心免不了有些不自在的情緒。

但問題還是在於美都子的樣子從買完土產回船上後，就開始變得不太對勁。原本以為會不會是因為買的不是她提議的東西，而是孝藏選的海苔，但這理由再怎麼說都太荒唐了。更何況當時美都子還眉開眼笑地附和：「海苔符合所有的條件呢。」

過了一陣子，孝藏找她說話，但對方始終心不在焉的模樣，對其他燈塔守也是相同的態度。不僅如此，就連面對丈夫田莊，也擺出一副生疏的反應。

⑫ 由大正時期創設的美術團體「二科會」所舉辦的美術展覽。當時有島生馬、石井柏亭等藝術家對文部省美術展覽會提案為了審查公平，應仿效日本畫部門，將西畫部門同樣分為舊派、新派兩科，未被採納，二科會因此成立。

因為在這種尷尬的時機撞見他們吵架，孝藏直覺就想避開，但在那之前美都子已經先小跑步衝進船艙內，而且田莊也看到他了。

「哎呀，讓你見笑了。」

田莊都主動開口了，孝藏也只好走上前去。

「嫂子暈船了嗎？」

孝藏只想輕描淡寫地帶過。

「問題比暈船嚴重多了。」

因為得到意料之外的答案，也讓孝藏一時傻住了。看來是小倆口拌嘴沒錯，但還是光棍的他實在應付不來這種話題。

「這樣啊。」

因此他又不置可否地回答，沒想到這時田莊又再次拋出意外的回答，嚇得他下巴都要掉了。

「美都子啊，說什麼不想去轟之埼燈塔。」

「欸！」

因為太驚訝了，嗓門不由得大起來。田莊以與他形成強烈對比的微弱音量，無精打采地喃喃低語。

「上次也說過，我之前在珠洲碕燈塔值勤，那裡是跟太咰埼燈塔不相上下的觀光景點，所以日常生活幾乎沒感受到任何不便。美都子是燈塔附近土產店的女兒，我們有緣開始交往。然後以這次的調派為契機成婚，打算夫婦一起去轟之埼燈塔……」

「你是指嫂子其實並未真正理解燈塔守的工作嗎？」

孝藏語帶遲疑地問道，田莊有氣無力地搖搖頭。

「倒也不盡然。她們家是土產店，所以從以前就與珠洲碕燈塔時有往來。內人從小就知道燈塔守的辛苦，而且自從我們交往之後，她一定更清楚不過了，婚前也充分討論過調職的事。」

「既然如此，怎麼還搞成這樣？」

「導火線好像是我們一起買的海苔。」

「……咦？」

居然被他猜中了，孝藏暗自心驚。但根據田莊所說，問題顯然不在自己身上。

「她說一想到我們未來要生活在連買個海苔都不容易的地方……就突然覺得無法忍受。」

「……啊」

孝藏聽得目瞪口呆，這點小事應該早就要有心理準備了吧，但也不好意思跟田莊直說。

「即使從小就聽說燈塔的生活有多辛苦、即使我從以前就已經有所覺悟要去窮鄉僻壤的燈塔工作，但內人清楚的其實就只有珠洲碕燈塔的狀況，無法真正地感同身受。關於這點，我其實也做好某種程度的心理準備。」

「怎麼說？」

「最壞的情況是她拒絕我的求婚，再不然就是我一個人去燈塔赴任。」

「怎麼會……」

「沒辦法，誰先愛上誰就輸了。」

田莊又小秀了一下恩愛，倒也不惹人討厭，反而讓孝藏覺得更不可思議。他這麼重視美都子，都已經說服她跟自己走了，怎麼還會因為海苔跟她吵架呢？

田莊先發制人地說：

「如果只是因為海苔感到不安，我也不會覺得有什麼。因為我早就聽過很多燈塔守夫人的賢內助事蹟。只要搬出那些事蹟，要再次說服內人應該也不是什麼難事。」

「也就是說，還有什麼別的原因嗎？」

孝藏的疑問，讓田莊的表情頓時變得苦不堪言。

「是佐佐野先生啦。」

他說的是與他們一起搭乘羅州丸、年紀很大的燈塔守。

「是在下一個赴任地的工作結束後就要退休的那位嗎？」

「他是很資深的燈塔守，對燈塔可以說是瞭若指掌。聽那個人講述自己的經驗談，真的是獲益良多……」

說到這裡，田莊欲言又止。

孝藏見狀，便接著說下去。

「可是他一旦酒喝多了，就會連不該講的也都講出來，有點傷腦筋呢。」

「就是這樣。聽到他提起『別看每座燈塔的燈塔長夫人都是賢妻良母的模樣，其實啊……』之類的話時，大家就會趕緊轉移話題。我們的職場遍布日本全國，所以一般人都以為我們的世界很遼闊，其實非常狹窄。就連搭上燈塔船，舉目所見的也大多是熟面孔，或是先前曾聽說過的人，所以不能隨便說人家的閒話或傳聞，因為一下子就會傳開。而且那些傳聞的內容，可能都跟我們的工作或生活有關。」

「我也深有同感。」

「問題是佐佐野先生每次幾杯黃湯下肚就口不擇言，而且他的話很多都無憑無據，所以就更糟糕了。」

「嫂子也聽到什麼不該知道的閒話嗎？」

而且那很可能跟他們接下來要去赴任的轟之埼燈塔有關，既然如此，與孝藏也不是全然無關了，因此他情不自禁地想問個究竟。但不知道為何，田莊突然吞吞吐吐了起來。

「……嗯。但他說的實在太荒唐了。」

「他說了什麼？」

「佐佐野先生說……」

「與轟之埼燈塔有關嗎？」

孝藏的質問令田莊狼狽不已。

「就是這樣，所以這件事也跟你有關。啊，不好意思，我沒顧慮到這點。」

「這也不能怪你，畢竟還是嫂子的感受比較重要嘛。」

孝藏正經八百地說，田莊露出害臊中不失欣喜的表情，但隨即又眉頭深鎖。

「可是告訴你真的好嗎……」

「都聽到這裡了，你不跟我說的話，接下來我會坐立難安啦。」

「……就算是聽完會讓心裡覺得怪怪的事，也沒關係嗎？」

孝藏不免有些猶豫，隨即下定決心。

「請務必告訴我。」

「買完海苔的那天晚上，交誼廳剛好只有美都子和佐佐野先生兩個人，而且在佐佐野先生跟美都子提起那些亂七八糟傳聞的幾十分鐘過程中，都沒有其他人出現在交誼廳裡。」

佐佐野向美都子說了自己的體驗，然後她再告訴田莊，如今田莊又要轉述給孝藏，內容大致如下。

明治時代末期，佐佐野成為了燈塔守，而他最初赴任的地點就是轟之埼燈塔。當時也和現在一樣，燈塔巡視船只把他載到古宮，必須再從古宮雇用當地的漁夫開船送他到轟之埼燈塔。

漁船靠近轟之崎的九指岩時，漁夫告訴他因為風浪太大，無法靠岸。但根據佐佐野自己親眼看到的感覺，並不覺得海面的狀態有那麼惡劣，但漁夫的判斷又是另一回事了。對方堅持只能送他去網引港，再請他從那裡徒步前往燈塔。佐佐野拗不過他，只好放棄在這裡靠岸了。

當他眺望著離自己愈來愈遠的燈塔時，一個詭異的東西突然出現在自己的視野中。有個白白的東西站在岬角尖端那壁立千仞的懸崖上。

……是人嗎？

瞪大眼睛仔細看，確實是道人影沒錯，問題是沒有人會從頭到腳一身白吧？那麼，那個到底是什麼？

回頭想問漁夫，但漁夫早已驚慌失措地轉過身去，雖然不知道原因，但佐佐野還是心驚膽顫。不，或許原因早已昭然若揭。

漁夫知道**那個**是什麼。

可是，他不打算告訴我。

對初次赴任的地點充滿了言語難以形容的不安，他一路望著燈塔，直到完全看不見為止。

佐佐野抵達網引，住進了名為小路屋的旅館，隔天就雇了白子村的人幫他帶路，前往轟之埼燈塔。整段路幾乎與登山無異，一路上上下下。好不容易踩到平地，終於鬆了一口氣時，這次又得在密林中前進。歷盡千辛萬苦，才終於抵達白子村，在嚮導家過夜，第二天一早再出發。

幸好第二天不用再爬山，但是人稱白衣森林的草叢長得太高太密，舉步維艱，走著走著，連嚮導的腦袋都快要看不見了。萬一沒跟上的話真的會迷路，所以他亦步亦趨地緊跟著嚮導不放，就在這個時候，他開始有一股不太對勁的感覺。

……有什麼東西跟在自己背後。

無須贅言，這片枝繁葉茂的草叢中只有嚮導和佐佐野兩人。儘管如此，背後還是傳來了不該有的聲音。

……咯咯、沙沙。

背後傳來的聲響顯然正撥開又高又密的濃密草叢，試圖追上他們。

佐佐野很害怕，想通知嚮導，但也同時領悟到大聲叫喊「後面有東西跟著我們」等於是在告訴**那個東西**，自己已經發現它的存在，嚇得六神無主的他趕緊閉上嘴巴。

只能盡量加快腳步，跟上嚮導了。佐佐野邊走邊頻頻回首，隔著草叢的空隙，不時可以看到有個白白的東西，兩條手臂頓時爬滿了雞皮疙瘩。

所幸最後還是平安無事抵達了燈塔，燈塔長和前輩們都對佐佐野關照有加，他也很快就跟燈塔長的家人打成一片，燈塔長夫人也真的非常照顧他。雖然工作確實很辛苦，但良好的人際關係帶來的恩惠也令他點滴在心頭。

因此，即便他好幾次都想詢問那個白色的東西到底是什麼，但最後又把話吞了回去。感覺一旦提到那個東西，就會破壞燈塔員工宿舍裡和樂融融的氣氛，而且再也無法修補，所以佐佐野怎麼也開不了口。

取而代之的，就是佐佐野今後時常站在從漁船上看到白色人影出現的岬角尖端。絕不是因為想近距離見識一下那玩意兒，而是那裡有某種吸引他的魔力。

相反地，他再也沒踏進密林的草叢一步。尤其是在燈塔長告訴他有別條更好走的路之後。無論是早晨、中午、還是黃昏，佐佐野只要一有時間就會站在岬角尖端，唯獨避開黑夜。除了黑暗令人害怕之外，也因為他深知光靠手電筒的光線就要在岩盤上行動實在太危險了。

可是一個月過去了、三個月過去了、半年過去了，他什麼也沒看見。放眼望去只有廣闊的大海，以及矗立於岬角前方的九指岩、九指岩另一頭的漁船、行駛於海灣間的船隻、隨季節出現的海鳥……諸如此類的熟悉風景。

然而，事情就在某一天的黃昏時分發生了。為燈塔點燈後，內心突然浮現一股想去岬角尖端的衝動。截至目前，即使在黃昏時前往，也總是在點亮燈室之前，基本上都是輪到他執勤的前一刻，從未在點燈後特地跑一趟。一方面是不想耽誤工作、另一方面是太陽一下山，夜幕轉瞬就會籠罩大地。

然而，那一天不知怎地就是很想去。只要趕在太陽完全下山前回來，應該還能清楚看見腳邊的路。目前確實還是工作時間，但既然已經開燈了，只離開一下的話應該沒關係吧。那時他是這麼想的。

以防萬一，佐佐野先拿了手電筒才走出燈塔。當然，第二層岩盤沒有路通往岬角尖端，不過因為已經去過好幾次，在他看來已經踏出一條路徑了。佐佐野循著平常走慣的路，站到平常駐足的地方。唯一的差別，大概只有周圍比平常看到的黃昏風景還更暗一些。

更接近夜晚的逢魔時刻……

如果硬要形容，這或許是最貼切的說法。說穿了，明暗的比率更偏向於黑暗，只要一不小心，就會一腳踩進黑夜的世界。周圍瀰漫著這樣的氣氛。

每當日暮時分，有如巨大木樁的九指岩在血色殘陽的映照下，看起來就像是沾染了被木樁貫穿身體的犧牲者鮮血。如今雖然已經沒有那麼怵目驚心，陰暗黝黑的岩壁卻又像是血液凝固後的樣子。下方略顯狂亂的海浪，拍打在九根細細長長的奇岩根部。

還是老樣子，令人毛骨悚然的風景。

佐佐野不禁捫心自問，明明覺得不對勁，為何還要特地來看這種風景？是否應該停止這種無謂的行為了？但即使這麼想也無法轉換心情。就在他認真思考這些問題時——。

有個白白圓圓的東西在九指岩下方的海面載浮載沉。

起初淹沒在白浪裡，所以看不太清楚，隨即在薄暮中也能看出那個白色的東西在藍色的海面移動，儼然正游向岬角。

……難道是人嗎？

佐佐野趕緊睜亮雙眼仔細看，說不定是附近有船遇難了。雖然覺得如果真是遇難船的話，再怎樣都會有人發現的，可是凡事不怕一萬，只怕萬一。

繼續聚精會神地定睛觀察，那確實是人的頭。既然如此，那個人顯然是以踩水的方式游泳，只露出一顆頭在海面上。問題是，踩水不是會留在原地嗎？像這樣徐徐前進不是很奇怪嗎？

佐佐野還沒來得及反應過來，那個白白圓圓的東西愈來愈靠近岬角，最後終於游到斷崖絕壁的正下方。

咻……**那個**仰望佐佐野。看到眼前的光景，他的身體機伶伶地打了個冷顫。

咯、咯……

下一瞬間，那個開始往懸崖上爬。貌似雙手的部分輪流往上攀爬，開始爬上近九十度的懸崖。

……白色的魔物。

這是當下瞬間在佐佐野腦海裡浮現的形容。外表跟自己差不多，但怎麼看都不是人類。不是人類的話是什麼呢？只可能是海裡的魔物。那傢伙才出現在九指岩底下，下一刻已經移動到岬角的正下方，手腳並用地往懸崖上爬，眼看著就要靠過來了。

難不成，每天到了逢魔時刻，那個都會做同樣的事？

為什麼……想到這裡，內心出現「該不會是來找我吧」這個答案，嚇得他冒出一身冷汗。

在他搭著漁船前往轟之埼燈塔時，由於風浪太大，不得不在九指岩前回頭，當時就看到有個白色的人影站在岬角尖端。如同佐佐野注意到對方，對方會不會也發現他了？會不會從那一天開始，那傢伙就一直在找自己……

佐佐野鼓起勇氣往懸崖下看，只見那個已經爬到一半了，而且疑似又抬起頭來看著他。

佐佐野拚命忍住拔腿就跑的衝動，盡可能用最快的速度回到宿舍，向燈塔長報告。原本還擔心燈塔長會笑他犯傻，但燈塔長只是默不作聲地跟他一起去岬角尖端察看，不過那裡什麼也沒有。心想該不會已經爬到懸崖上了，但是從時間上來看應該不至於。向燈塔長說明他的猜測，燈塔長就要他那天不用上班了。

有過這樣的體驗，佐佐野再也無法值夜班。不久後，他甚至無法繼續在轟之埼燈塔工作，於是提出了轉調申請。

可是，即便已經來到即將退休的年紀，每次去新的燈塔赴任，直到習慣那個地方前，佐佐野都會陷入那個從海中出現，來陸地上找他的驚懼，惶惶不可終日。

——佐佐野似乎以極為嚴肅的表情與語氣向美都子說了這件事。

「嫂子真的相信這種跟怪談沒兩樣的事嗎？」

孝藏問道，田莊則是一臉拿愛妻沒辦法的表情。

「我也覺得不可能，苦勸美都子那肯定是佐佐野先生又在胡說八道了，可是她說如果只是這樣的話，他沒道理說得那麼詳盡。」

「然後呢？」

「我覺得船長應該會知道些什麼，所以就去問了船長。他的年紀與佐佐野先生差不多，加上身為船長，也比較容易聽到一些流言蜚語吧。」

田莊說到這裡，噤口不言，直勾勾地盯著孝藏看。

「接下來我說的話，你千萬不要告訴別的燈塔守喔。」

「……我知道了。」

見孝藏乖乖點頭，田莊才繼續往下說。

「船長起初還不承認，說他沒聽說過與轟之埼燈塔有關的怪談。可是當我說明美都子的狀況後，他先千叮嚀、萬交代，要我絕對不可以說出去，才願意告訴我。轟之崎那邊從以前開始，就有很多人在黃昏時分搭船經過聳立在海中的九指岩前方時，目擊到站在岬角尖端的白色人影。」

「……不是人類嗎？」

「有漁夫說是當地白子村的人、也有船長拍胸脯保證那玩意兒絕對不是人，所以至今仍不得而知。」

「那麼，佐佐野先生說的也……」

「就算只能聽一半，或許也不完全是毫無根據的胡扯。」

「你有把船長說的事情告訴嫂子嗎？」

田莊露出苦澀的表情。

「為了讓她知道佐佐野先生的體驗雖然不見得全是假的，但很有可能加油添醋地誇大了不少，只能告訴她船長說的話了。可是這麼一來，至少確定佐佐野先生在岬角尖端看到的白色人影是真有其事。」

「很難判斷呢。」

「嗯，但我一五一十地告訴內人了。」

結果就導致美都子說她不想去轟之埼燈塔了，但這也不能怪她。再加上田莊說妻子本來就很怕聽這種怪力亂神的故事，所以就更怪不得她了。

最後因為田莊的苦苦哀求，他前往轟之埼燈塔赴任的派令就被取消了。但因為一時半刻找不到人代替，只能先由孝藏獨自前往。

——從燈塔長入佐加口中聽到這番話，物理波矢多開始產生新一波的恐懼。

就連佐佐野那種上了年紀的燈塔守也見過白色的魔物……

不僅如此，開船經過轟之崎的船員們，也從以前開始就目擊過白色的人影……

波矢多強忍住想與自己的體驗相互對照的欲望，更加專心地聽入佐加繼續說下去。

第十二章　白衣森林

白衣の森

燈塔巡視船羅州丸在古宮港靠岸，入佐加孝藏便告別了田莊夫婦，或許應該說是他獨自離開羅州丸，因為包括田莊夫婦在內，其他人都要繼續航程。當然，所有人都是為了履行職務——田莊夫婦也不例外——才與羅州丸一同繼續航行，可不知怎地，孝藏總覺得只有自己被排擠了。

「沒辦法陪你一起去，真不好意思。」

大概是因為田莊將海苔遞給他，向他道歉時，從他的語氣裡聽出了如釋重負的情緒。儘管已經做好心理準備，無論再偏僻的燈塔都要硬著頭皮前往，但如果可以選擇的話，田莊其實也不想去流傳著詭異怪談的地方吧。

古宮港熱鬧非凡，光是走在各種商店林立的街道上，孝藏就覺得充滿活力。街上洋溢著港都特有的喧囂，有別於太呴埼燈塔比較偏向觀光景點的氣氛，孝藏一時半刻還不太習慣，不免有些暈頭轉向。

他在羅州丸上也曾從佐佐野口中聽過類似的體驗。當時還以為他誇大其詞，如今發現他說的原來不假，不由得大吃一驚。

根據佐佐野的說法，住在山上的人每次出城都會覺得疲憊不堪。因為山路高高低低，走的時候脖子會自然地上下擺動，可是到了鎮上，街道兩旁都是店鋪，所以脖子經常要左右轉動。也就是說，脖子會從上下擺動變成左右轉動，這種與平常大相逕庭的運動是造成疲勞的原因之一。

類似的理論放在燈塔守身上或許也說得通。孝藏親身感受到佐佐野的體驗，所以不再左顧右盼，尋找著願意載他去轟之崎的漁船。因為有船長和佐佐野的介紹，有個姓丹澤的漁夫乾脆地應允：「包在我身上。」丹澤是個沉默寡言的男人，但至少向他搭話時還是會回答。一問之下，得知從他祖父那一代就負責送燈塔守到轟之崎和網引港。

說不定佐佐野也是……

心想這位漁夫說不定也載過佐佐野，然而年齡對不上，可能是丹澤的父親或祖父用漁船送當時還很年輕的佐佐野去轟之崎。

接著詢問，才知道丹澤家從以前就是代代相傳的漁夫，而且不是任何人都能接送燈塔守，必須從前任傳給後任。丹澤還告訴他，沒有傳給長子或次子，而是傳給自己這個三子是父親的決定。

話雖如此，但丹澤看起來似乎不以自己的任務為榮。這點讓孝藏覺得很奇怪，但這時就突然想到一件事。

要不要試著問他白色人影的事。

既然是代代相傳的漁夫家族，還負責接送燈塔守，肯定也會從祖父或父親口中聽過白色魔物的傳言。

可是……

孝藏陷入兩難，擔心提起那個怪談，漁夫會不肯讓他上船。海上男兒都很迷信，要送什麼都不知道的燈塔守去轟之崎顯然不成問題，但如果燈塔守一開始就知道什麼不祥的事，那就另當別論了。我不想載這種人——萬一他這麼說，豈不是很尷尬嗎。

就算要問，也等到了對岸再問吧。

雖然覺得這種想法有點狡猾，但孝藏決定就這麼辦。問題是，假設丹澤據實以告，自己卻因此害怕在轟之埼燈塔那邊上岸的話……想到這裡，孝藏決定還是什麼都別問好了。

丹澤立刻讓漁船出海，他說如果現在出發，傍晚就能抵達轟之崎。而且還醜話說在前頭，表示九指岩附近的風浪很大，經常會發生無法靠岸的情況，到時候就要改送他去網引港。據說過去到此上任的燈塔守幾乎都是從網引費盡千辛萬苦地翻山越嶺前往燈塔。

「那燈塔巡視船是怎麼過去的？」

因為也會去轟之埼燈塔巡視，自然得過去，問題在於巡視船又是怎麼靠岸的？孝藏提出這個疑問，丹澤支支吾吾地回答。他的意思不外乎是巡視船備有設備齊全的小艇，所以沒問題。換句話說，體積太大的巡視船無法通過九指岩，只好放下小型的小艇載人過去。

但如果孝藏記得沒錯，羅州丸只有普通的小艇，如果風浪大到連漁船都無法經過，羅州丸的小艇就更派不上用場了。

難不成……

丹澤家歷代漁夫用來判斷能不能在轟之崎靠岸的標準，並不是海面的狀態，而是有別的原因。

舉例來說，像是岬角上有沒有白色人影出沒……之類的。

如果岬角上有白色的人影就去網引港，唯有什麼都沒看見的時候才靠岸——莫非丹澤家代代都遵循著這樣的法則？

丹澤說繼承接送燈塔守重責大任的人既不是長子或次子，而是自己。會不會是因為他兩位哥哥都看不見白色人影，只有他看得見呢？

如果由看不見白色人影的人送燈塔守去轟之崎，而且白色的人明明站在岬角上，卻還強行靠岸的話，到底會發生什麼事呢……

內心閃現這樣的疑問時，孝藏想起燈塔巡視船也是這麼回事。就算當時船上的乘客裡有「看得見的人」，大概也不會說出來吧。肯定是還在研究那是什麼的時候，載著視察員的小艇就從船上放下去了。

然後……

小艇在岬角靠岸，視察員跳上岩盤或順著穿梭於懸崖峭壁間的石階往上爬時，出了什麼意外。

不是失足跌落海中、就是從石階上滾下去。

……再怎麼想都太荒謬了。

孝藏對自己天馬行空的想像力啞然失笑，但是一點也不好笑，內心反而充滿了不安。

另一方面，載著他的漁船在海上奔馳，離轟之崎愈來愈近。現在已經不能回頭了，萬一連他都跑了，要由誰去為轟之埼燈塔點燈呢？只能硬著頭皮面對那個岬角了。

就在孝藏再次鼓起勇氣的時候。

「前面就是轟之崎。」

丹澤說道，孝藏望向前方，遠處有幾根穿出海面的奇岩怪石。

那就是九指岩嗎？

異樣的岩石比他想像中還更高、形狀更奇怪。隔著那群岩柱，可以看到宛如巨大岩塊的岬角。

終於抵達轟之崎了。

可惜沒時間讓他沉溺在感慨裡，他拚命地睜大雙眼，想看清楚岬角上有沒有什麼白色的物體。

……什麼也沒有。

孝藏鬆了一口氣，回頭看向丹澤那邊，不由得悚然一驚。因為這位漁夫的臉色十分蒼白，還說九指岩那邊的風浪太大了，漁船無法靠岸。

「看起來沒那麼嚴重啊。」

確實稱不上風平浪靜，但如果只是這種程度的風浪，應該還是能前進的。孝藏下意識地提出反對意見，可是丹澤死都不肯答應。

明明沒有白色的人影……

坐在開始掉頭、正要離開九指岩一帶的漁船上，孝藏感到一頭霧水。

果然是自己多心了嗎？「看不看得到」白色人影根本不是重點，純粹只是因為九指岩那個區域太危險才無法靠岸吧。雖說燈塔守算是很了解海相，但還是比不上漁夫，更別說是在地的漁夫。說不定只是看上去沒問題，實際上卻是凶險萬狀。丹澤只是做出正確的判斷……

就在孝藏望著逐漸遠離的九指岩和轟之崎，還有轟之埼燈塔時。

……白色的人正朝著他揮手。

佇立在燈塔的迴廊上，直勾勾地盯著他看……

大概是注意力都放在岬角尖端，所以才沒發現。可是丹澤留意到了，所以才不讓漁船靠岸。

全身上下的寒毛都豎立起來了。

他很後悔來到這裡，同時也是第一次覺得美都子的判斷是正確的。托她的福，田莊也因此得救了。

但是我卻……

就算是這樣，事到如今也不能改變什麼。如果就連孝藏都拒絕赴任，那麼轟之埼燈塔就無法運作了。想到這裡，孝藏後知後覺地想起一個理所當然的事實，那就是這座燈塔至少還有燈塔長和他的家人。

剛才的人影或許是燈塔長也說不定。

孝藏望著已經離得很遠的燈塔，提出最合理的解釋。不過也只能勉強接受一半，總覺得另一半並不是他想的那樣，可是又不願意面對現實。因為一旦面對現實，他就真的不敢去燈塔赴任了。

網引港比古宮小得多，丹澤介紹了一家名叫小路屋的旅館給他。孝藏依言前往，受到旅館老闆娘親切的接待。

洗完澡也吃過飯後，他便請老闆娘介紹一個幫自己帶路和搬行李去轟之埼燈塔的嚮導，老闆娘說她有個再適合不過的人選。離燈塔最近的白子村，有個在白子村與鎮上往來辦事的男人叫「足助」，以前也曾經幫燈塔守帶路及搬行李，剛好明天上午就會來小路屋。

第二天時間還早，足助就來到小路屋，風風火火地表示現在馬上出發的話，傍晚前就能抵達燈塔，於是孝藏連忙離開旅館。當時預付了搬行李與帶路的費用，但不知怎地，足助主動給他打了八折。孝藏說金額是老闆娘說的，應該不會錯，可是足助堅持要給燈塔守優惠，堅決不收剩下的兩成。

換成平常應該會對撿了便宜感到欣喜，但孝藏卻是滿心狐疑。足助看起來不像壞人，但如果問他是不是完全信得過對方，孝藏也無法立刻表態。只拜託他帶路及搬行李還好，但如果要共事的話就另當別論了。更何況，孝藏壓根兒不覺得他是真心對燈塔守抱持尊敬。

感覺好不舒服。

話雖如此，這時要拒絕也太晚了。事到如今，已經沒有時間再另外找帶路及搬行李的人選了。足助的話至少還知道他的來歷，應該不至於拿了行李就跑。孝藏後來這麼說服自己。

離開鎮上，稍微走了一段路之後，果然就如同佐佐野告訴美都子的那樣，一連串翻山越嶺的路程令孝藏疲憊至極。若不是足助幫忙背了大部分的行李，自己大概已經叫苦連天了，可見走這段路有多麼累人。

不過這還算好的。因為光是要往前走就耗盡他所有的力氣，絲毫沒有餘力去留意有沒有像佐佐野撥開草叢前進時被不明的白色物體追趕的體驗。

禁不住懷疑是否根本沒有發生過那種事，但又覺得很難說。在這樣的深山裡，就算潛伏著什麼人類覺察不到的東西也不足為奇。讓他打從心底這麼認為的空氣瀰漫在周遭一帶的山林，孝藏渾身都深切地接收到這一點。

因為佐佐野說自己是經由白子村前往燈塔的，詢問足助後，他表示沒必要繞遠路，有條捷徑不用經過白子村也能前往燈塔。

儘管中途不時停下來休息，兩人還是走了很遠的一段路程，吃完稍晚的午飯後又繼續在深山密林裡前進。周圍長滿茂密的草木，幾乎比他還要高，因此只能仰賴足助從前方傳來的聲響。

然而，足助撥開草叢的聲音開始漸行漸遠，不知怎地還突然加快腳步。孝藏著急地喊著「等等我」，但只換來不耐煩的一句「知道了」，然後速度便稍微放慢一些，但隨即又恢復原本的速度，簡直就像一心只想快點離開這片草叢。

到了後來，就算他大喊「等等我」，也得不到任何回應了。這時孝藏才察覺到自己再也聽不見足助在前方撥開草叢前進的聲響。

「喂！怎麼了？」

孝藏大聲呼叫，依舊沒有人回答。就在他內心充滿不祥的預感、拚命往前走的時候，身體突然撞到了某個東西。

「哇啊！」

孝藏驚慌又害怕，忍不住尖叫起來。定睛一看，只見自己的行李居然就擺在草叢裡。

……怎麼回事？

足助人呢……

該不會在附近昏倒了吧？孝藏提心弔膽地撥開草叢搜尋，到處都沒看到人。

話說回來，萬一足助發生不測，應該不會像這樣把行李放在地上，就算沒有散亂一地，至少也會有些傾倒。可是行李依然好端端地綁著擺在那裡，要送給同事的海苔也好端端地放在最上面。

……到底是誰幹的。

感覺好恐怖……

彷彿足助突然人間蒸發，就這麼消失了。當時他背上的行李就這樣垂直落向地面，所以行李才會立得好好的……

孝藏不知所措地站在行李旁，想像力不受控制地恣意馳騁，寒意從腳底一路涼到頭頂，嚇得他幾乎要放聲尖叫。而且少了帶路的人，他一個人實在無法走到燈塔那裡。

孝藏六神無主地低頭看著行李時，猛然瞥見海苔的盒子底下貌似有張畫著箭頭的紙條，不解地拿出來看。

〈←繼續往這個方向前進就能走到燈塔〉

潦草的字跡映入眼簾。孝藏當下還理解不了，隨即反應過來是足助丟下行李，放棄嚮導的任務跑掉了。

那個混球！

原本的恐懼霎時變成憤怒，但同時也想通了一件事，他之所以會主動將搬行李與帶路的費用打八折，說不定是一開始就打算中途落跑了吧，所以才不好意思收全額，這麼想來似乎還挺有良心的。

不，才沒那種事。

孝藏差點被自己濫好人的程度氣到吐血，與其像這樣半途而廢，不如一開始就別答應。既然答應了，就不該給客人添麻煩。打八折肯定也只是為了一旦因此產生糾紛，可以推說自己只收了送到半途的費用。

真是個滑頭的傢伙。

儘管滿腹怨氣，也只能背起行李，撥開草叢，按照箭頭指示的方向前進。

能否相信這張紙條，他其實也沒把握，但又認為足助沒理由說謊騙他。留下這張紙條肯定也不是出於好心，就跟打折的用意一樣，只是為了減輕自己的罪惡感。足助大概也擔心萬一孝藏沒能平安抵達燈塔，事情會變得很麻煩。

真是個自私的傢伙。

孝藏怒不可遏地往前走，走著走著，突然想到一個再單純不過的問題，腳步頓時變得如有千金重。

可是，為什麼……

足助為什麼要做這種半吊子的事？都已經帶到這裡了，為什麼不帶到最後？比起剛才的跋涉，剩下的路程就算稱不上輕鬆，應該也沒什麼太大的問題才對。

那傢伙不想再繼續往前走了……

想到這裡，孝藏再次害怕起來。這麼說來，足助剛才不也一副只想趕快離開這片草叢的樣子嗎？

難不成這裡就是佐佐野提過的白衣森林？

孝藏一邊趕路、一邊不時留意身後。他總懷疑那個白白的東西是不是正跟在自己後面，在意得不得了。打算眼前一旦閃過白色的影子，立刻逃之夭夭。

一面在意後方、一面走了好一段路，孝藏才後知後覺地發現自己已經走到天空都被夕陽染紅了，依舊沒有看見燈塔。從足助放下行李的地方應該已經走了相當長的距離，至少也該遠遠看見燈塔的風向儀或燈籠屋頂了吧。

足助收下八成的費用，孝藏認為這個比例是有意義的。就拿登山來說好了，即使不帶到山頂，至少也會帶他到八合目[⑬]吧。孝藏認為足助的心態不外乎是這樣。

也就是說，剛才的地點應該已經走到整段路的八成，所以足助才會丟下帶路的職責逃走。假設這個解釋是對的，自己應該已經走完剩下兩成的路了。但別說還沒走到燈塔，連燈塔的影子都沒看見。足助說傍晚前就能抵達，那句話聽起來不像是謊言……

從草叢仰望天空，沉鬱的紅褐色正在空中不斷地暈染擴散。當太陽開始西傾，山林裡的天色就會暗得很快，在這樣的草叢裡就更不用說了。

得趕快離開這裡才行……

孝藏急切地加快腳步，可是走了半天，始終置身於草叢之中。這讓他心急如焚，腳步愈來愈

⑬從一合目到十合目，將山腳到山頂分為十階段的登山計程單位。

快。然而任憑他再怎麼趕路，草叢彷彿永遠沒有盡頭，遲遲無法走出這片比自己還高的茂密草木。

當他大驚失色地回過神來，周圍已經陷入了一片漆黑。孝藏只顧著專心地撥開草叢前進，沒發現太陽已經下山了。

……得在野外過夜了嗎？

就算要在野外露宿，也得先離開草叢再說。可是再繼續像隻無頭蒼蠅似地照足助留下的紙條前進，真的沒問題嗎？誰也無法保證他畫的箭頭是正確方向。就算是正確方向，自己可能也已經迷失方向了。人類的方向感在完全看不見前方的深邃草叢裡根本英雄無用武之地。自以為走在直線上，或許早在不知不覺間已經轉了好幾個彎。起初可能只有些微的誤差，但是積沙成塔，或許早就跟當初的方向偏離了九十度。說不定自己正陷入這樣的狀況。

事實上應該也八九不離十了。

孝藏認為至今連燈塔的影子都沒看見，就是最好的證明。

在這種地方迷路了嗎？

不經意地仰望天空，只見滿天星斗。不是處於伸手不見五指的黑夜是唯一的安慰。不過，倘若繼續待在草叢裡，星光再亮也沒用，必須先想辦法逃離草叢才行。

原本急如星火的步伐改為慎重，孝藏邊觀察周圍邊前進。天色這麼暗，除此之外別無他法，可是任憑他再怎麼仔細張望，還是什麼都看不見。眼前只有沒完沒了的草叢，除此之外則是無窮無盡的黑暗。

這個世界只剩下自己。

他不是打比方，而是真的這麼覺得。不光是轟之埼燈塔，就連白子村和網引港、巖栖地方的城鎮全都消失了，只剩他孤零零的一個人。這輩子還沒這麼孤獨過，空前絕後的寂寥令他喘不過氣來。

正因為如此，當微弱的燈光隔著草叢映入眼簾時，孝藏撲簌簌地發起抖來。還來不及滿心喜悅地想著那是不是住家的燈光，下意識地就想推翻這個可能性，認為這種地方不可能會有燈。

……我到底在想什麼。

但他隨即打起精神。

想必是白子村的燈光。

佐佐野是經由白子村前往燈塔的，這樣雖然要繞一大圈，但或許有比較好走的路。足助口中的捷徑肯定是騙人的。

孝藏朝著微弱的光源前進，不顧一切地撥開茂密的草叢往前走，一副就算因此走到筋疲力盡也不在乎的狠勁。

好不容易來到草長得比較低矮的平地，孝藏已經喘得上氣不接下氣。還以為這下子總算得救了，但馬上又產生滿肚子的疑問。因為出現在眼前的並不是白子村的聚落，而是一棟孤零零的小屋。

——從燈塔長入佐加口中聽完這番話，物理波矢多為之愕然。雖然早猜到是這麼一回事了，但還是感到毛骨悚然。

燈塔長也坐過丹澤家的漁船。

而且載他的漁夫也在轟之崎和九指岩進入視線範圍內的地點表現出古怪的態度。

不僅如此，燈塔長也投宿過小路屋、雇用白子村的男丁、在白衣森林裡迷了路。

最後還不得不在白屋過夜……

有這麼多與波矢多一模一樣的體驗，真的只是純粹的巧合嗎？問題是除了巧合以外，還能有別的解釋嗎？視為純粹的巧合還是比較自然吧。

最初的赴任地是太咆埼燈塔，再來是轟之埼燈塔。

如果只是這樣的巧合，基本上還說得過去。再來只要從兩座燈塔的特色思考兩人因此產生大同小異的體驗也誠屬自然，這樣就行了，或許根本沒什麼好奇怪的。

波矢多試圖從合理的角度來思考的同時，內心卻也逐漸湧起一股筆墨難以形容的異樣騷動。

或許不該再聽燈塔長說下去了。

本能告訴自己，趁現在還來得及，趕緊摀住耳朵。內心充滿了再聽下去會有危險的不祥預感。

然而，波矢多就像被什麼東西附身似地，繼續聽燈塔長往下說。

第十三章　白屋與燈塔

白屋と灯台

忽然出現在密林正中央的是民間故事裡經常會有的小屋。

旅人在山中迷路，太陽快下山了，夜色逐漸籠罩大地。正不知該如何是好時，遠遠地看到一盞燈光。心想得救了，於是趕緊上門拜託屋主收留自己一晚。然而到了深夜，旅人遇到了奇怪的事……諸如此類的傳說。其中最有名的莫過於也成為能劇〈黑塚〉題材的安達原鬼婆的故事。

……怎麼可能。

那個故事只是傳說，即使真有其事，也已經是幾百年前的事了。雖然覺得時至今日，世上不可能有那種小屋，不安的感覺依然揮之不去。感覺綠意如此濃厚的山林裡，就算發生什麼都不足為奇。

可是……

就算有再多疑慮，此時此刻的孝藏也沒有餘力對出現在眼前的屋子視而不見。比起在黑漆漆的深山裡露宿，還是上門求助會好一點吧。又或者是之後會由衷後悔，心想早知道還是選擇露宿會比較好呢？

他猶豫再三後，一步一步地走向那棟小屋。為了萬一有什麼風吹草動就隨時可以逃走，他緊盯著透出燈光的窗戶，慎重地前進。

突然有張漆黑的臉在窗戶出現。

他嚇下衝到喉頭的尖叫聲，右邊傳來「卡嗒卡嗒」、像是門板被推開的聲音。下意識地看過去，有張慘白的臉無聲無息地出現在從屋內透出來的燈光下。

正面的窗戶是漆黑的臉……

右方的門口是慘白的臉……

被兩張怎麼看都不像是人類的臉盯著看，孝藏完全僵住了。明明做好萬一有什麼動靜就隨時逃走的準備，如今卻絲毫動彈不得。當他意識到自己如同「被蛇盯上的青蛙」時，不由得大驚失色。不用多說也知道，那兩張詭異的臉是蛇，而自己正是青蛙。

「晚上安好。」

然而萬萬意料不到的，是那張慘白的臉居然向他打招呼。聽上去像是這一帶的方言，大概是「晚安」的意思，怎麼聽都是女人的聲音。

「歡迎來。」

而且還是歡迎他的語氣，更令他受寵若驚。那張慘白的臉好像是面具，雖然不曉得對方為什麼要戴面具，但是相較於陰陽怪氣的面具，對方的行為舉止極其自然。

「那個、其實我——」

孝藏說明自己是轟之埼燈塔新來的燈塔守，在前往燈塔的路上迷了路，至於白子村的足助騙他的事則略下不表。目前還不清楚這個女人與村民的關係，最好先別說得太多。

女人深表同情，叫他今晚留下來過夜。孝藏雖然還有些疑慮，但也沒有別的選擇了，鄭重地道謝後便接受女人的好意。

那棟房子由前之間、中之間、後之間三個房間構成。前之間大概是沒有使用了，已經呈現半廢棄的狀態。中之間貌似是用來祈禱或舉行儀式的場所。後之間總算有了點生活氣息，剛才的光線就是從這個房間的窗戶透出來的。

沒想到屋子裡還有另一個戴著慘白面具的女人，害孝藏嚇了一跳。從第一個女性的體型及嗓音判斷，約莫三、四十歲，第二個女性則是十幾歲的少女。剛才從窗戶看到的那張黑臉孔應該就是她。因為自己站在被黑暗支配的室外，而她背對著光源，所以看起來才會一臉漆黑。

年長的女人自稱「白雲」，少女是她女兒，名叫「白露」。白雲說話帶著方言，雖然很難理解，但還是可以勉強溝通。另一方面，白露由始至終不發一語，一直盯著孝藏看，眼神專注到他都快起雞皮疙瘩了。

簡直就像是第一次看到母親以外的人類……

下意識地冒出瘋狂的想像，他突然覺得有點害怕，然後又連忙在心裡否認。

多慮了，大概只是她很少看到外地人吧。

為了驅散湧上心頭的恐懼，孝藏戒慎恐懼地問道：

「二位都戴著面具，是有什麼重大的意義嗎？」

根據白雲的說法，她是所謂的「博識者」，就是受村民委託，尋找失物或祈禱疾病早日痊癒的人，在某些地方會被稱為靈媒或巫師，是一種民間的宗教人士。

白雲解釋她們日常生活不會戴面具，現在是因為白露剛開始修行，必須在人前戴上面具。白雲既是母親、也是師父，所以也陪女兒戴上面具，請孝藏多多包涵。

想當然耳，孝藏不會有什麼意見。雖然覺得讓人不舒服也有點厭惡，但自己承蒙人家好心收留，而且又是外人，根本沒資格說三道四。

只不過，有一點令他大惑不解，不管是坐在地爐旁，還是招呼他吃晚餐，或是燒水讓他洗澡的時候，白露都緊盯著他看。就連孝藏入浴時，她也特地在浴室外守著柴火，被孝藏發現她正隔著窗戶盯著自己看。對方是芳華正茂的少女，孝藏不由得心猿意馬。噤口不言或許是修行的一環，但是那近乎異常的注視是怎麼回事？

起初還能一笑置之，不知不覺間，就連要擠出笑容也變得勉強起來。他盡可能不去看白露，集中精神與白雲說話。無奈這位母親的口音太重，對話有一半都有聽沒有懂，實在很尷尬，但總比跟白露大眼瞪小眼好得多。

大家很早就就寢這件事，對孝藏來說真是萬幸。而且他被帶到後之間休息，白雲母女睡在中之間，這點也令他鬆了一口氣。但願不要發生睡到半夜醒來，睜開朦朧的眼睛，正好就與少女的眼神對上……這種事。

原本還擔心會不會失眠，結果孝藏很快就睡著了。或許是在太呴埼燈塔時因為諸事繁忙，所以一有空檔就拿來小睡片刻恢復精神體力，因此早已練就無論身處何時何地都能入睡的體質。

第二天，孝藏一早就醒了，但白雲母女比他更早起床，所以馬上就開始吃早飯。飯後白雲為他繪製了通往燈塔的地圖，而且要離開的時候，還準備了便當給他帶在路上吃，真是不勝感激。

動身後，儘管花了很多時間，最後總算順利抵達燈塔。途中也沒有迷路，這一切都是托白雲的福。

向燈塔長馬園報到時，孝藏問起那對母女的事。馬園的說明跟白雲的自述差不多，但是這位燈塔長的語氣卻有些古怪。

「不管怎樣，最好別跟白屋的女人扯上關係。」

最後還特地補上這麼一句，於是孝藏也很直接地反問：

「為什麼呢？」

「因為詛咒或占卜這種不科學的行為，和利用科學燈光引導船舶航行的燈塔守不合。」

燈塔長的語氣十分凝重，聽起來倒不是因為跟她們有什麼不愉快，而是因為他是如假包換的合理主義者。與馬園聊了一會兒，孝藏充分地理解到這一點。

這時只有燈塔長及其家人住在轟之埼燈塔的員工宿舍裡。成員有他的妻子富子、上小學的兒子光太郎和女兒明子，是個四口之家。之所以在孩子的名字裡加入「光」和「明」等漢字，無非是源自於父親馬園為燈塔點燈的工作。

同樣是燈塔，工作方面還是有很多跟太呴埼燈塔不同的地方，孝藏費了一番工夫才習慣。他認為最大的原因出在職員的人數。本來應該由三個人輪流執勤，但是田莊夫婦留在羅州丸上沒下船，目前就只剩燈塔長和孝藏兩人值班，真不是普通的辛苦，那是光用工作繁忙已經不足以形容的重度勞動。

所以當遞補空缺的燈塔守木戶橋赴任時，別說是馬園了，就連孝藏也明顯地鬆了一口氣。木戶橋比田莊大三歲，這點也令人喜聞樂見。換言之，他比孝藏大五歲。與自己年齡相仿的人確實比較容易親近，但那是像太呴埼燈塔那種燈塔守人數較多的情況，像轟之埼燈塔這種邊陲地帶，還是經驗老到的同事可靠得多。馬園大概也有同感，毋寧說是從燈塔長的立場出發，比起資歷不深的孝藏，經驗老到的木戶橋來赴任肯定給他打了一劑強心針。

在木戶橋也逐漸熟悉轟之埼燈塔的某一天，馬園當著兩位燈塔守的面伸出了右手，手裡握著兩根搓成長條狀的紙捻。

「要抽籤嗎？」

不同於錯愕反問的孝藏，木戶橋一臉心裡有數地冒出一句莫名其妙的話。

「打從來這裡赴任的那天起，我就知道總有這麼一天。」

「哦，真不愧是老鳥。」

燈塔長也笑著回答。

「可是入佐加經驗尚淺不是嗎？」

「正是因為如此，才要累積經驗。」

「燈塔長不用累積經驗嗎？」

「我已經去了幾十次，這次就交給兩位年輕人。」

兩人自顧自地說了一堆聽起來有點可怕的話，孝藏不免焦慮起來。

「你們到底在說什麼？」

「嗯，你抽了就知道。」

馬園不由分說地伸出右手，木戶橋比了個「你先抽」的手勢，於是孝藏無可奈何地抽了一根紙捻。

「抽中了。」

「恭喜你，入佐加。」

紙捻的前端塗成紅色。為了表示並無作假，木戶橋也抽出另一根紙捻，前端什麼記號也沒有。

孝藏確實抽中了，但著實高興不起來。

「……我抽中了什麼？」

他戰戰兢兢地問道，燈塔長則是眉開眼笑地回答：

「匡匡蟲。」

「啊，原來是這麼回事。」

好不容易搞清楚這個抽籤的意涵後，孝藏心想這下子有得累了。

「匡匡蟲」是指為進入港灣停船的船隻刮除鏽斑的作業員。生鏽的船身有如爬滿了昆蟲，作業員要用榔頭敲掉那些鏽斑，作業時會發出「匡！匡！」的聲響，因此俗稱「匡匡蟲」。除了船隻以外，為水槽或鍋爐、煙囪進行除鏽作業的人都稱為「匡匡蟲」。

有島武郎的短篇小說〈匡匡蟲〉（《白樺》明治四十三年／一九一〇年）與吉川英治的長篇小說《聽匡匡蟲在唱歌》（昭和七年／一九三二年）都是以進行除鏽作業的社會底層工作者為題材的作品。

入佐加在通信省航路標識看守練習所實習時，也有過當匡匡蟲的體驗，當時是為燈塔刷油漆。

鐵造燈塔因為會生鏽，必須定期刷油漆。他在太吶埼燈塔也做過相同的事，但只有一次，而且還有前輩幫忙，這次卻是要交給他一個人搞定。

先從相當於燈塔頭部的燈籠屋頂開始處理，必須爬到頂端裝設避雷針及風向儀的地方，只要架好梯子，爬上去倒不是難事。但是圓形屋頂很滑，再加上是燈塔最高的地方，起初手腳都不曉得要怎麼放，著實沒有心情欣賞周圍的景色。幸好下面就是迴廊，就算真的不小心滑落，至少會掉在那裡——這麼想是唯一的救贖。

然而，當他綁著繩索從迴廊垂降的時候，差點嚇得屁滾尿流。從穩定度來說，比在燈籠屋頂上時穩定許多，問題是下面什麼都沒有。萬一不幸摔下去，不是直通通地掉在機械室的正上方、就是掉在燈塔入口前。無論掉在哪一邊，都是死路一條。

……別去想那些。

專心刷油漆吧。

孝藏拚命為自己加油打氣，試圖藉由回想起在練習所與同學一起完成的實習來克服緊張的情緒。再加上燈塔長和木戶橋的吆喝聲也帶給他很大的幫助，要是沒有他們明確的建議，自己肯定得花上更多時間。

不知不覺間，孝藏也逐漸習慣了，發現只要專注在刷油漆的作業上，就能沖淡對高處的恐懼。幻想自己就像馬戲團的空中飛人，如有神助地輕快作業。

「喂，可別得意忘形了。」

就連馬園都忍不住提醒他要小心，可見他有多麼享受塗油漆的樂趣。

到了這個境界，他開始有欣賞風景的餘力了，但唯獨絕不往下看。此外，他的視線只望向無邊無際的廣闊大海，而非草木蒼翠茂盛，有如叢林般的陸地。他不討厭綠意盎然、層巒疊翠的風景，但那會讓他想起佐佐野在白衣森林體驗到的怪事，所以他實在欣賞不來。岬角的懸崖底下也是同樣的道理，不過只要別往下看就不會看見，所以問題不大。

可是隨著為燈塔刷油漆的作業進度持續往前，他還是來到了只能看到山林區域的部分。在那一側刷油漆時，必須刻意扭頭才能看到大海，這種姿勢不僅危險，還會耽誤作業進度。

孝藏無可奈何，只好停止左顧右盼，專心於眼前的工作。就在他邊刷油漆、邊沿著燈塔外牆移動時，感覺似乎在蒼鬱的綠意宛如千層浪翻騰的叢林正中央，看到了什麼白色的東西，於是便下意識地看過去。

欸……

有個白色的人站在與燈塔有段距離的森林裡。

還真的有……

終於撞見了……

明明內心深處已經做好心理準備，可是真的親眼所見，還是受到很大的衝擊。

反射性地移開視線，身體撲簌簌地發起抖來。而且還是在雙腳離地的狀態，讓他抖得如秋風中的落葉，感覺更可怕了。孝藏連忙貼住燈塔外牆，拚命讓自己冷靜下來。或許當時他那樣子就像極了不折不扣的匡匡蟲。

然而，在那之後才是真正的恐怖。

……好奇怪啊。

森林裡的白色人影本身是很詭異沒錯，可是不知怎地，他總覺得還有什麼更不對勁的地方。

……哪裡怪怪的。

問題是到底哪裡奇怪，他也說不上來。只是再也不敢看那個一眼。光是在視線範圍的角落捕捉到一點痕跡都覺得心驚肉跳，怎麼可能還敢去直視呢。但是因為害怕的關係，也無法完全轉過臉不去看。畢竟會擔心那傢伙會不會趁自己移開視線時靠近燈塔這邊……

他想通知燈塔長和木戶橋，但馬園稍早之前到霧笛室去檢查設備了，原本人在迴廊的木戶橋從方才就不見人影。大概是看到孝藏刷油漆的動作已經有模有樣，所以兩人都放心了。

要大聲叫嗎？

可是孝藏又擔心自己的舉動會不會反而刺激到那個，萬一因此引來那傢伙可就得不償失了。

咻……白色人影似乎在視線一隅動了動。

那一瞬間，他終於明白到底哪裡不對勁了，全身的雞皮疙瘩一口氣冒出來。

……尺寸不對。

如果那傢伙站在森林裡，不是應該被周圍的樹木淹沒，根本看不見嗎？就算是從燈塔上往下看好了，應該也會被茂密的樹林遮住，不可能看得見。

即便如此，那傢伙還是從森林裡探出頭來。不對，連肩膀都伸出來了。到底有多高啊？全身看起來又是什麼模樣啊？可以伸縮嗎？那傢伙究竟是什麼來歷？

他愈想愈害怕，早已無心刷油漆了。但兩條腿完全使不上力，只能被繩子吊著。此時也突然在意起至今尚能不去注意的燈塔高度，雖說有繩子綁著，但是換個角度來看，若說現在只剩繩子在支撐著他也不為過。

突然一陣暈眩，眼前變得一片漆黑，感覺膝蓋發軟了，但是在被吊著的情況下也不能昏過去。因此陷入了一種像是喝醉的感覺，腦海中的世界開始天旋地轉。

「喂，怎麼了？」

這時，木戶橋的叫聲突然從迴廊上傳來。

「……對不起，我累了。」

孝藏耷拉著腦袋，垂頭喪氣地說。與其說是無法繼續刷油漆，不如說是再也忍受不了在看到那個的狀態下被吊在半空中的感覺，不過他當然沒說出這理由。

幸好木戶橋反應得快。

「撐著點，我馬上拉你上來。」

語聲未落，繩索已經開始往上拉，想必是察覺孝藏的樣子非比尋常吧。

「可惡，好重啊。」

但是在孝藏處於只能被吊著、沒有著力點的狀態，饒是木戶橋也叫苦連天。

「喂，你沒受傷吧。沒有的話就給我雙腳使勁，抓住繩索爬上來。」

他說的一點也沒錯，孝藏也想用力，但身體不聽使喚地發抖。別說是雙腳，連雙手都使不上力。

「燈塔長——！」

或許是心想再這樣下去不是辦法，木戸橋朝霧笛室大叫。馬園聽到他的叫聲，便來到迴廊，兩人合力把孝藏拉上去。

「出了什麼事？」

燈塔長看著奄奄一息的孝藏，憂心忡忡地問他。

「你不是刷得很順利嗎？看你那樣子，我還以為交給你絕對沒問題。」

「我也是這麼想的。」

表示贊同的木戸橋也露出大惑不解的表情。

「因為——」

孝藏想說出他看到的東西，可是又說不出口。

因為馬園是合理主義者，而且還是燈塔長。自己上任至今，馬園對他的評價還不錯，要是告訴馬園：「有個比森林裡的樹木還高的白色人影」，天曉得他會作何感想。

「那個……我學馬戲團的空中飛人那樣移動，突然覺得頭暈目眩……」

孝藏扯了個不痛不癢的理由，輕描淡寫地一筆帶過。畢竟頭暈目眩是真的，並不算說謊，所以他也不覺得心虛。

「就說你太得意忘形了。」

「不好意思，讓你們見笑了。」

站在苦笑的燈塔長和在臉上硬擠出笑容的孝藏身旁，木戶橋的視線卻往叢林的方向看去。

難不成木戶橋也看到那個了……

但也不能當場問他，孝藏心想。這時馬園命木戶橋刷完剩下的部分，要孝藏在迴廊上協助他。

拜木戶橋所賜，轉眼間就完成燈塔的油漆作業。

「幾乎都是入佐加完成的。」

他把功勞讓給後輩，但孝藏的腦海中突然閃過他是不是想在這句話的後面加上一句「要不是看到白色的人……」的疑念。在這之前，他明明不覺得木戶橋對這方面的靈感特別強，如今竟有這種感覺，真是不可思議。

孝藏在燈塔的工作日誌裡寫下當時刷油漆的過程，不過隻字未提看到白色人影的事，而是詳細記錄在自己的日記裡。

從隔天起，孝藏就開始尋找可以跟木戶橋單獨說話的機會。明明只要去他的房間找他就行了，問題是他平常都沒找過木戶橋，而且兩人躲在房間裡講悄悄話可能會引來燈塔長的注意，他想避免這種情況。

包括燈塔長的家人在內，宿舍裡只有六個人。其中三個是燈塔守，除了到鎮上或村子以外，他們不是待在燈塔、就是霧笛室或宿舍裡。因此現在誰在哪裡，幾乎瞞不了任何人。雖然也可以利用交接的機會在自己或木戶橋的房裡談，可惜時間不太夠，再加上結束工作的那一方通常身心都已經相當疲倦了，委實無法深入地懇談。

要等到什麼時候……

孝藏正心想再這樣等下去也不是辦法，結果就在某一天，燈塔長讓他們去檢查燈塔的機械室。平常都是馬園和木戶橋、或者是馬園和孝藏的組合，唯獨今天不一樣。燈塔長肯定是覺得差不多可以交給他們兩個人自行處理了。

在燈塔的機械室裡進行檢查作業時，孝藏先提起了田莊夫婦的事。木戶橋是來頂替田莊的職缺，自然聽過這對夫婦的名字，但不清楚細節，所以聽得津津有味。

「我很同情田莊夫人，可是她既然嫁給燈塔守，就應該做好心理準備。」

木戶橋之所以說得如此不留情，可能是覺得自己之所以要來這麼偏遠的燈塔工作，都是美都子的關係。

「我也有同感。可是這一切都怪羅州丸上有個上了年紀的燈塔守——佐佐野先生對她說了一些話。」

「說了什麼？」

或許是被孝藏提起的事給吸引住了，木戶橋邊做事邊催著他往下說。

「他什麼不好說，偏偏要說跟轟之崎有關的事，而且還有點陰森——」

孝藏開始娓娓道來，曾幾何時，木戶橋停下檢查的工作，側耳傾聽。真的是一動也不動，專心地豎起耳朵聽。

「那你呢，你怎麼想？」

聽完孝藏的敘述，木戶橋劈頭就問他的想法。

「我起初不太相信。」

「我想也是。」

木戶橋也表現出不慍不火的反應。

「可是——」

孝藏想接著說田莊從羅州丸船長口中問出來的「在轟之崎看到白色人影的經歷」，話到嘴邊又有些猶豫，因為船長囑咐田莊「絕對不可以說出去」，田莊也交代他「千萬不要告訴別的燈塔守」。

因此孝藏先老實地向木戶橋說明船長與田莊的顧慮，木戶橋苦笑著說：

「這種事隨便告訴別人確實會出問題，因為謠言都是這樣傳開的。」

「……就是說啊。」

孝藏無可奈何地附和。

「可是啊，如果謠言傳開會影響到燈塔的業務，燈塔守都會守口如瓶。船長之所以告訴田莊，大概是顧慮到他的新婚妻子。而田莊之所以告訴她，無疑也是因為愛妻心切。換句話說，他們都有不得不說出口的苦衷。」

「那田莊先生為什麼要告訴我呢？」

「大概是因為良心不安吧。明明是兩個人要一起來這裡赴任，卻只有他臨陣脫逃，所以認為有必要跟你說清楚吧。也或許只是想讓你知道美都子明明是燈塔守的妻子卻拒絕前往轟之埼燈塔，並非出自於單純的任性。」

他的話很有道理，於是孝藏合盤托出船長告訴田莊的話。

「白色的人影嗎？」

木戶橋聽完，意味深長地喃喃自語。

「入佐加你來到這裡以後，有遇到類似的經驗嗎？」

木戶橋單刀直入地問他，孝藏一時之間無言以對。

明明就是因為想告訴他那件事，才會一直尋找能獨處的機會，可是當對方真的問起，卻又猶豫著不知道該不該說。

木戶橋大概也有過相同的遭遇。

所以才想與對方分享彼此的經驗。

可是當他察覺對方的態度似乎過於游刃有餘時，不知道為什麼，也突然覺得木戸橋這個人有點可怕。順帶一提，木戸橋是搭乘丹澤的漁船穿過九指岩，從轟之崎上陸，來到燈塔赴任的。

也就是說，他沒有看到白色的人。

既然如此，他為何對這件事如此熱心呢？

把事情告訴這個人，真的不會有問題嗎？

事到如今，孝藏才受制於內心的疑惑，就這樣一句話也說不出來。

——從燈塔長入佐加口中聽到這裡，物理波矢多產生了強烈的預感，預感這也是入佐加對自己的質問。

提到匡匡蟲時，明明還能泰然自若地想到大阪圭吉的《匡匡蟲殺人事件》，但現在已經失去了這樣的從容。

或許該用「未視感」而非既視感來形容這種感覺。

這種未視感令波矢多感到膽戰心驚，不知道原因為何，就是很害怕對方問他。

不過入佐加只是雲淡風輕地繼續說著自己的體驗。

第十四章　白色人影

白い人

「入佐加，你是不是有什麼頭緒？」

木戸橋凝睇著始終默不作聲的孝藏，這麼問道。

「如果有的話，請務必告訴我。」

對木戸橋細思極恐的疑慮絲毫未曾減低，但孝藏想起了最關鍵的事實，那就是這裡除了木戸橋以外，沒有別人可以商量這件事。

既然原本就是為了找他商量……

孝藏這麼提醒自己，一邊觀察對方的反應、一邊如實道出赴任前在漁船上看到燈塔迴廊有個朝他揮手的白色人影，以及燈塔油漆作業時看到了森林中佇立著異樣高大的白色人影。

「果然是這麼回事啊。」

聽到木戸橋的回答，孝藏在他身上感受到的恐懼與疑念早已消失到九霄雲外，激動地問他：

「你說果然……也就是說，木戸橋先生也有過相同的遭遇嗎？」

「等等，為什麼你會這麼想？」

然而木戸橋卻一臉錯愕地反問。

於是孝藏向他說明粉刷完燈塔時，木戸橋說的話帶給他的聯想。

「你的觀察力還真敏銳啊。」

木戸橋深感佩服。

「不過我這輩子從來沒撞見過那方面的東西。」

木戶橋十分篤定地搖搖頭，但又冒出一句莫名其妙的話：

「只不過，我認識的人裡面有很多人都看過那方面的玩意兒。」

「像是朋友之類的嗎？」

「幸虧我的家族裡沒有人看得到。可是小學的好友、中學的死黨都有人能看到普通人看不到的東西。」

「……難不成我也是其中之一？」

孝藏覺得這個笑話一點都不好笑，木戶橋一臉詫異。

「可是入佐加，你不也看到白色的人嗎？」

「是、是沒錯啦，但我是第一次看到不該看的東西，木戶橋先生的朋友是從小就看得到那方面的東西吧？」

「嗯，我的小學同學說他經常看到，可是大概從十五歲左右就看不見了。中學同學看到的次數沒那麼多，但現在偶爾還是看得到。」

「可是我都到了這個歲數了，還是來到這裡後才第一次看到。」

「也就是說，問題應該就出在轟之崎吧。」

「可是，木戶橋先生你……」

「我什麼也沒體驗過，如果說是因為每個人的體質差異，也只能這麼解釋了，但是這裡頭或許存在著某種緣由也說不定。」

「怎麼說？」

孝藏忍不住探出身子，但這時木戶橋卻突然提出一件完全無關的話題。

「你和田莊是因為原本在這裡工作的兩位燈塔守調到別處，才接獲來轟之埼燈塔赴任的人事命令。」

「沒錯，我是這麼聽說的。」

「把燈塔長算進去，這裡只有三個職員，可是卻有兩個人同時要調職，你不覺得很奇怪嗎？」

「……這麼說倒也是。」

孝藏邊回答邊思考這個話題接下來會往哪個方向發展，內心感到難以言喻的驚惶不安。

「其實原本只有姓內島的那個燈塔守要調職，另一位姓磐井的在這裡執勤的資歷尚淺，就算要調單位，至少也是一年或兩年以後的事。」

「那為什麼……」

「磐井調職前曾經在準備要點燈的時候突然跑去霧笛室。當時並沒有起霧，燈塔長也沒有要他去霧笛室。可是有一次真的起霧時，燈塔長指派他鳴響霧笛，當時磐井人應該要在霧笛室，卻莫名其妙地跑回宿舍。除此之外，原本應該在宿舍休息的磐井卻突然出現在燈塔或霧笛室，這種狀況的次數也愈來愈多。」

「磐井先生說過原因嗎?」

「因為白色的人來了……他是這麼說的。」

孝藏兩條手臂都不約而同地起了整片雞皮疙瘩。

「磐井好像能看到還是感應到那個靠過來了,所以為了逃避那種感覺,只好離開現場。」

「磐、磐井先生以前有這方面的體驗嗎?」

「他說是來這裡以後才開始的。」

「……跟我一樣。」

木戶橋繼續說出令錯愕的孝藏大感意外的話。

「不過,他好像會在白屋進出呢。」

「咦……」

「燈塔長阻止過好幾次,他每次都說『我不會再去了』,但還是偷偷前往。」

「他去白屋做什麼?」

「這我就不清楚了。或許起初只是抱著好玩的心情,請對方幫忙占卜今後的工作運勢。可是隨著去白屋的次數愈來愈頻繁,可能就被那個白色的人附身了,因為磐井去白屋前還很正常。其實這一切都是燈塔長夫人的推測,我也是從夫人口中一點一滴聽來的。」

聽到這裡，孝藏恍然大悟。木戶橋比他晚來，卻馬上跟燈塔長夫人富子熟悉起來。原以為是因為他的年紀比自己大，也更熟悉燈塔的生活，但顯然還是因為他的性格比自己更容易親近吧。

「後來明明沒有任何目的，磐井卻經常跑到岬角尖端那邊。」

「為了躲開……白色的人嗎？」

「夫人起初也這麼想，可是燈塔長把磐井帶回來的時候，磐井的樣子很奇怪。在同樣的事發生過好幾次之後，夫人也留意到一件事。」

「什麼？」

「他不是想逃離白色的人，而是去召喚……」

孝藏無言以對。

「曾幾何時就反過來了。」

木戶橋繼續說著駭人的推測。

「所以夫人警告燈塔長：『再這樣下去，磐井先生會有危險的。』」

「可是燈塔長……」

「壓根兒也不相信會有什麼白色的人。但是他知道磐井會去白屋，因此判斷磐井是因為去了白屋才會受到不良的影響，所以覺得只要別讓磐井再往白屋跑，人就會恢復正常了。」

「但還是不行嗎？」

「最後反而是夫人比燈塔長更關心磐井的舉動。某天傍晚，磐井突然不見了，夫人內心充滿不祥的預感，連忙去岬角尖端找人，發現磐井在那裡跳著詭異的舞。」

「在懸崖上嗎……」

「看起來是在懸崖上。可是再定睛一看，其實他是朝著懸崖下方揮手。」

「這樣更恐怖了。」

「夫人向燈塔長轉述自己看到的一切，因為這已經影響到燈塔的工作了，所以燈塔長向上級提出讓磐井調職的異動申請，還附上意見書，請上級暫時不要讓他去別的燈塔，先安排他做內勤，觀察一陣子再說。」

「這下我總算明白為什麼會一次少掉兩個人了。」

孝藏微微頷首。

「可是磐井是自己要去白屋的，可以說是自作自受，但是我只是在那裡借住一晚而已。」

「而且你也不是從小就經常看到那方面的東西。」

「沒錯。既然如此，為什麼會這樣呢？」

木戶橋想了一下才說：

「真要說的話，從海上望向岬角或燈塔，因此看到白色影子的人其實都有相同的疑問。話雖如此，根據夫人的說法，這種人來到燈塔以後，其實幾乎不會再遇上其他的怪事。」

「你的意思是說……我們只是偶然在岬角尖端或燈塔迴廊看到白色的人嗎？」

「我連這種體驗都沒有呢。」

從木戶橋的表情來看，他好像是真的很遺憾，至於是不是真心話就沒人知道了。

「不，那種東西還是眼不見為淨。」

這是孝藏的真心話。

「嗯，萬一真的看到，我大概也會這樣想吧。」

「所以說，我的情況是……」

「啊，抱歉。目前可以想到的原因不外乎是因為你聽田莊轉述了那個姓佐佐野的燈塔守說過的話。」

「就只是因為這樣？」

孝藏感到十分錯愕，但木戶橋的表情完全不像在開玩笑。

「在對轟之崎的怪談沒有任何預備知識的狀態下目擊到白色人影，還有在已經先知道的情況下目擊到白色人影，你不覺得會對後續的影響產生相當大的歧異嗎？」

「如果是前者，會先懷疑是不是自己看錯了。」

「這是很自然的反應。但如果是後者，就會覺得果然是這樣啊……當那種人一旦進入白衣森林，你認為會有什麼結果？」

「聽到任何的風吹草動都會嚇得魂飛魄散。」

說到這裡，孝藏忍不住詢問木戶橋。

「也就是說，我兩次看到的白色人影都只是眼花看錯嗎？」

「這該怎麼說呢。」

木戶橋的回答顯得慎重。

「我認為入佐加你是真的看到白色人影了。不然不會油漆刷得好好的，突然就驚慌失措得差點掉下來。」

「……我真的看到了。」

「可是在同一時間、同一地點，我和燈塔長都沒有看到你看到的東西，這又怎麼解釋呢？」

「燈塔長就算看到，也會自己在內心推翻吧。」

孝藏的搶白令木戶橋啞然失笑。

「這麼說倒也是。」

「你呢？如果木戶橋先生也看到了……」

「我也不確定自己會有什麼反應，但我覺得自己跟這方面的靈感無緣。」

「可是你偏偏和看得到的人很親近……」

木戶橋慢條斯理地點頭，略顯遲疑地嘟囔著語焉不詳的話。

「嗯，但或許還不只是這樣。」

「這是什麼意思？」

孝藏反問，湧起一股不祥的預感。

「我能察覺到就連本人似乎也沒注意到的事。」

依然是意義不明的回答，但不祥的預感顯然是命中了。

「對我也是嗎？」

木戶橋再次點頭。

「舉例來說，像是什麼呢？」

其實孝藏不想知道，但是膽子又沒有大到能什麼都不問。所以他鼓起勇氣，不死心地追根究底，但對方始終一臉難以啟齒的模樣。

「沒關係你盡管說，請務必告訴我。」

「……確實啊，我也覺得還是讓你知道會比較好。」

木戶橋丟出彷彿是說給自己聽的開場白，開始娓娓道來。對孝藏而言，其實都是他隱約心裡有數的內容。

「真要說起來會沒完沒了，所以我只舉幾個現在一時之間想得到的例子——。像是在宿舍的時候，我正要走出自己的房間，看到入佐加你推開走廊盡頭的門，悄悄地窺探著外面。大家在吃燈塔長夫人煮的晚飯時，我發現你瞥了朝向外面的食堂窗戶好幾眼。還有從宿舍去燈塔或霧笛室的途中，我也撞見過你好幾次凝視著森林的方向。我還不止一次地看到你站在燈塔迴廊上，望向森林而不是海洋。」

只不過完全不知道那些舉動代表什麼意思——不，其實從中間就能猜出個大概了——因此感到坐立難安。

「單獨拿任何一個舉動來看，其實都沒有什麼太大的問題。身為正在執勤的燈塔守，在迴廊上注視陸地而非大海的行為固然不值得表揚，但偶爾也要看一看綠色的森林，讓眼睛稍微休息一下。被陽光照得閃閃發亮的海平面會影響我們的視力，所以適時看看森林反而是應該要推廣的行為。」

「可是……再怎麼看也要有限度，對吧？」

孝藏先發制人，木戶橋露出稍微放下心中大石的表情。

「你對自己的行為也有自覺嗎？」

「……不。只是經由你的說明，我終於知道一直令我耿耿於懷的事到底是什麼了。」

「但那些其實是無意識的情況下對吧。」

「對。也就是說，我也被白色的人附身了……」

「這倒說不準呢。」

意外的是木戶橋居然抱持反對的意見。

「你確實看過兩次白色的人，第一次可能是因為聽別人轉述佐佐野的體驗，第二次則是因為在白屋住了一宿。除此之外，你在意白衣森林的程度已經頻繁到連我都發現了，可是在我指出這點以前，你本身毫無自覺，而且也不是每次都會看到白色的人吧。」

「我只看過兩次。」

「只要別再與白屋扯上關係，或許就不會再看到了。」

「真的嗎？」

孝藏喜不自勝地問道，木戶橋連忙補上一句：

「當然沒有人能保證，只是這麼想也很合理不是嗎？如果今後也繼續惦記著白衣森林，遲早會發生第三次體驗也說不定。」

「我不想再看見了。」

「我可以體會你的心情，可是過去一直在無意識之間做的事，能說停就停嗎……」

木戶橋說到這裡，就像是要重新打起精神似地鼓勵他：

「別擔心，今後只要提醒自己盡可能別看森林就好了。要完全不看也不可能，所以只要提醒自己盡可能別盯著不放就好了。」

「好，就這麼辦。非常感謝你聽我說了這麼多。」

在燈塔機械室的這番話對孝藏來說意義非凡。老實說，磐井的經驗談給他帶來相當大的衝擊，為了不要重蹈覆轍，也必須引以為戒。他決定抱持這樣的想法。

托這番話的福，孝藏逃過了第三次的劫難。萬一繼續在意白衣森林，遲早一定會再看到白色的人影。可是過了幾天、過了幾週、過了幾個月，都沒有再出現那樣的徵兆。

……得救了。

孝藏打從心底鬆了口氣。在轟之埼燈塔的工作與生活依舊辛苦，但這對當時的他來說其實是好事一樁。萬一過得太清閒，難保他不會再想起白屋的事。

沒想到，忘了從什麼時候開始，他覺得自己被囚禁在奇妙的感覺裡。起初完全不明白其中的意義為何，只是隱約有種感受，而且是非常不尋常的感受，但又說不清那種感覺的樣貌。只是感覺一天比一天強烈，令他無法釋懷。

……到底是怎麼回事？

他也因此變得愈來愈煩躁。直到某一天他終於恍然大悟，能這樣煩躁反而是一件好事。

那天，孝藏正要去燈塔，沿著通往第二層岩盤的石階往前走，就在快要爬到盡頭的時候，突然在意起自己的背後。

下一瞬間，他的脖子冒出了雞皮疙瘩。

……有人在看他。

就在此時此刻，**那個**正從白衣森林裡直勾勾地窺伺孝藏。

該不會是因為他停止下意識地搜尋那傢伙，所以換對方反過來找他吧？即使隱隱約約感受到那股令人忌諱的視線，本能也決定置之不理。可惜無法連不舒服的感覺都一併抹去，反而一點一滴地沉澱下來。直到這一刻，他終於察覺到了。

那傢伙正看著自己。

非常瘋狂的想像，卻充滿了莫名的可信度。儘管如此，他仍不打算看森林一眼。要是因此與那傢伙對視，之前的努力就白費了。

他費盡心力說服自己，但人性之所以麻煩，就麻煩在無法輕易放下。為了想確認對方是不是正在看著自己這個驚悚萬分的事實，無論如何都得朝森林看一眼。只要得到答案，以後再視而不見就好了。反而是處於不上不下、又什麼都不做的狀態還更令人如坐針氈。

問題是，就算看了白衣森林，確定那裡真的有個白色的人又能如何？會不會因此遭受到至今避之唯恐不及的災厄？會不會重蹈磐井的覆轍？一思及此，就什麼也不敢做了。

找木戶橋先生商量吧。

但是不用想也知道會得到什麼答案。他一定會告誡自己「絕對不要看森林」。不過就是因為忍不住想看森林，才希望他能幫忙想點辦法，無奈他應該無法理解自己所受的煎熬。

孝藏煩惱了半天，想出一個解決方案。雖然根本「解決」不了任何問題，但那是他唯一想得到的辦法。

如果感覺那個正盯著自己看，就往森林的方向投去一瞥，然後立刻把視線收回來。採取這個方法，假如那裡真的有個白色的人，只看一眼應該沒關係。說穿了還是會看到那傢伙，但這麼做應該能把作祟的程度降到最低。雖然是下下策，但是既然想不到更好的辦法，也只能這麼做了。

孝藏立刻執行這個作戰計畫，可惜隨即嘗到做夢也沒想到的苦果。

察覺到那傢伙的氣息，迅速地望向森林，卻什麼也沒看見，於是又急忙拉回視線。但就在那個瞬間，感覺視野一隅閃過了白白的東西，但又無法確定。就在他慌張地想再看一眼時，在心裡踩下了煞車。該不會是陷阱吧？故意稍微現身，引起他的注意。萬一對方因此看清自己的樣子……

接下來是一連串惡夢般的日子。

察覺到氣息、望向森林、立刻移開視線。白白的東西出現在視線一隅，胸口隱隱作痛。心想不對，那只是看起來像白色的影子，但還是很在意。想確認狀況。自制心卻阻止自己不要看。忍耐，然後在內心留下疙瘩。

周而復始的地獄迴圈。曾幾何時，不知道是啥玩意兒的疙瘩在心裡日積月累，令孝藏不知所措。再這樣下去，自己遲早會陷入跟磐井差不多的精神狀態，那太危險了。

這種狀態如果再持續下去，他可能就會發瘋。

在無法向任何人求助的狀況下，孝藏完全被逼入了絕境。

——聽燈塔長入佐加說到這裡，物理波矢多想起自己抵達轟之埼燈塔時的體驗，一股寒意讓身體震了一下。

要去燈塔員工宿舍的外廊時，他一直覺得有什麼東西正從白衣森林那邊看著他。要去燈塔所在地的第二層岩盤時也有相同的感覺。進入霧笛室的時候倒是沒有任何異狀，或許是因為那傢伙認得燈塔的亮光。要是沒有那道光，肯定會第三次感受到那股驚心動魄的視線。接下來會發生什麼事，波矢多實在不願意去想像。

話說回來……

為什麼自己的經歷會跟入佐加的體驗有這麼多的相同之處呢？波矢多抱著滿心疑問，聽著入佐加繼續說下去。

第十五章 白神樂

白神楽

就在入佐加孝藏的精神幾乎要被逼入絕境的同時。

「白子村要舉辦神樂祭，要不要一起去啊？」

燈塔長馬園難得邀請他。後來仔細回想起來，恐怕是木戶橋拜託燈塔長：「入佐加最近好像有點累，請讓他轉換一下心情吧。」

可是，要與村民接觸……

孝藏很感謝木戶橋的關心，但他曾幾何時已經養成不喜歡與人接觸的性格，坦白說，馬園的好意其實讓他有點困擾。

在燈塔鄰近的城鎮裡，燈塔長的地位通常都不低，雖然因地而異，基本上都能受到等同於村鎮長或村鎮會的議員、校長、警察及消防署長的待遇，也就是所謂的地方名士，因此三不五時就會有人邀請燈塔長去加鎮上的聚會。因為工作上的關係，並不是每次都能出席，但馬園還是盡量撥空參加。

其中之一就是白子神社每年會舉辦兩次的神樂祭，神社的巫女會在春秋兩季的例大祭上獻舞，村民稱其為「白神樂」。聽說結束後還有宴會，不難想像燈塔長的目的其實是後者。

雖然還不到宴會的程度，在太㕦埼燈塔工作時也經常聚會小酌，不只和燈塔的同事，也兼具與當地人交流的作用。當然一年只有幾次，但現在回想起來，倒也是充分放鬆的好機會。可是在轟之埼燈塔幾乎別指望能有相同的活動，回頭看看已經來了一年以上，每天都過著與這種熱鬧集會無緣的生活。

與木戶橋討論太响埼燈塔的回憶後，起初興趣缺缺的孝藏也開始對參加神樂產生期待。想必是木戶橋故意選了一些能勾起他興趣的話題。

拜他所賜，當天與燈塔長出門時，孝藏已經徹底振作起來，甚至有餘力注意到與燈塔長夫人富子一起目送他們離去的光太郎和明子，臉上滿是羨慕的神情。

原本應該是要帶這兩個孩子去的吧。

名為太平一座的行旅藝人此時此刻正在網引停留。他們每隔幾年就會來一次，如果剛好遇上白子神社的白神樂，一定會去白子村進行公演。這麼一來還會有人出來擺攤，發展成熱鬧非凡的祭典，熱鬧得不像是位處深山裡的村落。

光太郎和明子肯定從很久以前就開始期待了。

既然如此，就連孩子們也一起帶去就好啦，但馬園的腦筋好像沒有這麼靈活。而且有木戶橋在一旁敲邊鼓，這次才讓入佐加同行。這也導致馬園認定「這次是公務」，也因此覺得「不應該帶上小孩」。從各種角度來說，馬園都是過於一板一眼的人。

但是他確實是非常盡忠職守的燈塔長。

孝藏理解燈塔長的顧慮，但還是希望光太郎和明子能一起去。因為比起和燈塔長單獨相處，有小孩當潤滑劑無疑輕鬆多了。可是馬園散發出一股讓他說不出「帶他們一起去嘛」的氣氛。大概是因為馬園完全把這件事當成公務的一環了。

「我會買禮物回來給你們。」

臨別之際，孝藏心虛不已地對兩個孩子說道。兩人臉上稍微綻開了一絲笑容，也稍微減輕了一點他的罪惡感。

然而，就在他們離開員工宿舍，走在沿著轟之崎山嶺往前延伸的道路上時。

「入佐加，別忘了去村子裡欣賞神樂也是公務的一環。」

燈塔長立刻提醒他要注意。看樣子他剛才說要給小朋友帶禮物，聽在馬園耳中太鬧著玩了。

「真是對不起。」

孝藏趕緊低頭道歉，然後吞吞吐吐地向馬園求情，說他既然答應了兩個孩子，還是想買禮物回去給他們。不過他早就勝券在握，算準燈塔長「必須遵守約定」的思考模式。

「這個嘛，算了，倒也無妨……不對，是我該謝謝你，讓你費心了。」

果不其然，燈塔長含糊其詞地答應了，不僅如此，還向部下道謝。

來到轟之埼燈塔赴任已經過了一年以上，這還是孝藏第一次去白子村。明明已經去過網引市區好幾次了，這麼想來或許真有點不太自然。因為不止市區，應該也會去村子裡辦某些事才對。

可是燈塔這邊有事要去白子村的時候，總是由燈塔長或木戶橋出馬。孝藏也曾經有一段時間很沮喪地認為「是自己還靠不住嗎？」但木戶橋告訴他：「不是這樣的。」根據木戶橋的說法，那是「為了不讓你有任何機會靠近白屋」而採取的方針，讓孝藏大吃一驚。

抵達轟之埼燈塔的前一天，孝藏在白屋過了一夜。雖說是因為迷路的關係，實在也沒辦法，但也因此與白女扯上關係。

一個沒處理好，可能就會重蹈磐井的覆轍。

燈塔長似乎很擔心這點，所以盡可能不讓孝藏進入白衣森林。

去網引的鎮上一定會經過森林，但距離很短，所以沒什麼大礙。可是如果要前往白子村，途中有段路是和白屋同一個方向。只要在岔路選擇前往村子那邊的路當然就沒有任何問題，但如果鬼迷心竅，可能又會往白屋走去。燈塔長就是擔心萬一他再次與白女扯上關係，可能會像磐井那樣被附身。

「雖然說是附身，但也只是精神方面的問題。」

木戶橋之所以在說明到一半的階段還特地補上這句話，無非是因為考慮到馬園是個徹頭徹尾的合理主義者。

「可是啊，你不覺得在岔路鬼迷心竅這種想法非常不符合燈塔長的風格嗎？」

「難道是因為岔路很不明顯……」

「不，沒有這回事。至少只要事先經過提醒，而且不要左右不分，應該就不會走錯。就連光太郎和明子那兩個孩子也是每天都要去村子裡上學，大人就更不可能迷路了。」

「會不會是因為燈塔長很愛操心?」

「根據這段日子的相處,你覺得他是那種人嗎?」

孝藏想了一下,也搖了搖頭。

「我猜或許是燈塔長擔心你一個人走到岔路時,可能會發生什麼事,只是他本人不想承認罷了。」

「會、會發生什麼事?」

面對慌張的孝藏,木戶橋正經八百地回答:

「擔心……白屋會不會呼喚你。」

確實有這種感覺,孝藏全身竄過一陣恐懼。

回想著和木戶橋的對話,孝藏與燈塔長一起在密林中絕對稱不上好走的山路上前進。雖說比撥開草叢前進好得多,但也絕對稱不上輕鬆,毋寧說是寸步難行。

光太郎和明子每天都要經過這麼難走的路啊。

但也從未見兩人鬧彆扭嚷嚷著「不想去上學」,或許是因為燈塔長的家教很嚴格,也證明他們都是好孩子。

終於來到問題的岔路,看到那裡設置著「←白子村」的木牌,孝藏受到言語難以形容的衝擊。

明明有這麼明顯的路牌,燈塔長還擔心自己會迷路……

正因為燈塔長是理性主義者，他才更加感到害怕。原本還在內心深處覺得「燈塔長是不是太杞人憂天了」，如今才明白自己真的大錯特錯。他終於領悟到自己對馬園的感激再多也不夠。因為磐井的下場真的很慘，足以讓燈塔長擔心到這種地步……所以即便可能過度保護了，但他還是絕不讓孝藏去白子村。為了不重蹈磐井的覆轍，因此絕不讓他靠近白屋一步。

或許因為滿腦子都是這樣的念頭，當孝藏抵達白子村時，心情已經糟到了極點。幸好村裡非常熱鬧，兩三下就讓他鬱鬱寡歡的心情重新振奮起來。祭典就是如此地歡樂。

他原本還以為白子村是深山裡的寂寥山村，是個又小又窮，與其說是村子，稱之為聚落還更加貼切的地方。

沒想到實際的白子村比他想像中的還大，周圍是群山峻嶺，確實是遺世獨立的邊陲之地，但也能感受到其中的活力。固然論繁榮還比不上網引，倒也有模有樣，一點也不冷清。

不僅如此，村子裡今天張燈結綵，還掛著太平一座的旗幟。通往白子神社的街道兩旁林立著各式各樣的攤販，神社也架設起舞台。村民熙來攘往地來來去去，尤其是孩子們，個個跑來跑去，熱鬧到了極點。有一種說法是「彷彿盂蘭盆節與正月擠一塊兒來了」，此時此刻的白子村正是這種狀態。

燈塔長看也不看燈籠、旗幟或攤販一眼，直接朝著神社走去。一路上幾乎所有的村民都向他低頭致意，馬園也輕輕點頭回禮，繼續往前走。

村子裡有頭有臉的人物皆已聚集在神社內，他們也對燈塔長畢恭畢敬。燈塔長把孝藏一一介紹給村長、村會議員、郵局局長、小學校長、駐在所員警、各行各業的翹楚認識，可是當孝藏從聚集在神社內的村民中認出足助的身影時，注意力完全飄遠了。

足助本人似乎也立刻認出孝藏，一時露出驚懼的表情，還以為他會轉身逃跑，沒想到他不僅厚顏無恥地衝著孝藏咧嘴一笑，還撥開層層的人牆，朝孝藏走來。

燈塔長與村長聊得十分熱絡，足助盯著他們看了好一會兒，大概認為沒問題了，神態自若地向孝藏搭話，還若無其事地告訴他，村子裡有很多年輕女性都對木戶橋和孝藏頗有好感，而且孝藏比木戶橋還更受歡迎這種莫名其妙的鬼話。

「少胡說八道了。」

孝藏忍不住怒目相向，但其中也帶有害臊的情緒。他也聽過很多愈是窮鄉僻壤，年輕的單身燈塔守就愈搶手的傳聞，所以更加不好意思。只不過，他很快就發現足助真的只是信口開河，所以他也是真的動氣了。

「木戶橋先生就算了，我今天才第一次進村，村子裡的女性根本不認識我吧。」

但足助依然故我，嬉皮笑臉地為他說明。

先前有學者從東京來到白子村進行調查，當時除了去神社請教宮司一些問題，也拍了村子裡的照片，順便還將足跡延伸到燈塔。後來學者為了表達謝意，把當時的照片寄來，裡頭有燈塔長及其家人，以及木戶橋和孝藏的照片。村裡的女性看到那些照片後掀起了一陣騷動，還有人偷偷跑去燈塔看他們。

孝藏聽到這裡，一時傻住了。大概是半年前左右，確實有位來自東京、自稱「四十澤」的民俗學者來過燈塔，與燈塔長聊了很多，而且也拍了好幾張照片。但是他做夢也沒想到，那些照片居然在村子裡的女性間傳閱。

據足助所言，宮司的女兒道子對孝藏情有獨鍾。得知她從幾年前就以巫女的身分在白神樂獻舞後，簡直讓孝藏坐立難安。因為他們為燈塔長和孝藏準備的觀眾席居然就在舞台的正前方。足助不曉得什麼時候溜走了，留下呆若木雞的孝藏。孝藏懷疑他是在尋自己開心，但當時學者真的拍了照片，所以也不完全是空穴來風。這時，燈塔長叫他過去，孝藏不得不在設置於舞台前的草席上坐下。

沒多久，和琴的撥弦聲響起，伴隨著拍打出聲的笏拍子與神樂笛、篳篥的音色，揭開演奏的序幕，三位身著巫女衣裝的妙齡女子開始在舞台上翩然起舞。

孝藏之所以能正視她們的舞蹈，無非是因為三個人都戴著雪白的面具。這麼一來才能神色自若地欣賞她們的舞姿，但也不免有些遺憾。

他想見見道子。

或許是男人的通病，隔著面具無法拜見她的容顏，反而更想一親芳澤。不過就算換成女人，遇到這種情況應該也想見識一下對方的廬山真面目吧。

原本打算一視同仁地欣賞三人的舞姿，但視線總是情不自禁地瞥向中間那個可能是道子的巫女。至於他為什麼認為正中央的巫女就是道子，是因為她比旁邊兩人更頻繁地直視孝藏的雙眸。明明隔著面具，難以分辨，但雙方的視線仍交纏了好幾次。

每次都令他如遭電擊。不是脖子或背，也不是兩條手臂，更不是胸部或腹部。

是大腦嗎？還是小腹呢？

雖然不確定是哪裡如遭電擊，但身體還是產生了有如電流竄過般的反應。絕不是因為恐懼，因為不是那種心驚肉跳的感覺，比較像是臉紅心跳的快感。而且還有一絲敗壞道德的奇妙感受。是因為巫女裝扮的關係嗎？明明只露出兩隻手，頂多偶爾撩起袖子的時候可以看到手肘，看起來卻無比妖嬈。是因為舞姿很典雅嗎？還是隱約露出的白皙頸項呢？難道是因為向他投來的眼神？

孝藏一時半刻看得心猿意馬，冷不防回過神來，突然心生恐懼。就連自己也不知道為什麼，但已經嚇得無法好好欣賞巫女們的舞蹈。

……白色面具。

當他發現自己下意識地聯想到白屋那對陰森森的母女時，幸好神樂已經結束了。

因為是白子村白子神社的白神樂，所以戴上白色的面具也是合情合理嗎？

想是這麼想，但是看到三位巫女下台時，還是由衷地鬆了一口氣。只不過，當他無意中聽到村長對燈塔長說：「巫女會在宴會上為大家倒酒。」——村長口音很重，只能猜測大概是這個意思——這時孝藏急得有如熱鍋上的螞蟻。

他想見道子。

又想直接打道回府，不想見她。

背道而馳的感情在內心拔河，前者或許是身為男人的真心話，後者則是身為人的本能在耳邊提醒。之所以深陷在這種複雜的情緒裡，想必是因為白色的面具使然。如果面具是別的顏色，他肯定會迫不及待地參加宴會。

後來，孝藏和燈塔長一起被帶到神社寬敞的大房間裡，不只白子村，就連網引的有力人士都齊聚一堂，他跟著馬園一一向所有人打招呼。

不多時，宴會揭開序幕，村子裡的女人負責上菜、倒酒。孝藏也接過酒杯，孰料不知不覺間，她們開始集中火力向他勸酒，令他無力招架。

「你很受歡迎呢，入佐加老弟。」

看到徐娘半老的女人拚命為孝藏倒酒的殷勤模樣，就連不苟言笑的燈塔長都忍不住開他玩笑。拜此情此景所賜，他的窘迫成了村長等人絕佳的下酒菜。

過了好一會兒，情況終於好轉，孝藏也鬆了口氣。風情萬種的年輕女子加入宴會，宴會廳的氣氛一口氣變得星光熠熠。

「是剛才的巫女。」

直到燈塔長點破，孝藏才反應過來。一方面是她們換下了巫女服，另一方面是原本有三個人，可是現場只來了兩個人。

……道子沒來。

明明連對方長什麼樣都不知道，直覺卻這麼告訴他。這個直覺在酒酣耳熱之際，神社的宮司夫婦聯袂來敬酒時得到證明。

孝藏誠惶誠恐地舉起酒杯，宮司向他說明：「可惜小女道子因為感染風寒，不克前來。」他的妻子又接著說：「她很期待見到你。不過小女性格保守，真傷腦筋。」可見足助說的果然是真的。不過他們跟村長一樣，口音都很重，所以他也沒把握能完全聽懂。但就算不中，應該也不遠矣。

只是宮司夫人為何嘴裡會說著「我們家的神明再過幾年也要換新了」這種話呢？真是謎團重重。這件事與道子有關嗎？或者她只是隨口提起一個與神社有關的話題呢？

他還發現燈塔長與鎮上及村裡的有力人士敬酒敬了個遍，但唯獨跳過宮司夫婦。可是又看不出例如宮司的酒品很差或宮司夫人的人品不好這種明顯的理由，所以燈塔長與他們保持距離的態度就更令人費解了。

只是因為合不來嗎？

孝藏心想，但如果是這樣的話，個性耿直的燈塔長應該不會喜歡油嘴滑舌的村長。儘管如此，他們還是能談笑風生，大概是因為白子村對轟之埼燈塔來說很重要吧，所以燈塔長也不得不耐著性子與白子村的村長周旋。但是就立場而言，白子神社的宮司夫婦與村長的地位其實不相上下，既然如此，燈塔長的差別待遇果真就顯得很奇怪了。

宴會結束，燈塔長與東道主道別時，有人悄悄喊住孝藏。定睛一看，宮司夫人正躲在附近的柱子後面，說著類似「下次不用當班的時候，歡迎你再來神社玩」之類的客套話，也不等孝藏回答，往他背後瞥了一眼，便頭也不回地離開了。

孝藏回頭一看，只見燈塔長的視線正從他身上移開。

燈塔與神社之間究竟發生了什麼？

孝藏抱著滿肚子的疑問，買完送給孩子們的禮物後，與燈塔長踏上歸途。回燈塔的路很遠，需要很長的時間，孝藏想直接問對方，又怕沒頭沒腦被搶白一頓，所以不敢問。

於是孝藏決定先問道子的事。他打的如意算盤是如果燈塔長回答得夠起勁，或許就能跳到關鍵的問題，可是除了「她尚未成年，是個很有氣質、性格老實的姑娘」以外，馬園顯然對道子一無所知，因此孝藏的如意算盤整個落空了。

然而，經過那個岔路時，燈塔長突然語出驚人地說：

「很多年輕姑娘都會嫁給當地的燈塔守。」

真是天外飛來一筆的話題，幸好孝藏對這句話並不陌生，所以能毫不費力地接話。

「我也聽過不少這種例子。」

「愈是在地處邊境的村子裡出生、長大的姑娘，一旦嫁給燈塔守，通常都能承受住調職的壓力。」

「因為調去的燈塔也是大同小異的環境呢。」

燈塔長語重心長地點頭。

「不過要成為燈塔守的妻子，還是要有充分的心理準備以及對這份工作的理解，否則很難勝任的。」

「說的也是。」

根據剛才的對話，孝藏猜想燈塔長是不是在暗示自己與道子的事，感覺心癢難耐，可是再怎麼說也太操之過急了，八字都還沒一撇。當事人都還沒正式見面呢，光是外人猛敲邊鼓也沒用。還是說，白神樂其實是相親的舞台……

孝藏心想絕不可能，腦中卻又閃過從年長的燈塔守口中聽到的各種鄉野奇譚，難不成……正當孝藏快要當真的時候。

「可是啊，比這種情況更棘手的是反過來的情況。」

燈塔長突然沒頭沒腦地冒出一句莫名其妙的話，孝藏心慌意亂地反問：

「……什麼是反過來的情況？」

「不是村子裡的姑娘嫁給燈塔守，而是燈塔守入贅到姑娘家。」

意料之外的答案令孝藏愣住了。

「有、有這種情況嗎……」

「就我所知非常少，但也不是完全沒有。」

燈塔長望向前方的視線看在孝藏眼中，儼然是因為不敢看孝藏的臉。孝藏從他的神情後知後覺地反應過來。

宮司夫婦正在為女兒道子尋找贅婿……

而且找到自己頭上來了。所以才邀請他去神社玩嗎？

啊，所以燈塔長……

才會像那樣避著宮司夫婦也說不定。從燈塔長的立場來思考，還真的很有可能。

如果是道子要嫁給孝藏，馬園肯定會舉雙手雙腳歡迎。單身的燈塔守其實很辛苦，三餐也好、洗衣打掃也罷，樣樣都得自己來。燈塔長夫人幫忙做了很多事，但是想也知道不能完全依賴對方。她也有自己的家庭要顧，尤其是一旦有了小孩，就再了顧不上丈夫的部下了。

正因為如此，燈塔長固然喜聞樂見單身的燈塔守成家，但如果是入贅的場合，而且還要辭職的話，則又是另一回事了。燈塔長必須面對少了一個人手的難題。

宮司夫婦什麼時候開始提起招贅的事，孝藏無從得知。只是從民俗學者拍的照片回推，至少也是好幾個月前的事了。這麼說來，也就能理解燈塔長何以堅持不讓他去白子村。不光是擔心他跑去白屋，也是怕他被白子神社的宮司夫婦看上。

這次之所以會帶孝藏去參加神樂，除了受木戶橋「請讓他轉換一下心情吧」的請託，或許也是因為之前就聽前來燈塔的村民說道子染上風寒，算準她就算能為重要的神樂獻舞，也無法出席後面的宴會。

事情演變成很不得了的局面了呢。

孝藏深感無奈。儘管不知真假，但恐怕八九不離十。最可惡的是只有他自己被蒙在鼓裡，真是氣死人了。

難不成木戶橋先生也……

孝藏懷疑他也知道這件事，但轉念一想，如果他真的知情，應該會提前告訴自己才對。

後來返回燈塔的一路上都充滿了尷尬的沉默。不過手足無措的只有孝藏，燈塔長或許從頭到尾都保持平常心。然後，就在這無言的路程中，孝藏突然想到很重要的事。

燈塔長應該沒打算向他提起招贅的事吧。

剛才雖然開啟了那方面的話題，應該只是舉個例子。或許是白子神社的宮司夫婦提出要孝藏入贅的事也令他感到不滿，所以才會不小心脫口而出。

乾脆繼續假裝不知道吧。

孝藏認為這樣比較好。事實上，燈塔長確實什麼都沒說，宮司夫婦也沒提到具體的內容，可能一切都是他多慮了。

不不不，不可能。

已經有這麼多間接證據，孝藏的推理應該沒錯。但他絲毫無意辭去燈塔守的工作。

只不過……

如果要說有什麼遺憾，大概就只有還沒來得及認識道子，就必須放棄她一事。

——聽燈塔長入佐加說到這裡，物理波矢多忍不住插嘴：

「不好意思，尊夫人名叫路子，那位巫女叫做道子，雖然漢字不同但日文讀音相同，不過應該不是同一個人吧？」

這是自從巫女道子出現在話題中之後，他就一直想提出的問題，而且他以為入佐加一定會回答「那當然」，但是……

只見燈塔長露出不知該怎麼形容的複雜表情。

「實不相瞞……內人路子就是剛才提到的巫女道子。」

波矢多聽完就傻住了，他轉向路子本人，結果又嚇了一跳，因為路子早已離開了，大概是在波矢多專心聽入佐加說話的時候進廚房去了。順帶一提，波矢多背對廚房而坐。

「也、也就是說，道子小姐嫁給你了？」

只不過，他覺得這段姻緣想必不是很順利，或許受到很大的阻礙，說不定擋在兩人面前的問題大到她必須把名字從「道子」改為「路子」。

看到入佐加緩緩點頭，波矢多不免有幾分欣慰。

回首前塵，自從在漁船上望見轟之崎，他一直處於擔心受怕的狀態，也遇到了很多匪夷所思的事。說是一直到見到燈塔長夫婦以後，才好不容易放下心中大石也不為過。

然而，這一切也只到入佐加開始細說從頭為止。因為燈塔長二十多年前經歷過的事，與自己的遭遇神似到令人頭皮發麻的地步。

這種巧合究竟是怎麼回事？

只是單純的偶然嗎？還是……

即使飽受難以言喻的不安折磨，波矢多依舊專心傾聽入佐加的故事。不，正因為內心充滿不安，才不得不聽下去。除非搞清楚這一切是怎麼回事，否則他大概無法逃離這場惡夢。

在一顆心始終懸在半空中的情況下，話題來到年輕的入佐加結婚的事。順著剛才的對話聽下來，心想他們該不會是私奔吧。當事人肯定歷盡了千辛萬苦，但波矢多卻覺得很溫馨，至少應該不會是什麼嚇人的鬼故事，所以波矢多也很期待接下來的故事發展——。

但不知為何，燈塔長的臉色不是很好看。

看起來十分難以啟齒的樣子。

待波矢多弄清楚箇中原因何在，其實也是好一陣子之後的事了。

第十六章　私會

逢瀬

參加完白子村的白子神社例大祭，回到轟之埼燈塔後，孝藏有些失魂落魄。這也難怪，畢竟聽到在自己不知情的情況下有人想招自己當贅婿，所以他一直繃緊神經，等待白子神社的宮司夫婦「正式」來提親。

然而，三天過去了、一星期過去了，都沒有進一步的消息。見他魂不守舍，有一天木戶橋就問他：

「還以為你去參加村子裡的祭典可以稍微轉換一下心情，可是看你的表情，似乎又多了別的煩心事，發生什麼事了嗎？」

一如既往的敏銳令人佩服，孝藏一五一十地從實招來。其實早該找他商量了，但內容有些難以啟齒，不好意思說出口。

「哦，神社的贅婿啊。說不定比燈塔守還好當呢。」

木戶橋打趣地說，隨即留意到孝藏的反應。

「呃，抱歉，不應該說風涼話的。哪像我，連對象都沒有，聽到後輩要結婚了，不禁有些羨慕。」

木戶橋半開玩笑地調侃，只見孝藏的臉色又是一陣青、一陣白。

「我很清楚入佐加你有很強的守燈精神，因此無論入贅神社的提議再迷人，我也不認為你會辭去燈塔守的工作，成為神社的贅婿。但你還是無法釋懷，想必是因為道子吧？」

木戶橋一針見血地戳破孝藏的心理狀態，令他狼狽萬分。

「……因、因為很奇怪啊。只有我看到她跳舞……她明明沒見過我……對方卻……就算看過照片……就算視線對上好幾次……也不至於……」

「喂喂，你在說什麼呀，講成這樣誰聽得懂，給我好好照順序交代清楚。」

木戶橋感到又好笑又錯愕，於是孝藏便從足助告訴他民俗學者所拍攝的照片開始講起。

「原來如此，這種鄉下地方確實很有可能發生這種事呢。」

木戶橋頻頻點頭，一臉頗為認同的模樣。

「話說回來，你猜測燈塔長會強烈反對，我想也是對的。」

「神社的宮司夫婦果然跟燈塔長提了這件事……」

「嗯，可能還請村長居中斡旋。」

「可、可是，都不用問問我本人嗎……」

「擅自替你拒絕固然不太好，可是你也很清楚，燈塔長的守燈精神就是這麼強烈。」

這麼說來，孝藏確實也能理解，看來燈塔守果然都有些異於常人之處。

「不如我幫你問一下夫人吧。」

大概是覺得再這樣下去，孝藏太可憐了，木戶橋答應替他探一下燈塔長夫人的口風。

幾天後，木戶橋向他轉述自己從燈塔長夫人富子口中聽到的詳情。孝藏猜的沒錯，白子神社的宮司夫婦確實向燈塔長提過這門親事。換句話說，例大祭神樂後的宴會其實是給兩人相親的聚會。當然不是當著眾人的面，原本要安排他們在別的房間見面。

「不料到了當天，道子小姐感染風寒，卻還是勉強獻上神樂之舞，因為神樂是萬般重要的儀式。可是之後就無法出席宴會——不對，是無法與你相親。」

木戶橋說得彷彿親眼所見，可是想也知道，以上都是他基於從富子口中聽到的話，自己做出的推測，但孝藏覺得可信度很高，只是也同時產生一個疑問。

「燈塔長不知道他們打算在那天讓我和道子相親嗎？」

之所以這麼問，是想說要是燈塔長如果早就知道了，那無論木戶橋再怎麼求他，他應該都不會帶孝藏去白子村才對。

「據夫人透露，因為已經明確地拒絕宮司夫婦，所以燈塔長以為這件事已經落幕了。燈塔長為人嚴謹，但這方面確實太天真了——這是夫人說的，雖然說的一點也沒錯。」

木戶橋之所以滿臉無奈的表情，或許是因為他比孝藏更了解馬園作為一個人，而不只是燈塔長的性格。

「那天在宴會上，宮司突然沒頭沒腦地對我說女兒染上風寒，無法與我見面。而且燈塔長看起來確實有些刻意地避著宮司夫婦，原來中間有過這些曲折啊。」

「不管怎樣，燈塔長都應該告訴你，畢竟你才是當事人。不過我也能理解他不想失去優秀部下的心情。」

「我才不優秀呢……」

「不必謙虛。更何況，我認為燈塔長替你拒絕這樁婚事，並非只是為了轟之埼燈塔。你有身為燈塔守的天分，他肯定不想失去你這個難得的人才。因為你不管去到哪個燈塔，無疑都能幹得有聲有色。」

孝藏難為情得說不出話來，木戶橋突然深深地向他行了一禮。

「燈塔長沒有惡意，你就原諒他吧。夫人也再三再四地拜託我替她向你道歉。」

「別這麼說……木戶橋先生根本沒必要向我道歉。」

孝藏連忙搖手示意。

「其實我跟馬園燈塔長曾經在別的燈塔共事過，認識很久了。」

木戶橋苦笑著說出意外的事實。

「並不是故意要瞞著你，我沒說自然有我的理由。因為你本來就已經夠神經質了，一旦得知比你晚來的燈塔守和燈塔長是老交情，可能會胡思亂想。因此我與燈塔長討論後，決定就不告訴你了。」

「難怪你跟夫人也這麼聊得來。」

孝藏聽到這裡就懂了，但同時也再次深刻地感受到燈塔長和木戶橋是多麼照顧自己。當然，擅自替他拒絕入贅的親事確實做得有點過分了，但是念在他們的人格，他也無意再計較。

話雖如此，因為受到刻意的隱瞞及拆散，難免會有些放不下才是人之常情，孝藏也不例外。儘管沒有任何不能告訴燈塔長的事，但是巫女在眼前跳神樂的舞姿卻深深地烙印在視網膜上，始終無法忘懷，待他反應過來，每天都過得悶悶不樂。

想當然耳，最早發現孝藏異狀的還是木戶橋。

「不然我幫你和她牽線好了。」

一起檢查燈塔的機械室時，木戶橋突然毛遂自薦，嚇了孝藏一跳。因為實在太出乎意料了，孝藏一時半刻還聽不懂他在說什麼。

「你是指神社的……」

「那是當然。難道你還有其他意中人嗎？」

見孝藏誠惶誠恐地拚命搖頭，木戶橋笑著說：

「我想也是。因為只要我沒瞎，都看得出來你對道子一往情深。」

「我哪有……」

否認的話下意識就要脫口而出，可見他受到相當大的衝擊，原來自己的心情那麼明顯地表現在平常的言行舉止上。

「只有你自己沒有自覺，我和夫人早就發現你正為情所困了。」

孝藏的臉一口氣變得好熱，只怕已經紅到耳根了。為了不讓對方發現，孝藏倏地低下頭，切身地感受到「可以的話真想挖個地洞鑽進去」，正是在指這種心理狀態。

「可是燈塔長完全沒發現呢。」

故意這麼說，好逗笑孝藏，顯然是木戶橋的體貼。拜他所賜，孝藏總算能抬起頭來。

「如何?不放心交給我這個光棍的話，也可以請夫人幫忙。」

「……感激不盡。」

孝藏面紅耳赤地向他道謝。

「不過，你的好意我心領了。」

「你擔心對燈塔長不好交代嗎?」

木戶橋開門見山地指出他的顧慮。

「這也有一點，不過……總覺得我們之間有著無論如何都難以跨越的鴻溝。」

「因為你是遲早要離開這裡的燈塔守，而她是宮司夫婦想為她招贅的女兒、同時還是神社的巫女嗎?」

孝藏默默點頭，木戶橋盯著他，看了好一會兒，打破沉默。

「你也是老實人，所以我不是不能理解你的心情。可是現在的重點不是應該要表達彼此的心意，而不是去煩惱未來的事嗎?」

「可是，天曉得對方是怎麼想的……」

「所以才要問清楚啊。」

木戶橋原本說得擲地有聲，不知怎地卻突然沒了自信。

「啊，抱歉。這種事明明輪不到我們這些外人說三道四。」

「不不不，別這麼說，是我讓你費心了……」

木戶橋對垂頭喪氣的孝藏投以溫和的微笑。

「不過這次的狀況也不完全是壞事喔。」

「怎麼說？」

孝藏有氣無力地問道，木戶橋用一臉「你果然沒有自覺」的表情說道：

「擔心再看到那個白色人影的不安不是消失了嗎？」

這句話讓孝藏頓時恍然大悟。

「說的也是。」

取而代之的是他開始滿懷期待地望向沿著轟之崎山嶺延伸至燈塔方向的道路，心想道子會不會來找他。而且不只那條路，還曾經真的以為在森林的樹木間看到疑似她的少女，連忙睜大眼睛想看清楚。

只不過，他不好意思連這種事也向木戶橋坦承。

「比起白色人影，就算只是幻覺，也希望能看見道子小姐不是嗎？」

要是告訴他實話，他肯定也會為自己高興吧。可是太害羞了，實在難以啟齒。

結果由木戶橋牽線或是找富子商量的提議全都不了了之，孝藏也沒有積極地採取行動。我們之間有著無論如何都難以跨越的鴻溝。

他認為自己並不是杞人憂天，既然如此，自然什麼也做不了。他怎麼也無法放任自己流於今朝有酒今朝醉的心態。

然而，檢查完機械室的幾天後，發生了一件匪夷所思的事。

事情發生在孝藏結束那天的工作，準備離開燈塔時，在從轟之崎山嶺上的路延伸出去的森林裡不經意地看見道子的身影，心裡小鹿亂撞。

可是就像平常看到的幻覺，一轉眼就消失了。

……又來了。

就在他苦笑，內心湧起些許失落的情緒的同時，不料她又出現了。

咦……

而且這次沒有消失，一直停留在原地。

孝藏拔足狂奔，從燈塔座落的岩盤衝下石階，穿過員工宿舍所在的岩盤，繼續飛也似地往下跑，衝向山嶺上高低不平的路。腳底下都是岩石，所以他很清楚有多危險，但還是急不可待。因為下到第一層岩盤時，他還特地停下腳步看了一眼，她的身影已然消失。

但她確實在那裡。

現在過去應該還找得到人。

就算她已經回去了，應該也還追得上。

這個想法驅使孝藏往前跑。所以當她的身影冷不防出現在山嶺上的路和森林的交界處時，孝藏不禁「哇！」地大喊出來。

「……對、對不起，突、突然……」

她好像也嚇了一跳，一再地向他道歉。

「不、不會……沒事的。」

孝藏急忙搖頭表示無妨，突然也意識到一件事。

「跟我來。」

孝藏推著她的背，兩人躲到大樹後面。因為如果繼續站在那裡，從燈塔上將一覽無遺。

「啊！」

接著一聲驚呼，孝藏跳離她一步之遙，因為剛剛兩人的距離近到幾乎貼在一起。一起躲在樹後面，這也是自然而然的結果，但他的心跳聲嘈雜到幾乎全世界都可以聽見。

是這雙眼睛。

不可思議的是，他居然還有餘力凝視對方的雙眼，進行確認。

「那個，我是……」

女方率先打破沉默，孝藏連忙接下去說：

「妳是跳神樂舞時，三位巫女裡站在正中央的那位吧。」

「你只看了一眼就知道是我嗎？」

她的表情頓時充滿喜悅，遠遠看就知道她長得很標緻了，這時的笑容更令他心蕩神馳。

「那、那當然。」

「我從以前就對你……」

要說從照片認識他實在也太難為情了，所以孝藏想轉移話題，可是又不知道該說什麼才好。

「啊，我該回去了。」

這時，他終於想起要跟木戶橋換班，再拖下去，木戶橋就會發現他不見了。

「下次什麼時候——」

「我下次——」

孝藏正要問她下次什麼時候再來的同時，她也開口了。那一瞬間，他領悟到彼此果然都想再見到對方。

後來他們開始私會。當然是瞞著所有人。孝藏去白子村會很引人注目，而且以他的工作狀態也難以抽身，所以主要都是她來燈塔附近找他。起初都約在孝藏不用當班的日子，漸漸地就連換班後的短短休息時間也會偷偷見面。但就算約好了，也經常因為燈塔的業務無法前往，因此雙方都很珍惜能見到對方的喜悅時光。

幽會的地點因時間狀況而異。不用值班的時候通常都約在密林中巨大的岩石上，既不用擔心被人從燈塔看見，就算有人經過也不會怕被發現，反而是他們可以俯瞰經過的人，簡直是再理想不過的場所。休息時，起初約在可以藏身的樹後面，因為那裡離燈塔最近，又不會被別人發現，但是絕對稱不上舒適。如果約在密林裡，萬一下雨，枝繁葉茂的枝葉還可以稍微遮個雨，可是躲在大樹後面就得淋雨了。

起初連聊天都聊得有一搭沒一搭的，但自從得知幾年前，她和住在古宮的嬸嬸一起去關東遊山玩水時也到過丑緒後，感覺擋在彼此間的隔閡一口氣消失了，她們去旅行時的經歷和趣聞——聽說包括白屋母女在內——村子裡沒有人不知道的。因為就連去過關東地區的網引居民也寥寥可數，更別說是白子村，幾乎沒人去過關東。

從她口中聽見白屋二字時，孝藏的臉部肌肉反射性地繃緊了。為了不讓對方察覺自己的異狀，孝藏連忙提起丑緒的回憶。幸好她也很想知道外界的事，對他突然變得健談倒也喜聞樂見。

孝藏起初都叫她「道子小姐」，但她的反應不甚熱絡，總是露出欲言又止的表情。問她為什麼，她一臉落寞地輕聲說道：「因為加了『小姐』二字，聽起來好生疏。」所以孝藏就直接喊她道子了。另一方面，道子卻稱呼他「入佐加先生」，這次換他假裝動氣地說：「妳要和我保持距離到什麼時候啊？」於是道子也改稱他「孝藏先生」。本人似乎沒注意到，但稱呼的變化其實也呼應了兩人關係的進展。

當兩人開始各自親暱地直呼對方的名諱後，孝藏採取了非常大膽的行動。有一天他不用值班，居然讓道子住進自己在宿舍的房間。

提出這個幾乎可以說是瘋狂的「計畫」時，道子確實也面有難色，可是在飽受天氣影響的野外見面真的很不方便，還得考慮到冬天的情況，再加上因為孝藏的工作，約會經常臨時取消。道子雖然可以想出門就出門，但如果次數太多，家人可能還是會起疑。因此實際能見到面的時候，兩人真的都打從心底欣喜不已。正因為是如今珍貴的機會，所以更不想白白浪費。

於是他以「實驗」的名目，提出這個破天荒的計畫。道子起初死活不肯答應，光是想像萬一被發現……就害怕得不得了，但最後還是屈服於孝藏的遊說之下。

問題在於「知易行難」。必須在不被任何人發現的前提下，從沒有充裕時間的場合會用來幽會的大樹後走到燈塔的員工宿舍。所幸燈塔長與木戶橋的行為模式幾乎都能推測出來，可以清楚預測他們那一天的什麼時候會在什麼地方、做什麼事。富子也是。光太郎和明子要上學，所以更沒問題。即便如此，兩人內心仍充滿了不安。

起初的計畫原本是孝藏去大樹後面接她，兩人再回宿舍，考慮到這麼做實在太招搖了，後來決定由道子自己過去。她還主動換上樸素的衣服，減少被發現的風險。

實行當天，孝藏早在約好的時間前就等在宿舍門口，不一會兒，道子出現在樹蔭後面，互相輕輕揮手後，道子就朝他走來。從走路的姿勢可以深切地感受到，她正拚命忍住想用跑的衝動，以最快的速度走來。因為他曾嚴肅地警告過她：「太危險了，不管發生什麼事，絕對不可以用跑的。」儘管如此，他仍捏著一把冷汗，擔心道子會不會因為太緊張而跑起來。

「喂！」

這時頭上突然傳來叫聲，孝藏嚇得心臟險些停止跳動，整個人瞬間愣住了，然後驚慌失措地仰頭望向燈塔後，血色一點一滴地從他臉上褪盡。

燈塔長站在迴廊上，低頭看著他。

偏偏被馬園撞見，真是太不走運了。如果是木戶橋，還能向他招認，請他睜一隻眼、閉一隻眼。如果是富子，或許也能使出同樣的手法。可是面對燈塔長，一切的說詞都不管用。

感覺天要塌下來了。

即使陷入絕望的心情，孝藏仍向馬園揮手。或許只是徒勞，但他仍抱著淡淡的期待，希望道子能利用他引開馬園注意力的空檔逃走。

然而，眼角餘光捕捉到她的身影，只見她束手無策地杵在岬角的山路上。想躲起來，可是周圍什麼也沒有。換作自己，可能會當場蹲下來或趴在地上，可是要她這麼做也太不近人情了。

道子一動也不動，只是茫然地呆站在原地。

假如說是白子神社有事來找他……孝藏拚命地動起腦筋。當燈塔長看到她，從迴廊上下來之前，兩人應該還有一點時間可以串供，只要推說是白子神社有事來找他，或許就能矇混過關。

可是就在下一瞬間，孝藏又傻住了。因為燈塔長揮揮手，頭也不回地繞到迴廊靠海的那一側，就這樣走掉了。

……難不成，馬園沒有看見她嗎？

他覺得難以置信，但仔細想想，倒也不是絕無可能。

如果這是發生在靠海那一邊的事，燈塔長肯定不會看走眼。無論再小的異狀，應該都逃不過燈塔長的法眼。可是燈塔長站在迴廊上靠陸地這邊——大概是為了透透氣吧——然後在那裡看到孝藏，就出聲喊他。當然，那時候並沒有任何警戒心，所以才沒有看到她。

緊繃的身體一口氣鬆懈下來。

不過，放鬆的心情稍縱即逝，因為道子正在岩石路上狂奔。孝藏大驚失色，差點喊出「不要跑！」然後又硬生生地吞回去，跟著衝下岩盤石階。這輩子從未像現在這樣，覺得兩人之間的距離怎麼也無法縮短。他就是這麼心亂如麻。

好不容易在大樹與宿舍的中間會合，雙方接下來的反應卻有些好笑，孝藏急著想回到大樹後面、道子想直接去宿舍。或許到了緊要關頭，女方反而比較大膽。

結果變成道子推著孝藏往前走，兩人偷偷摸摸地走向宿舍。一路上，孝藏的視線始終盯著燈塔的迴廊，擔心燈塔長會不會又跑出來。這時還是小心為上。

爬上石階，抵達第一層岩盤，孝藏先讓道子躲到外廊的柱子後面，火速開門。確認走廊上沒有半個人後，就輕聲地叫上道子，用最快的速度進入房間。一連串的過程中，明明沒有屏住呼吸，進房後卻「呼……」地吐出一口綿長的大氣，道子也不例外。

兩人面面相覷，憋著聲音大笑。笑到停不下來，笑得雙眼泛淚、連肚子都痛了起來。

道子那天在孝藏的房間待到傍晚，之所以依依不捨仍慌慌張張地離開宿舍，是因為再拖下去，光太郎和明子就要放學回來了。儘管如此，他們仍度過了非常美好的時光。

不用值班的時候，除非發生了天大的事，否則誰也不會來打擾孝藏。正因為平常一天到晚碰面，彼此已經建立起這方面的默契。三位燈塔守都很體貼，就算不用值班，也不曉得什麼時候會出現緊急的工作需要幫忙，因此沒事的時候最好別管對方在做什麼。不同於木戶橋經常利用不值班的時候去網引鎮上閒晃，孝藏總是一個人安靜地待在房間裡。因此就算整天關在房裡，也不會有人覺得奇怪。果然一件事情是好是壞，端看當時的情境而定。

自從嘗到成功的甜頭，道子後來又偷偷溜進宿舍找過他好幾次，還曾經計畫要留下來過夜，但實在太危險了，終究沒有付諸實行。

許許多多可以想到的不安要素中，以光太郎和明子的存在占了最大的比例。孝藏不用值班時，他們放學後經常來找孝藏玩。幸好在燈塔長嚴格的教育下，至少會先敲門，聽到孝藏的回答後才開門，不用擔心他們突然闖進來。但畢竟是小朋友，過去曾經有過一次在敲門的同時就開門的紀錄。就算想鎖門，也因為平常沒有鎖門的習慣，突然鎖門肯定會引起他們的好奇。這麼一來，他們肯定會很在意孝藏的房裡有什麼。

孝藏很疼愛喜歡跟自己玩的光太郎和明子，但也不禁擔心他們會發現自己與道子私會的事。起初很擔心會被木戶橋發現，他的觀察力那麼敏銳，不可能永遠瞞住他。後來才意識到自己的提心弔膽只是杞人憂天。「你變得好有精神啊，不如說比以前更有活力了。」他確實敏感地察覺到孝藏的變化，但是並沒有繼續追問下去。或許入佐加孝藏這個人給他的印象是「認真又老實，還有點怕生」，木戶橋大概做夢也沒想到，這種人居然敢色膽包天地把村子裡的女人帶回自己的宿舍房間。只要自己在木戶橋的眼中還是這種形象，就算冒點風險，可能也不會有事。

但小孩就不一樣了。他們大概無法想像原本只有父母和木戶橋、孝藏的宿舍居然會出現其他的人，所以只要稍微感到不對勁，一定會全面挑起小孩子特有的好奇心。一旦好奇心被挑起，後果將一發不可收拾。

既然擔心被光太郎和明子發現，他們在宿舍的時候，孝藏就不敢一直把道子藏在房間裡。

除此之外也還有其他懸念，雖然和這兩個孩子的問題比起來根本不算什麼。那就是道子留下來過夜的話，第二天早上要什麼時候回去。是趁光太郎和明子去學校前，還是等他們上學再走。

無論是之前還是之後，孝藏都出門上班了，無法協助她離開。雖說大家的動向都能預測，但還是太過危險。

儘管如此，孝藏還是有點捨不得放棄留道子過夜的計畫，因為道子能來宿舍的機會太少了。而且就算費盡千辛萬苦潛入成功，也得趕在光太郎和明子放學回來的傍晚前讓她離開。

像這樣的私會能持續到什麼時候呢？

道子什麼也沒說，一次也沒流露過不滿或不安，但孝藏非常煩惱，心想一定得為她做點什麼。但是考慮到彼此的立場，也只能想想而已，擠不出任何好方法。

拖著拖著，孝藏接到了調職的命令。接下來的職場是北海道的燈塔，距離他在白子神社的例大祭看道子跳神樂舞，已經過了將近一年的時間。

告訴道子自己要調職時，道子對他說：「我要一起去。」可見她已經做好要私奔的心理準備了，所以孝藏也下定決心。但是絕不能給轟之埼燈塔添麻煩，所以要瞞著燈塔長和木戶橋祕密進行。

要離開的當天，天氣不太好，從早就下著小雨，但孝藏的心中卻出現了一道陽光。事實上，因為太過於緊張的關係，心裡其實烏雲密布，之所以還有陽光露臉，當然是托了道子的福。

她騙家人說「我要去古宮的嬸嬸家玩」，預定住上三天，所以至少可以爭取到四天的時間。

燈塔長和木戶橋都有工作，所以只能和富子在宿舍門口為他送行。光太郎和明子在去學校前已經先跟他道別了。

「真的非常感謝各位的照顧。」

孝藏深深一鞠躬，三人分別對他說了很多臨別贈語，可惜孝藏一個字也聽不進去，他的注意力早已全部飛到道子身上了。

三個人一直目送孝藏走到那棵大樹前，他也努力壓抑迫不及待的心情，頻頻轉身揮手。經過充滿回憶的那棟樹之後，開始三步併成兩步地往前走。沒有雇人幫忙提行李，所以趕起路來很吃力，但他神采飛揚，絲毫不以為苦。

心急火燎的他像火車頭似地趕到豎立著「→網引」與「←白子村」標幟的岔路。

好不容易走到岔路一分為二的地點，卻不見道子的身影。可是他並沒有提早到，反而是遲到了。

……難道是離開神社時被發現了嗎？

孝藏仰天長嘆。如果真是那樣的話，他也無計可施了。既然下一個赴任地點已經決定好，再怎麼依依不捨，也不得不走馬上任。

窸窸窣窣。

這時，身邊的草叢傳來聲響，道子神色倉皇地出現在眼前。她說她發現有人從燈塔那邊走來，心想大概是孝藏，但是為了小心起見，還是先躲起來再說。

兩人會合的同一時間，小雨戛然而止，陽光開始普照大地。

「雨過天晴了。」

她的口中冒出這個成語，既是形容雨過天晴的實際狀況，也意味著從今以後，一切將往好的方向發展。

「過去禁錮我的一切都和這場雨一起沖走了。」

道子語氣堅定地接著說：

「所以我要改名字。我查過了，『道路』中的『路』，比起『道』還更加寬廣，而且『路』也更有通往四面八方的意思。所以從今以後，我不再是『道子』了，而是『路子』。我想和孝藏先生一起踏上嶄新的人生旅途。」

聽到她的決心，孝藏彷彿看見兩人腳下出現一條貌似可以通往任何地方的漫漫長路。他不確定那是否就是路子口中「嶄新的人生旅途」，如果是的話，他將與路子並肩同行；如果不是的話，就必須收回腳步，另覓蹊徑。

是或不是呢？

在未及做出判斷的狀況下，兩人已經邁開腳步朝網引前進。

——聽燈塔長入佐加說到這裡，物理波矢多感到一股筆墨難以形容的亢奮。

既然「曾為白子神社巫女的道子」已經以「入佐加孝藏的妻子路子」的身分出現在他面前，

表示兩人順利地私奔成功了，但他仍在不知不覺間前傾身子，緊握的雙手掌心也冒出了汗。

然而，聽入佐加說他們私奔的時候，彷彿在眼前看到一條路時，不知怎地，內心卻浮現了不安。那條路真的是路子希冀的「嶄新人生旅途」嗎？他心裡是有疑慮的。明明只是入佐加的幻覺，絕非真實存在的路，波矢多卻很擔心這兩人會從此踏上一條不歸路。

隨著入佐加繼續娓娓道來，波矢多逐漸發現自己的預感是正確的。

是因為這個緣故嗎？入佐加的語速從這裡開始突然加快，像是盡可能想要簡短地交代完不堪回首的記憶……

第十七章 新天地

新 天 地

對入佐加孝藏與路子這對新婚夫婦而言，所見所聞全都新鮮得不得了。兩人都是第一次前往轟之崎以北的地方。話說回來，除了與古宮的嬸嬸去關東旅行外，路子壓根兒沒離開過巖栖地方，因此無論在哪裡、看到什麼，都看得津津有味，天真的反應也令入佐加喜笑顏開。

搭著電車到青森，再從青森搭乘青函連絡船⑭前往函館。歡笑洋溢在兩人之間，與其說是用來代替蜜月旅行，更像是大人的校外教學。

青函連絡船經過津輕海峽的途中，路子在船艙裡稍事休息，孝藏獨自在甲板上眺望大海。這時，前往轟之埼燈塔赴任時搭乘的羅州丸歷歷在目地浮現於腦海之中。

田莊先生和美都子小姐都還好嗎？

那對夫婦現在在哪一座燈塔呢？

當時兩人還新婚燕爾，因為美都子不想去偏遠地帶的轟之崎，因此田莊應該去了另一個職場——也許不是太偏僻的燈塔——赴任。遲早有一天，田莊也終將前往極地的燈塔工作吧。屆時美都子能在背後支持丈夫嗎？亦或無法負荷身為燈塔守之妻的重擔呢？

該不會已經辭職了……

之所以突然在意起田莊的去向，無非是因為孝藏目前正與當時的他處於相同的立場。雖然自己搭乘的是青函連絡船而非羅州丸；雖然同是新婚，自己與路子卻是私奔，但孝藏依舊覺得自己與田莊夫婦有很多相似之處，所以心情才會因此感到七上八下也說不定。

不，路子不一樣。

孝藏隨即搖頭。路子充分理解燈塔守的工作，願意跟自己去天涯海角，無論自己去哪裡赴任，她都不會離開自己。

孝藏在青函連絡船抵達函館前，將田莊夫婦的事收進大腦的抽屜裡，他已經不覺得那對夫婦與自己有任何相似之處了。

函館的街道充滿活力，孝藏和路子完全處於興奮又激動的狀態，不知不覺中被旅館攬客的員工團團圍住，彷彿一不留神，行李就會被摸走，令他傷透腦筋。他從以前就聽說東京的文化飛越了東北地方，在北海道開花結果，親眼所見之後，看來真是如此。

孝藏想到他們才剛新婚，確實想在熱鬧的函館住上一晚，另一方面也想藉此討路子的歡心。可是如果真為她著想，最好盡快前往燈塔。

因為下一個工作地點——也就是冰岩的唉角燈塔準備迎接的是「單身的燈塔守入佐加孝藏」，誰也想不到出現在眼前的竟然是「新婚的入佐加夫婦」，而且還是一對「私奔」的夫婦。想像今後要在燈塔員工宿舍生活，私奔的事肯定紙包不住火，所以最好一開始就據實以告。

光是這樣，他們給其他人的第一印象就已經糟透了，要是再被同僚知道他們赴任前還在函館

---

⑭ 於 1908 到 1988 年間，連接東北青森與北海道函館的運輸船，載運列車、一般車輛與乘客。之後因為 1987 年竣工的青函隧道啟用，漸漸退出了歷史舞台。

逗留，真不敢想像會有什麼後果。為了盡可能讓同僚留下好印象，孝藏認為當務之急還是快點抵達燈塔，開始工作。因此拚命擺脫攬客者的糾纏，頭也不回地直奔馬車搭乘處。

抵達冰岩後，最先令他大吃一驚的是唉角燈塔的高度很矮。四周沒有會擋住燈光的東西，所以倒也不成問題。只是看在習慣太响埼燈塔與轟之埼燈塔高度的孝藏眼中，總覺得少了點什麼。

或許是在這樣的對比下，霧笛室的喇叭看起來莫名的大。想當然耳，並沒有大過太响埼燈塔或轟之埼燈塔的喇叭，只是與燈塔的高度比起來，看上去特別龐大。即使理智明白這一點，喇叭本身仍充滿彷彿是刻意要朝海上大吼的迫力。

燈塔的人都非常溫暖地迎接他，孝藏立刻把路子介紹給他們認識，果然換來驚訝的表情，然而下一瞬間就受到熱烈的歡迎。他們寬闊的心胸令孝藏感動萬分，心想機不可失，就直接告訴他們自己和路子私奔的事情。

現場頓時鴉雀無聲。

是不是時機不對呢——孝藏很後悔，可是現場在下一刻為之沸騰。眾人七嘴八舌地起鬨。「來了個有種的傢伙啊」、「原來是私奔的新婚夫婦啊」、「那一定要給你們辦一場盛大的歡迎會」、「夫人，感謝妳願意嫁給燈塔守」、「跟燈塔長夫婦一樣呢」。

豈止是張開雙手熱情地接受他們，感覺所有人都在祝賀他們，大家都把他們的事當成一件值得慶賀的喜事。孝藏與路子互看一眼，鬆了一口氣。路子還感動到落淚了，除了欣慰之外，想必也放下了一直壓在心頭的巨石。

歡迎會十分盛大，對於尚未舉行婚禮的孝藏和路子而言，無疑是在人前而非神前的結婚儀式。酒酣耳熱之際，孝藏略顯遲疑地問同僚，當他坦承自己與路子私奔時，有人說「跟燈塔長夫婦一樣呢」是什麼意思。

語聲未落，燈塔長夫婦當初怎麼認識的話題立刻成為全場的焦點。除了孝藏以外，大家好像都聽過好幾次了，有人立刻高聲說明這場「轟轟烈烈的戀愛」的來龍去脈。燈塔長笑得一臉春風得意，夫人則是羞怯中不失喜悅地在一旁聽著。

燈塔長年輕時，在初次上任的燈塔附近的村子裡遇見了夫人，兩人才認識沒多久就打得火熱，但女方家長反對他們的親事，燈塔長三番兩次上門求親，但對方死都不肯答應。就這麼過了三年的歲月，燈塔長接到調職命令，與夫人討論後就決定私奔。

加上三年來發生的種種，眾人此起彼落地搶著說話。最後由燈塔長本人發表：「這一切我們都已經經歷過了，所以你們什麼也不用擔心。」而且「內人的娘家知道我們一起逃跑的事，可是目前還沒有人知道入佐加你們夫妻倆私奔的事」這句話，也讓孝藏想起最重要的關鍵。

在唉角燈塔的新婚生活過得非常愜意。孝藏對燈塔守的工作已經瞭若指掌，就連起初覺得定期船通過海灣的汽笛聲吵得要命，也漸漸習以為常。原本與噪音無異的汽笛聲如今儼然成為日常生活的一部分，他和路子都非常感謝這種平靜的日子。

只是有個問題始終令孝藏耿耿於懷，那就是結婚證書。路子一直強調「沒有那張紙也無所謂」，但也不能一直放著不處理。

然而每次提起這件事，路子臉上總會蒙上一層陰霾，而且回答得支吾其詞，結果就這麼不了了之。

有一天不必值班的晚上，孝藏心想差不多該做個了斷了。

「一旦提出結婚申請，家裡就會知道我們私奔的事，可能還會來找我們。到時候，我一定會被帶回去。」

路子依舊固執己見。

「萬一神社得知我們私訂終身，你的宮司父親因此找上門來，我會一定求他答應我們的婚事。」

孝藏表現出負責的態度，但她還是不同意。

「宮司不會多說什麼，問題是母親……」

「換作令堂也一樣，我會求她原諒……」

路子只是一個勁兒地搖頭。

「我想神社那邊絕對不會有人來的。」

「是村民代替他們來嗎？」

孝藏認為神社派人來也是很有可能的事，但路子的回答卻出乎他的意料之外，而且還令人有些心神不寧。

「……如果是人的話就好了。」

「你說什麼？」

「氣到發狂的家母大概會借助那個的力量吧。不，她肯定已經借助那個的力量了。」

孝藏心裡一凜，明明已經聽出這句話的言下之意，卻只能佯裝不知地反問：

「……那個是什麼？」

「白屋白女的手下——白魔仔。」

路子的回答裡帶著全然陌生的字眼，令孝藏聽得一頭霧水。

他原本想到的是「白屋的白女」。白女是為白子村的村民占卜、祈禱的民間宗教人士。孝藏前往轟之埼燈塔赴任時，不小心迷了路，有對母女收留他在白屋過夜，那個母親就是白女。

至於白女的手下「白魔仔」究竟是啥玩意兒，孝藏一無所知，但是從路子的語氣聽下來，絕不是什麼會給人好印象的東西。

「白魔仔……是什麼？」

光是說出口都覺得為之忌憚，但還是敵不過好奇心的驅使。

「白表示神明、魔仔則是魔物的意思。」

路子加以說明，但臉上掛著「即使說了你也不可能理解」的表情。

「這不是很矛盾嗎？」

「沒錯，是很矛盾。」

路子爽快地承認，神情始終鎮靜如常。

「白魔仔是棲息在白衣森林裡的山林魔物，但也是會從九指岩的海裡爬上轟之崎的海中怪物。」

路子的言下之意大概是想說「這點也很矛盾」。換言之，白魔仔就是矛盾的代名詞，但孝藏受到的衝擊非同小可。

……跟佐佐野的經驗談一模一樣。

孝藏從橫濱港搭乘羅州丸前往古宮港時，船上有個上了年紀的燈塔守佐佐野正要轉調去別的燈塔。佐佐野對田莊的新婚妻子說的故事裡，也提到從九指岩爬上轟之崎懸崖峭壁的白色魔物。

那段故事裡的白色魔物就是白魔仔嗎？

這麼說來，路子與佐佐野說的故事恰巧不謀而合……孝藏想到這裡，下一個瞬間不禁愕然地喃喃自語。

「對了……白色的人不也是相同的東西嗎。」

「什麼白色的人？」

路子詫異地反問，孝藏告訴她田莊從羅州丸船長口中聽到、經過轟之崎海域的人目擊到的白色人影，路子不合時宜地噗哧一笑。

「白色的人什麼的，這稱呼聽起來好像很了不起呢。」

「當地人則是自古以來稱之為白魔仔。」

「單從神明那一面來看，說是白色的人倒也相襯，但是既然有完全相反的一面，還是稱為白魔仔比較適合。」

「……其實我也看到過。」

孝藏向路子說出自己的體驗，路子大驚失色。

「看到那個果然會帶來災厄嗎？」

「雖然不能一概而論……」

她回答得欲言又止，可見絕不是什麼好事。他還來不及細想，路子搶先給出石破天驚的解釋。

「我猜你之所以能看到，恐怕是之前在白屋借住一宿的時候，對方對你產生了興趣。」

孝藏同時嘗到恐懼與驚訝的滋味。

「所以才派那個來……」

「肯定是無意間的舉動吧。在那種情況下，不妨將白魔仔視為那個人的生靈。」

聽到「生靈」二字，孝藏機伶伶地打了個冷顫，這也讓他更搞不懂白魔仔到底是什麼東西了。

接著，他忍不住向路子提出自己從剛才就一直很在意的問題。

「我大概能理解白屋的白女所扮演的角色。但是對白子神社而言，兩者的關係應該是對立的吧？既然如此，為何令堂還要借助白女的力量？」

「白子神社與白屋都祭祀白神大人，硬要區別的話，頂多只有白子神社是侍奉檯面上的神，白屋的白女召喚出來的白魔仔則是檯面下的神。村民的日常生活需要神社的神，但如果有什麼脫離正軌的怪事，則需要仰賴白魔仔。每個人都能大大方方地進神社參拜，但是到白屋去則是要偷偷摸摸地前往。無論地位再崇高，唯有這點不能例外。」

這時，孝藏的腦海中浮現出在例大祭上見到的白子村村長、議員、郵局局長、小學校長、駐在所員警以及各行各業有頭有臉的人物。

「我知道白屋有其必要，可是要請她們幫忙不會感到猶豫嗎？」

「原來如此。」路子意味深長地回答這個再自然不過的問題。

「看樣子比起女人，男人到了緊要關頭反而更會裹足不前。」

「因為男人比較不相信這一套吧。」

「更別說白屋原本還是生產的地方。」

她說最近已經很少看到了，不過以前女人都是去白屋生產的。

「確實有三個房間——」

「第一個房間就是產房。天花板是不是垂著一條粗繩？」

「啊，確實有。」

孝藏歷歷在目地想起當時看到的光景。

「那是生產時讓孕婦抓住、用來出力的繩子。」

男人光是想像就覺得痛苦無比的生產過程，但路子卻說得面不改色。

「也就是說，令堂也是在那裡生下妳的，所以對於請白屋的白女幫忙這件事就不會心生抗拒嗎？」

路子沒有回答，可見是不用刻意承認就擺在眼前的事實。

但孝藏卻無法百分之百地照單全收。因為這樣就不提出結婚申請，怎麼想都太荒謬了。何況他們已經來到遠離轟之崎的北國，他不認為那個東西會追到這裡來。

儘管如此，他也沒有因此就提出結婚申請。因為雖然只有兩次，但他確實見過那個白色人影。終其一生，他都無法忘記那兩次的體驗，也無法忘記當時感受到的顫慄。

當然，他做夢也想不到，有朝一日竟會感謝自己做出這樣的決定。

至唉角燈塔赴任經過半年左右，迎來了他們在這裡共度的第一個冬天。某天早上，孝藏走出宿舍後便大吃一驚，地面上積了薄薄的一層雪，再加上周圍瀰漫著迷濛的朝霧，放眼望去淨是一片雪白的世界。他吐著白霧，感動萬分地望著唯有在遠比本州更早準備過冬的北國才能看到的景象。

快點叫路子來看。

就在他轉身想去找路子的時候，眼角餘光冷不防瞥見遠處貌似有一道人影。

是誰來了？

相較於太响埼燈塔，這裡什麼都沒有，不過與鎮上的交通還算方便，因此來喚角燈塔參觀的人也時有所見。可是應該沒有人會這麼早，而且在天氣這麼差的時候來參觀。如果是燈塔的相關人員，燈塔長昨天應該會先交代，不可能突然跑來，從時間和天氣來看都太不尋常了。

……好奇怪啊。

而且人影從剛才似乎就沒有移動過。被自己盯著看了這麼久，應該早就已經走近了，彼此間的距離卻沒怎麼縮短。也因為距離太遠所以難以確認，速度簡直比蝸牛還慢。

日暮途窮。

腦海中突然浮現出從路子那邊聽來的四字成語。私奔那天，她說了「雨過天晴」，之後也時常動不動就來一句成語，像是用「日暮途窮」來形容與孝藏相遇前的自己。這句話是指「不止太陽下山，四周變得一片漆黑，要前進的路還被堵住了」的狀態，亦即「束手無策、窮途末路」的意思。

遠處的人影就帶給孝藏這種感覺。

……是迷路了嗎？

下意識擔心起對方來，但孝藏立刻推翻這個可能性。

雖然下著雪，但也沒有大到會積雪；雖然起了霧，但也沒有完全遮蔽視線。在這樣的情況下，沒道理看不到哄角燈塔。事實上，從這邊也能隱隱約約地看見對方。燈塔雖然不高，但是再怎樣也不至於完全看不見孝藏背後的這座燈塔。

儘管如此，孝藏仍決定去接他，因為對方的目的地除了這座燈塔，再無其他可能。既然如此，去迎接對方也是他的工作。

沙、沙。

只有經歷過的人才知道踩在剛落下的雪地上有多舒服。無論走了多遠，眼前一望無際的雪地上依舊沒有任何痕跡。回過頭去，發現只有自己的足跡印在雪地上，真是太令人心曠神怡的光景了。

沙、沙、沙。

孝藏邊聽著自己的腳步聲邊往前走。朝霧遲遲沒有要散去的意思，人影的動作也依舊遲緩，自己的步調則始終如一。

是因為行李太多太重嗎？

或許是因為這樣才走不快。問題是，只有新來的燈塔守才會背著又多又重的行李。可是如果有新的燈塔守要來，燈塔長應該會提前幾天通知大家。

那到底是什麼人啊？

好奇心加快了他的步伐。不管是誰，總之是唉角燈塔的客人。既然如此，就得盡快搞清楚來者何人，提供協助，然後把對方帶去燈塔。沒空繼續沉溺於享受新雪的樂趣中。

然而走著走著，孝藏開始覺得事有蹊蹺。隨著他愈走愈近，人影也愈變愈大，可是無論再怎麼靠近，始終看不清楚對方的樣子，只能確定是人類而不是動物，但是完全無法判斷對方是男是女、是小孩還是大人、是年輕人還是老人。

人影佇立於朝霧之中。

再怎麼縮短距離，始終只能看到模糊難辨的影子；再怎麼瞪大雙眼，也只能看到宛若人形的影子。

到底為什麼？

或許是心裡有所疑慮，不由自主地放慢腳步。即使目不轉睛地端詳對方，卻什麼也看不清，孝藏終於意識到狀況不太對勁了。

沒有任何顏色……

來人身上應該會穿戴著帽子、圍巾、外套、衣服，手裡可能也拿著行李或包包，但完全沒有看到這些東西的顏色。難道全都是不引人注目的灰色嗎？但就算東西都是灰色，看上去應該也是一團灰色不是嗎？

問題是，什麼顏色都看不見。

但也不是烏漆抹黑的一個黑影。

硬要說出一個顏色的話，那就是白……

白色的人影浮現在籠罩著白色朝霧的白色雪地上，而且還能不淹沒在周圍整片的白色裡。

……是那個白色的人嗎？

孝藏慢慢地停下腳步，維持面向前方的狀態，悄悄地後退。他其實想轉身逃跑，可是又深怕突然拔腿就跑的話，可能會被那傢伙察覺。

……現在應該還不要緊。

雖然只遇過那個兩次，但兩次都切身地感受到對方已經發現自己的存在，但這次很幸運地完全沒有那種感覺。只要能靜靜地回到燈塔，應該就能全身而退。

孝藏決定先退到白色人影看起來幾乎無法辨認的地方，再從那裡全神貫注地衝向岬角燈塔。

幸好有朝霧這個有力的幫手，雖然因此沒能立刻發現那個人影，如今卻是完美的煙幕彈。

霧啊，拜託你先不要散去。

孝藏邊祈禱邊後退，就在意識到右腳踝撞到什麼東西的瞬間，他也一屁股跌坐在地上。

刺骨的痛楚從尾椎一路竄到天靈蓋，差點就要叫出聲來。他拚命咬緊牙關，望向白色人影，對方似乎也正面向這邊，慢吞吞的動作映入眼簾。

孝藏下意識地直接躺在地上，本來想趴著，可惜來不及了，只好以仰躺的狀態仰望灰濛濛的天空。

……沙、沙。

耳邊傳來腳步聲，深怕再過不久，那張雪白的臉會不會就這樣上前來、默不作聲地盯著自己看。但他仍強忍著驚恐，繼續躺在冰冷的大地上，逐漸無法判斷身體不住顫抖究竟是因為懼怕還是寒冷。

稍微抬起頭偷看，白色人影消失了，至少不在原先的地方。孝藏坐起來，四下張望，可是什麼也沒看見。

……沒被發現嗎？

儘管還是很害怕，但也不能一直待在原地，因此孝藏返回唉角燈塔。他拜託燈塔長，不管三七二十一地搶過那天剛好要去鎮上辦事的另一位同事的工作。燈塔長本來不肯答應他這麼自私的要求，幸好或許是察覺他的樣子非同小可，才破例通融。

他讓路子陪他去辦事，但是沒告訴路子原因。許久沒上街的路子也發自內心地喜笑顏開。雖然幫助不大，所幸她當時的笑容仍給孝藏帶來些許安慰，成為他唯一的救贖。

老實說，他無從得知是不是因為他們離開唉角燈塔，才擺脫白色人影帶來的災厄，不過在那之後什麼事也沒發生。

孝藏很煩惱要不要告訴路子自己看到那個的事。一方面不想讓她操無謂的心、另一方面又覺得她比較了解白色人影，擔心萬一這次的事引發什麼不好的後果，她可能會生氣地說：「為什麼不早點告訴我？」所以還是告訴她比較好吧。可是她好不容易習慣了燈塔的生活，實在不想拿這種事煩她。孝藏為此心事重重了好一陣子。

直到看到燈塔長的孩子們堆的雪人，下意識聯想到白色人影，才終於決定告訴她實情。事到如今再找藉口也沒有任何意義，但那確實是一個契機。

路子默默地聽他說完，嘆了一口大氣。

「看來沒提出結婚申請果然是正確的選擇。」

「可是白色的人已經找到這裡來了……」

孝藏想起當時的恐懼，路子用安慰的語氣說道：

「確實出現了，但那並不是因為它知道我在這裡。」

「是這樣嗎？」

「如果知道我在這裡，就算我們那天逃出城，應該也沒有任何效果。那個東西肯定會等我們回去，然後再引發某些事情。」

這麼說也有道理。

「既然如此，那是……」

「我也說不清楚，可能是白女正像隻無頭蒼蠅似地到處尋找我的下落。」

或許是因為完全不知道她的去向，只能到處碰運氣。這是孝藏的理解，但又注意到這裡有一個很大的問題，後頸頓時竄過一陣寒涼。

「妳的意思是說——雖然不確定該上哪兒找，卻知道要找的人在燈塔嗎？」

路子點頭。

「……我們私奔的事被發現了嗎？」

路子又點了點頭。

「所以，那個、才會出現在……這裡……」

或許是為了讓自己接受這個駭人的事實，孝藏斷斷續續地說。

「可是，應該不會知道我們在哪座燈塔。」

「這是我們唯一的優勢。」

得知這點對他們有利後，孝藏暫時鬆了一口氣。

「燈塔從南到北，很多地方都有呢。」

「所以如果沒有任何線索、只是悶著頭找，應該不容易找到我們。」

路子說是這麼說，但孝藏發現她依舊愁眉不展，同時也唐突地想起直到此時此刻仍令他百思不得其解的疑問。

「妳說那個可能就像無頭蒼蠅一樣到處碰運氣，可是選中岬角燈塔真的只是偶然嗎？」

「應該是……」

路子說著肯定的答案，語氣卻不夠篤定。

「既然如此，應該暫時不會再來了。」

孝藏樂觀地推測，但路子並未附和他的樂觀。

「還有什麼放心不下的問題嗎？」

孝藏單刀直入地問她，路子顯得一臉難以啟齒。

「那個雖然朝燈塔移動，但好像只能慢吞吞地移動……看起來是這樣對吧？」

「嗯，這種莫名其妙的移動方式有什麼用意嗎？」

不同於被冒出來的疑問給困住的孝藏，路子似乎心裡有數。

「妳盡管說吧，不論聽到什麼我都不會驚訝的。」

「其實我也不是很清楚，只不過，那個真的只有一隻嗎……」

「咦？」

孝藏一時之間聽還不懂她的意思，然而過了幾秒鐘，他立刻理解路子這句話了，全身頓時爬滿了雞皮疙瘩。

「假如那個只有一隻的話，為何會出現在這座燈塔附近呢？是因為知道我們在這裡嗎？」

「如果知道我們在這裡，根本不用派那種東西，神社直接派村民來不就好了。」

「或者是那傢伙應該直撲唉角燈塔而來才對。」

她提到驚心動魄的可能性，孝藏也有同感。

「所以究竟是怎麼回事？」

「假如藉由白女的力量，可以讓那個分裂成好幾隻……」

「……就能讓那個同時前往日本全國各地的燈塔。」

即使提出這個可能性，但再怎麼說都太荒唐無稽了。可是孝藏轉念又想，既然已經看到白色的人影，硬要否認也毫無意義。

然而，路子卻有不同的看法。

「其實我也不確定會不會真是這樣。可是再怎麼說，應該也無法讓那個一口氣前往遍布全日本的燈塔。」

「嗯，我也這麼認為。不過，假如那個真的存在，發生什麼情況都不奇怪。」

路子勉為其難地擠出微笑。

「不過，還是有辦得到和辦不到的事吧。」

「就是說啊。所以呢，到底是怎麼回事？」

「這只是我的想像，或許每個地區都有一隻那個的分身。」

孝藏認為她的想像很有道理。

「全國的燈塔太多了，不可能每座燈塔都派一隻分身過去，所以大概是北海道、東北……像這樣每個地區派一隻。這麼一來，我看到的那隻可能是來北方搜索的分身。」

「因為分成好幾個分身，一座燈塔、一座燈塔地搜尋，因此無法發揮正常的力量……你不覺得這樣很花時間嗎？」

「所以那個只能慢吞吞地移動……」

孝藏想起那天的體驗，喃喃自語。感覺自從看到那個以來，直到現在心情才終於輕鬆了一點。

「倘若路子妳的推測沒錯，等於這邊已經確認過了。在那傢伙繼續前往北方其他燈塔的這段期間，我們絕對是安全的。」

此時此刻，距離他來到北國的唉角燈塔赴任，已經過了將近一年的時間。隔年，兩人愛的結晶也誕生了。由於女兒誕生在北方大地萬物復甦的短暫期間——加上唉角燈塔的「唉」字也意味著春暖花開——因此為孩子取名為「花實」。

還以為從此以後，一家三口就能過著高枕無憂的生活，但孝藏在這時收到了調職令，而且下一個赴任地是位於北海道東方的千島列島。

——物理波矢多對燈塔長入佐加接下來要說的話萌生非常不安的預感。

假如白女命令白魔仔搜索每個地方的燈塔，北海道與千島列島無疑同屬於「北方大地」。從時間點來說也非常不妙。

他的想法是，那個出現在兩人所在的唉角燈塔，距離現在入佐加的調職大約是一年半以前。假設那個在出現後已經搜尋完整個北海道，接下來不就要前往千島列島了嗎？這麼一來，被找到的風險一下子高出許多。當然，他無從判斷是不是用一年半的時間就能搜索完北海道的其他燈塔，只不過，這個時機只能說是太不湊巧了。

遺憾的是，波矢多這個不祥的預感真的成真了。

第十八章　白神

白 神

入佐加孝藏再次坐上羅州丸，雖然說是「再次」，但前一次已經是四年前的事了，而且實際感受好像過了十年。這段期間只在兩座燈塔服務過，所以感覺就像各自待了五年，可見各種光怪陸離的體驗讓他疲於奔命，或許用「在他身上發生了太多事」來形容更為貼切。

不過，其中也包括他和路子相遇、私奔、生下了花實、受到兩座燈塔的職員們諸多關照，因此累積了大量身為燈塔守的經驗，絕不是只有不愉快的回憶。

然而，對於白魔仔的恐懼始終縈繞在心頭。無論調到多麼偏僻的燈塔工作，都絕對無法安心。感覺那個正一步一步、一寸一寸地靠近，就算逃到天涯海角也擺脫不了那個鍥而不捨的窮追猛打。那個遲早會找到他們，只是時間上的問題。

「帶花實去白子村吧。」

孝藏對路子說。接獲調到千島列島的人事命令時，孝藏認為這或許是求宮司夫婦答應讓他們結婚的好機會。

對白子神社的宮司等人而言，花實是他們的孫女，不可能不疼愛她的。利用小孩是有點說不過去，但這也是為了花實。考慮到孩子的未來，還是得讓孩子的外公外婆同意他們的婚事。

「如果帶這孩子回去，一定會被母親搶走的。」

可是路子抵死不從，說這樣反而會打草驚蛇。

「有這麼嚴重……」

孝藏還沒來得及問她何以說得如此篤定時。

「一旦發現我生下花實，她想帶回去的目標就不再是我，而是花實。因為母親要的只是神明的繼承人。」

路子雖然語氣平靜，但卻以凝重的表情說著駭人聽聞的話。

「所以妳才說她會搶走這孩子……」

「因為比起任性地與燈塔守私奔的女兒，不如從頭教育無辜的稚子，更容易打造成自己想要的樣子，讓她成為理想的繼承人。」

「這也太……」

整件事太過驚悚了，孝藏感覺一股寒意襲上心頭。但畢竟是路子自己的母親，她說的必定不會錯吧。

「那出生證明怎麼辦？」

之所以說請宮司夫婦答應他們的婚事是為了花實，原因就在這裡。

「沒有提出結婚申請就算了，連出生證明都沒有的話，將來會給這孩子造成莫大的困擾。」

「倒也不是永遠不辦這些手續，只是再等幾年……等母親她死心……」

路子說道，臉上露出畏懼的表情，那是明知母親絕不會死心，這輩子都不會放過他們的表情。

或許是因為這樣，路子對花實的母愛表現得有些扭曲。一方面疼得不得了、小心翼翼地捧在掌心裡、另一方面卻又彷彿看透了孩子遲早有一天會被母親搶走，以冷淡的態度應對，就連孝藏都替花實感到無所適從。

這種不上不下的狀況，對路子和花實都不是好事。

明知如此卻無法改變現狀，孝藏束手無策。

結果孝藏夫婦既沒帶花實去白子村、也沒提出結婚和出生證明申請，就這麼跳上羅州丸，一起離開唉角燈塔。

當然，花實的存在是孝藏夫婦最大的安慰，但是一想到父母的判斷可能會左右這孩子的一生，就覺得心亂如麻。光是想像原本為了保護孩子的判斷可能會害了她，就覺得坐立難安。兩人的心情與搭乘青函連絡船時截然不同。

不過，幸好坐的不是青函連絡船而是羅州丸，這點救了孝藏夫婦一命。他們的任務當然不是與羅州丸一起視察各燈塔，只是仍不免成為同船的視察員們聊天的話題之一。羅州丸上坐了哪些人一向是再好不過的話題。

「請把這個交給入佐加。」經過某一座燈塔時，有個與孝藏在通信省航路標識看守練習所的同期，託視察員轉交東西給孝藏。孝藏接過後打開一看，是剛搗好的麻糬。聽視察員轉述，那個人剛新婚，臨時與妻子一起搗了麻糬。這份好意讓孝藏與路子感激涕零。

視察完另一座燈塔後，剛好又有練習所的同期邀請孝藏一家三口去家裡做客，親手做菜給他們吃。那個人還是單身，但廚藝十分了得，厲害到路子都說要向他學習。

還有一次，羅州丸結束另一座燈塔的視察，即將要啟航時，燈塔朝船上的某位燈塔守打了旗號。詢問那個人後，得到「我同學在那裡工作，從視察員那邊得知我在這艘船上，所以打旗號為我送行」的答案。

這件事雖與孝藏無關，可是同為燈塔守，還是覺得很感動，路子似乎也有同感。托羅州丸的福，燈塔守彼此之間為伙伴著想的深情厚意溫暖了孝藏夫婦的心，雖然只有一瞬間，也足以讓他們忘卻自己異於常人的遭遇。因為情緒得到釋放，孝藏夫婦才能以全新的心情迎向下一個赴任地點。

第一眼看到千島列島的貝里燈塔時，孝藏大吃一驚。貝里燈塔居然立於荒野的正中央。因為大部分的燈塔都蓋在海岸線上，至於是不是蓋在岬角尖端則是因地制宜，但至少都面向大海。然而這座燈塔卻座落在一望無際的原野上。孝藏很好奇這樣能完成指引方向的任務嗎。但是這裡就像冰岩的唉角燈塔，周圍沒有任何會擋住燈光的遮蔽物，所以肯定沒問題。話雖如此，還是會疑惑為什麼不蓋在更靠近海邊一點的地方。據燈塔長所說，其實以前是蓋在海邊的，可是風化得厲害，再加上經常受到驚濤駭浪的衝擊，不知不覺間就侵蝕掉燈塔的地基，因此只好不斷地往內陸退縮，最後終於退到原野的正中央。不難發現這是只有這種地方才會發生的特殊狀況。

除了年事已高的燈塔長夫婦，只有孝藏一家人在燈塔的員工宿舍生活。職員人數比轟之埼燈塔更少，但比起背後就是深山與密林的轟之崎，這裡的開闊感十分驚人。不知是否因為如此，燈塔長的性格也非常文靜，沉默寡言到孝藏不禁擔心，萬一真的發生緊急狀況能否順利完成工作。正所謂夫妻相、夫妻像，燈塔長夫人也是個性恬靜的女性，這似乎讓路子如釋重負。

儘管如此，小嬰兒仍為極安靜的燈塔生活帶來許多聲音。燈塔長夫婦的子女皆已成家立業，近幾年來，這裡只有大人。所以孝藏夫婦起初有點擔心，但完全是杞人憂天。沒過多久，燈塔長夫婦和花實也更加親近，疼她就像疼愛自己的孫女。

貝里燈塔的工作會隨季節變動產生巨大的變化，尤其夏天和冬天簡直是超乎想像的天壤之別。

夏天的草原上會開滿濱茄子的紅花，美不勝收，偶爾還會夾雜著白花，樸素中充滿大自然的神奇美妙。不只賞心悅目，還瀰漫著令人心曠神怡的香味。大小跟栗子差不多的紅色果實酸酸甜甜，用海水洗過就能直接吃，味道與葡萄差不多，甚是美味。在不易取得水果的北方大地，濱茄子的果實彌足珍貴。所以住在附近的村民都會來採，與他們聊天堪稱人生一大樂事。

放牧在草原上的牛馬正悠悠哉哉地吃草。悠閒地看著這樣的風景，曾幾何時竟忘了這裡是北方的大地，陷入置身於南國的錯覺。

一旦起霧，霧笛就會響起。同一時間，牛群也會開始啼叫，彷彿要與霧笛聲相呼應。但也只有一開始有點吵，習慣以後就覺得安靜了。孝藏不禁想起自己在唉角燈塔時也覺得定期船每次在經過時發出的汽笛聲很吵，後來也習慣了。

還有更令人難以置信的，就是可以在海岸做海水浴。轟之崎即使氣候許可，地形也不許可，這裡無論是氣候還是地形都沒有問題。不僅如此，夜晚巨浪滔天的隔天早上，還能採到大量的昆布、海帶芽、帆立貝、北寄貝等等，一下子就多了滿桌的佳肴。

來此之前還做了心理準備，心想這裡大概是片「什麼都沒有的荒涼大地」，當時的覺悟就像騙人的一樣，沒想到能過得如此舒適。「對花實也是很好的環境。」孝藏與路子都欣喜地這麼認為。

然而，到了冬天就真的很辛苦了。關於過冬的準備，早的話從秋天就得開始了。要囤積糧食、薪柴木炭和飲用水，還得醃漬大量的醬菜作為保存食。其中最重要的莫過於確保飲用水不虞匱乏。孝藏早就知道生活用水在地處偏遠的燈塔有多重要，但沒想到這塊土地在入冬之後，水就比什麼都更重要。夏天明明可以免費取得海藻和貝類，但現在卻必須花錢買水的事實就令他一時半刻難以接受。

每座燈塔都有各地必須面對的嚴峻現實。

當他為設置於燈塔內、用土管製作的大型水槽裝滿水，在儲藏室裡塞滿醬菜缸和薪柴木炭，完成過冬的準備時，再次深刻地感受到前人的訓誡一點都沒錯。

離貝里燈塔最近的海岸開始結冰時，等到目送最後一艘漁船返回故鄉，港口隨即關閉，之後就暫時不會再有船來了。因為海水已經結冰，這也是理所當然的措舉，但孝藏起初很難理解這種狀況。

燈塔為何存在？

是為了守護船隻在海上航行的安全。

燈塔守的任務就是不讓燈塔的燈光熄滅。

即便如此，每年到了冬天，船隻卻無法在貝里燈塔附近的海域航行，因此也不需要守著燈了，所以就連燈塔的燈光也因此熄滅。這種狀態彷彿否定了自己的存在價值，令他受到不小的衝擊。燈塔長打電報向上級提出「燈塔熄燈施行報告」。不止燈光，連霧笛也完全沉默，貝里燈塔進入了長期的冬眠。

現在唯一的娛樂及資訊來源就只剩下收音機。關於收音機，燈塔長講了一個很有趣的故事。座落在北海孤島上的燈塔裡住著燈塔守一家人，是由父親、母親、長子、長女和次女組成的五人家庭。某一天，父親的朋友寄來包裹，打開後是一台收音機。從那天起，長女坐在父親的膝上，母親也讓次女坐在自己膝上，長子坐在兩人中間，全家人一起聽著廣播。過了一陣子，父親發現家人有些變化。以前全家人也會坐在狹小的房間裡談天說地，當時室內了充滿歲月靜好、現世安穩的氣氛，享受溫馨美好的天倫之樂。可是自從收音機成為生活的一部分，雖然同樣是談天說地，氣氛卻莫名地躁動不安，家人的言行舉止開始變得有些粗俗。

變化最顯著的莫過於長子。聽廣播時，長子眼中總是閃爍著好奇的光芒，充滿對未知世界的嚮往。然而，上述的情況只發生在聽廣播的時候。日常生活中，長子臉上浮現出過去不曾有過的憂鬱色彩。

收音機的出現反而讓兒子感到更寂寞了。

父親領悟到這一點，寫下感謝函，與收音機一起寄回給朋友。辜負了朋友的好意，他也覺得過意不去，但他認為收音機會給兒子帶來不良影響。

「或許只有站在同樣的立場，也就是我們這些燈塔守及其家人，才能評判這位父親的行為是否屬於過著離群索居的生活之人獨有的自私與偏執。」

燈塔長最後以這句話為故事畫下句點。

自己也是一個孩子的父親，因此這句話在孝藏心底烙下了印痕。想保護自己的孩子不受世俗污染的父母心，也讓他同意了那位燈塔守的選擇。另一方面，一味地讓自己的孩子遠離世間險惡究竟對不對，這個疑慮又讓他反對那位燈塔守的想法。

既然要在燈塔的員工宿舍養育小孩，就必須做出選擇。

這或許是所謂的「特權」吧，因為住在城鎮裡的人連選擇的機會都沒有。孝藏從這個角度熱切地提出自己的看法，但路子委婉地制止他。

「花實還小，沒必要從現在就開始煩惱。而且就算要讓她聽廣播，在那孩子能夠自己判斷以前，只要我們幫她選擇好電台就行了。」

孝藏覺得也有道理，但仍感到不安。直到看了燈塔長夫人做飯的模樣、聽了她說的話之後，不安才稍微緩和下來。

雖說已經充分做好過冬的準備，但糧食依舊珍貴，必須隨時留意存糧是否足夠，才不至於讓大家對餐點感到不滿。母親如果有這方面的經驗，看著母親背影長大的孩子必然也會操持家計。男孩也好、女孩也罷，無論日後從事什麼工作、嫁到什麼地方，將來一定能派上用場。

唯有身為燈塔守的父親與在背後支持的母親以身作則，才是對子女最好的教育。孝藏領悟到這個天經地義的事實。

雖然冬天天寒地凍，也不會鎮日都關在宿舍裡。燈塔長常約孝藏去獵兔子。為了確保食物不虞匱乏，狩獵也是很重要的工作。雖然設陷阱也能抓到兔子，但主要還是使用獵槍。而且扛著獵槍打獵也是很好的運動，正所謂一舉兩得。

就在度過漫漫寒冬的某個夜晚，孝藏睡到一半突然醒來，因為他好像聽到什麼像是音樂的聲音。

忘了關收音機嗎？

孝藏暗忖，豎起耳朵，但聽起來卻不是這麼回事。

……咯啦。

確實有聲音，但好像不是收音機的聲音。

……卡啦、卡、卡。

而且也不是音樂，可是聽起來又像是旋律，這是為什麼？

……匡、匡、匡。

比較像是敲打、甩動、揮舞打擊樂器的感覺，但並不是音樂，簡直與噪音無異。

這種不可思議的聲音到底是什麼？

他躺在溫暖的被窩裡側耳傾聽，腦海中掠過一個想法，全身上下的雞皮疙瘩都起來了。

……難道是白色的人來了。

眼前彷彿可以看見那個越過凍結的海面，正朝這裡邁步而來的光景。

那個在凍結的海面上每走一步，腳邊就發出宛如海浪拍打的異樣聲響，迴盪在悄然無聲的北方大地，再傳到這座貝里燈塔。問題是，為什麼腳步聲如此不規則呢？

因為那個在跳舞……

腦海中栩栩如生地浮現出在結冰的海面上手舞足蹈的白色人影。不急不徐，但確實一步一步地往燈塔靠近。不快點帶路子和花實離開燈塔的話……雖然心急如焚，卻又動彈不得。妳們快逃……他想大聲示警，卻又發不出聲音來。再這樣下去會發生無法挽回的憾事……但眼下孝藏像是被鬼壓了，等到冷不防回過神來，天色已經亮了起來。

他急忙起身換衣服，奔出宿舍後就衝向燈塔的迴廊，然後拚命睜大雙眼，凝視海上的每一寸空間。

……什麼也看不見。

孝藏鬆了一口氣，接著打了個噴嚏，因此他趕緊返回宿舍。

明明已經進入暖和的室內，身體卻顫抖個不停。不知道是因為沒穿外套跑出去，不慎受寒了，還是明明已經在迴廊上探過究竟，但是對那個的不安依舊揮之不去。或許兩種可能兼而有之，所以才更麻煩。

孝藏抱著纏成一團亂麻的心情吃早飯，煩惱著該不該告訴路子這件事，這時燈塔長說了一句令他耿耿於懷的話。

「大海昨晚唱歌唱得很起勁呢。」

孝藏一臉狐疑地看了他一眼，燈塔長莞爾一笑。

「表示春天就快來了。」

原來孝藏聽到的聲音是流冰互相擠壓的聲響，並非白色的人逼近的可怕怪聲，而是通知春天即將來到、非常值得欣喜的訊息。

然後春天到了、夏天來了，接著又迎接了冬天。

打從到貝里燈塔赴任，已經迎來了第三年的夏天，從迴廊上眺望花實活力充沛地在原野上跑來跑去的畫面成了孝藏至高無上的樂趣。當然，他只是利用注視海面的空檔投去一瞥，讓眼睛暫時休息一下，但已是莫大的安慰。

那天，一家三口白天就去海邊，孝藏和路子是為了去採海藻及貝類，順便讓花實做海水浴。附近的婆婆媽媽也都帶孩子來玩，與任何人都能打成一片的花實不一會兒就成了風雲人物。

孝藏在沿岸採集海藻，路子在礁石上撿貝類，花實則是和村民的孩子一起玩耍。

這時，孝藏不經意從沿岸看過去，不見女兒的身影。起初還以為是跑到村子裡玩了，但找遍整座村子都找不到。

雪白的空間裡猝不及防地浮現出一顆小小的黑點，看著看著，黑點逐漸擴大、顏色愈來愈深，眼前出現這樣的幻覺時，孝藏忍不住失聲吶喊。

「花實！」

包括路子在內，海邊的所有人都不約而同地停下手邊的工作，紛紛望向他。

「……花實？」

路子也開始呼喚女兒的名字，在村民間跑來跑去瘋狂搜尋。看到她的模樣，海邊一帶頓時也喧鬧起來。與此同時，所有的大人終於意識到花實不見了。

確定海邊到處都找不到花實後，孝藏不假思索地跳進海裡，以為女兒被海浪捲走了。可是從礁石上放眼望去，海面上到處都沒看到花實的身影。

村子裡的女性也一半進入海中、一半留在岸邊幫忙找人，但怎麼找都找不到花實。過了一會兒，燈塔長不知是接獲誰的通知，也來到了現場，他立刻請漁船出海搜尋。其後由好幾艘漁船花了好幾個小時搜索，仍舊一無所獲。

直到這一刻，他們才從婆婆媽媽的口中拼湊出花實不見時的狀況。裡頭著實有些令所有人都大感不解的匪夷所思之處。

直到孝藏大喊女兒的名字前，大概有四個女人都見著了花實，至少眼角餘光都掃到她的身影，所以當時花實確實還在海邊。可是當她們聽到孝藏的叫喊聲，反射性地望向花實時，人就已經不見了，只能用瞬間消失來形容。

燈塔長和漁夫一致認為是「被海浪捲走了」，可是四個女人都持反對意見。她們說花實當時確實在岸邊沒錯，但那裡「不是海浪會拍打上岸的地方」。

搜索行動持續到那天太陽下山，第二天也從一早就開始在沿岸及海上搜尋，但始終找不到花實。

孝藏和路子從此過著失魂落魄的日子，而且孝藏還有身為燈塔守的使命要完成。雖然燈塔長盡量給他方便，但也不能因此怠忽職守。他們的任務不只關乎船隻，也關係到船員及乘客的安全，萬一被個人情緒干擾，影響到業務就糟了。所以就算再不情願，也得全神貫注在工作上。

守燈精神是他唯一的救贖。

這是孝藏的真心話。老實說，他不確定這樣是好是壞，但也因為他是燈塔守，才能走過失去愛女的傷痛。

問題是路子。多虧燈塔長夫人悉心照料，她看起來似乎已經振作起來了，但真的是這樣嗎？說不定路子她……

其實早就做好花實總有一天會被帶走的心理準備，所以恢復正常的速度比他還快也未可知。

儘管如此，直到兩年後，他們因為調職離開貝里燈塔，夫妻倆的內心深處始終都還惦記著花實，應該是無庸置疑的事實。

而且孝藏還有一件事沒告訴任何人。

那天，村民中只有一個女人穿著白衣裳……那個人穿著海女的白色裝束……花實不見後，那個白衣服的人也跟著消失了。後來不經意地詢問村裡的女人，大家都說當天根本沒有人穿白衣服……

——入佐加燈塔長的這段漫長故事至此告一段落。

後來日本突然發動侵略戰爭，燈塔也無法置身事外，但燈塔長的故事並沒有繼續說下去。或許是因為先發生了花實失蹤事件，對入佐加而言，痛失愛女之後的人生或許已經沒有什麼值得一提的事了。

太陽早已落入地平線，對開式的落地玻璃窗外一片漆黑。餐廳兼起居室的燈開著，但感覺還是莫名陰暗，是因為電力的供給有問題嗎？還是受到入佐加詭異的故事影響，看起來才格外昏暗呢？

「恕我直言，關於花實的失蹤案——」

物理波矢多語帶遲疑地開口，入佐加似是察覺到他想說什麼，替他把話完整地說了出來。

「你想問我，為什麼不去確認她是不是被帶回白子神社了嗎？」

「是的，正如您所說。」

只見燈塔長的神情變得很複雜。

「我和路子當然都懷疑她被帶回白子神社了。可是當時如果有外地人，村子裡的女人一定會發現，肯定會指證是那傢伙擄走花實，引起軒然大波。可是現場完全沒有引起騷動，足以證明沒有可疑人物。」

「會不會是因為……那傢伙根本不是人類？」

波矢多問道，入佐加喃喃自語似地回答：

「我在那群村民裡看到了穿白衣服的人，假如那個人就是白魔仔……」

「很可能是白女派來的使者擄走花實，交給白子神社。」

至此，波矢多轉述從小路屋老闆娘口中聽到民俗學者四十澤提出的見解。

「不確定是什麼年代，白子村過去曾經誕生過擁有附身血統的家族，那家人為村民加持祈禱，因此與白子神社處於對立的地位。」

「我以前好像也聽路子說過類似的事。當時我還對附身嗤之以鼻，笑稱現在都什麼時代了……」

「以下是我在大學課堂上聽到的現學現賣，今時今日，有些鄉下地方仍有附身血統的家族存在，而且受到嚴重的歧視，連就業和婚姻都受到影響，形成相當大的問題。」

「沒有受到村八分的對待嗎？」

「很多地方確實如此，可是另一方面，村民又拜託他們驅邪收驚，導致關係錯縱複雜。」

「原來如此。」

「目前可以想到的可能性，就是與白子神社勢同水火的附身血統家族因為在村子裡待不下去了，才被迫離開白子村。」

波矢多說出自己在白屋想到的可能性，入佐加敏銳地附和。

「他們的子孫就是白屋的……」

「所以白女才能使喚白魔仔。」

「這樣啊……那是一種附身的魔物嗎？」

「這其實只是我的想像。」

波矢多醜話先說在前面，入佐加默默點頭。

「問題是，當時的我有本事說明到足以讓貝里燈塔的燈塔長接受嗎？」

「什麼意思？」

波矢多有一瞬間聽不懂他在說什麼，但隨即反應過來。

「您的意思是說——能不能讓燈塔長理解花實是被白魔仔抓走嗎？」

「如果要去白子神社確認，就必須向燈塔長請假。花實出事後，燈塔長夫婦非常照顧我們，對我們真的很好。正因為如此，我實在不好意思提出這種要求，更何況……」

入佐加欲言又止地沉吟了半晌。

「倘若燈塔長認為我是真的相信女兒被魔物抓走了，那我肯定會失去燈塔守的工作。因為大家不會放心把人命關天的工作交給精神有問題的男人。」

女兒與燈塔守——對入佐加而言，兩者無疑都很重要，可是如果無論如何只能二擇一的話，他選了後者。

「不能讓夫人獨自前往白子神社嗎？」

明知是強人所難的提議，波矢多仍不得不說。

「我當然也考慮過這個可能性，可是感覺內人打從一開始就放棄了。」

「怎麼會……」

「我應該說過，內人早在面對花實的時候就已經流露出這種預兆了。」

「您是說過，可是……」

「而且內人還曾不經意地說過，肯定是母親搶走花實，所以就算去了神社，也見不到花實……」

「什麼意思？」

「我也不清楚，不過聽完那位民俗學者的見解，讓我想到一件事。」

「什麼？」

「白子神社的神明每隔幾十年就會更新。」

「這也太……」

波矢多下意識地就想要否認，但又接不下去。

「不僅如此，路子以前也說過『母親要的只是神明的繼承人』。」

「……」

「與其認為她被海浪捲走，為此長吁短嘆，想像她已經變成神明，受人景仰崇敬，真的會比較好過嗎……」

「……」

波矢多依舊什麼話也說不出來。

「……結果我選擇了以燈塔守的身分活下去。而且直到這一刻，我總算能理解儘管內人拋棄繼承家業的使命，卻又坦率地接受後續的一切是怎麼回事。」

入佐加感慨萬千地說道。

「不好意思，拖著你陪我聊了這麼久。」

至此，燈塔長似乎總算意識過來。

「不瞞您說，這一路聽下來，我好幾次都險些失聲驚呼。因為有太多情節都跟我來轟之埼燈塔前遇到的狀況不謀而合。」

波矢多先拋出以上的開場白，然後毫不保留地向燈塔長交代自己截至目前的經歷。

「……真沒想到。」

入佐加喃喃自語，接著陷入深不見底的沉默。

「燈塔長也覺得這是單純的巧合嗎？」

過了半晌，波矢多問他。

「還記得我說過，我第一次到轟之埼燈塔赴任的時候，前任的磐井因為經常在白屋出入，疑似被白魔仔附身的事嗎？」

入佐加問波矢多，波矢多回答：「記得。」

「實不相瞞，與物理老弟交替的須永也陷入了相同的狀態。」

事到如今，入佐加才告訴他這個駭人聽聞的事實。

「我被找來代替磐井、物理老弟被找來代替須永，這裡也有著奇妙的一致性。」

「都巧合成這樣了，還能說只是偶然嗎……」

「……雖然聽起來令人心裡發毛，但也只能這麼想了。因為世界上的其他燈塔，還流傳著更多可怕的故事呢。」

入佐加給了個常識性的回答後，便提起艾琳莫爾島燈塔的燈塔守消失事件，令波矢多大吃一驚。

「您聽過這個故事啊。」

「物理老弟也知道嗎？」

對波矢多的稱呼從「你」變成「物理老弟」，肯定是開始從自己身上感受到親切感了。都到了這個節骨眼，波矢多居然還能留意到這點。

「是橫濱燈塔官吏養成所的橫山教官告訴我的。」

「既然如此就好說了。雖然內容完全不同，但就跟那個事件一樣，無法說明，最後只留下一堆謎團。我們之間那麼多無巧不成書的一致性肯定也是這樣。」

「說的也是。」

波矢多先是附議，然後又說：

「但如果能對艾琳莫爾島的燈塔謎團做出合理的解釋呢？或許就能找出燈塔長和我的體驗會存在謎樣一致性的背後意義了……您不覺得嗎？」

第三部　五里霧中

五 里 霧 中

第十九章　偶然與必然

偶然と必然

「你打算為那個可怕的故事做出合理的解釋嗎？」

入佐加孝藏之所以一臉詫異，除了不相信真有辦法找到解答外，或許也有些驚懼眼前的青年不知會說出什麼話來。

「不，除非有新的證據，否則應該無法釐清真相。」

物理波矢多先否定再肯定。

「只不過，倒也不是不能試著提出一些解釋——推理一下是不是這樣。」

波矢多說得雲淡風輕，入佐加聽得瞪大雙眼，隨即又露出疑惑的表情。

「我知道你想說什麼，問題是為什麼現在會突然提起那件事？」

「您會感到莫名其妙也是人之常情。」

說是這麼說，但波矢多看起來有些困惑。

「我在聽燈塔長敘述的同時，因為跟我自己的體驗有很多雷同之處，不由得覺得有些可怕，可是不知為何，腦子裡的某個角落也模模糊糊地浮現出艾琳莫爾島的燈塔事件。正如燈塔長所說，若將視野擴大到全世界，除此之外確實還有許多與燈塔有關、難以解釋的狀況。因此我們離奇的一致性也純粹只是巧合——我姑且接受這種說法，可是在另一方面，內心也冒出如果能對那起燈塔守消失之謎做出合理的理解，是不是就能解開這個謎團……這樣的念頭。因此在聽燈塔長敘述的過程中，我也一直在思考那起事件。」

「所以……你想通了嗎？」

入佐加的語氣明顯充滿了期待。

「只是有個『會不會是這樣』的解釋——」

「這樣就夠了，願聞其詳。」

波矢多先簡單地複習一下艾琳莫爾島的燈塔守消失事件。

「最大的問題在於不清楚工作日誌是馬歐爾還是杜卡特寫的。無論是誰寫的，都改變不了馬歐爾、杜卡特、麥克阿瑟等三人消失的事實。但如果是馬歐爾寫的，不可思議的謎團就增加了。」

「你是指那一連串的紀錄吧。先是提到『經歷前所未有的狂風暴雨』，然後是『杜卡特好容易生氣』。再來是『看見許多船隻的燈光』，又說『杜卡特冷靜下來』，而且還評論不管發生天大的事都不會流淚的麥克阿瑟『居然哭了』。第二天的紀錄是『杜卡特保持安靜』、『麥克阿瑟在祈禱』。最後一天『風雨終於遠離』後，以『神在萬物之上』畫下句點。」

「然而當時赫布里底群島根本沒有暴風雨。」

「換句話說，其實寫日誌的人是杜卡特，而非馬歐爾。流傳後世的日誌內容全是子虛烏有，是不是這樣？」

「這也是一種解釋，橫山教官也說這是為了讓故事更曲折離奇。不過，教官和我一致認為如果是這樣的話，內容未免太平實了。」

「……有道理。如果想讓故事更曲折離奇，應該捏造得更匪夷所思才對。」

入佐加也有同感，但立刻提出反對意見。

「可是這麼一來，日誌的內容不就全部屬實了？問題是那幾天島上和燈塔皆不曾受到暴風雨的侵襲，這又是怎麼回事？」

「沒錯，島和燈塔是沒有……」

波矢多意味深長的口吻令燈塔長露出有些畏怯的表情。

「島和燈塔沒有……這句話是什麼意思？」

「假如其實是別的地方受到暴風雨的侵襲呢。」

「別的地方？」

「馬歇爾的腦子裡。」

入佐加倒抽了一口涼氣，隨即沉默不語。

「原因當然不得而知。最大的可能性或許是受到燈塔艱苦生活的影響。無論原因為何，馬歇爾發瘋了。儘管本人毫無自覺，但是異狀卻以別的現象出現在他面前。換言之，『經歷前所未有的狂風暴雨』是指他的精神狀態。杜卡特和麥克阿瑟可能也沒有注意到他的變化，但他的變化還是開始一點一點地影響到工作，所以才惹杜卡特生氣。可是毫無自覺的馬歇爾不明白杜卡特為什麼生氣，因此在日誌裡寫下『杜卡特好容易生氣』。」

「杜卡特之所以突然變得安靜……」

入佐加提心弔膽地問道。

「怕是兩人起了爭執，馬歇爾的精神陷入『看見許多船隻的燈光』的狀態，殺了杜卡特。」

「那是什麼樣的精神狀態？」

「詳細情況我也不清楚，我猜大概是有無數的光在腦子裡閃爍的感覺。」

「嗯哼。」

「麥克阿瑟得知此事，不禁痛哭失聲。第二天『杜卡特保持安靜』大概是指遺體躺在床上的狀態，所以麥克阿瑟才會在床邊祈禱。」

「這麼說來，最後一天的『風雨終於遠離』……」

「沒錯，我猜一定是用來形容馬歇爾終於恢復理智。不過在那之前，他已經把杜卡特的屍體拋進海裡。當時他穿著防水的雨衣和長靴。麥克阿瑟發現他要把杜卡特的屍體丟進海裡，連忙也穿上防水的雨衣和長靴，追上去想阻止他。兩人為此扭打成一團，麥克阿瑟不慎與屍體一起落入海中。最後一句『神在萬物之上』或許是馬歇爾恢復理智後，希望神能降臨在兩人沉沒的海上。」

「然後馬歇爾自己也……」

「無法承受害死兩位同事的罪惡感，恐怕也跳海尋短了。」

「唔……」

見入佐加長嘆一聲，波矢多語帶保留地說：

「我不敢保證這就是真相，頂多只能視為一種解釋。」

「不不不，你說得很有條理，而且有憑有據。」

燈塔長貌似由衷佩服、對他讚不絕口，隨即又突然換上惶惶不安的表情。

「問題是，同樣的解釋能套用到我們的體驗上嗎……」

「如果是要為一切做出合理的解釋，我認為不可能。」

「舉例來說……」

「例如燈塔長看到佇立在白衣森林的巨大白色人影。」

「哦，那個啊。」

入佐加表示能理解，但顯然有些失望。

「可能是燈塔長的錯覺，也可能是當時的精神狀態所導致的幻覺，這方面的解釋要多少有多少，但我認為這些解釋都沒有太大意義。」

「木戶橋先生也說過一模一樣的話。」

入佐加說是這麼說，雙眼仍目不轉睛地盯著波矢多。

「也就是說……有些怪異體驗是真的，但又不完全是真的嗎？」

「要是一股腦兒地認定所有發生的一切都是怪異作祟，思考就會停頓在那裡。如果能逃離怪異作祟的地方，或許就沒事了。可是我們身為燈塔守，肩負著守護轟之埼燈塔的責任與義務。」

「所言甚是。」

入佐加用力點頭。

「我的體驗先擱一邊，你來這裡以前遇到的各種怪事真的能解釋嗎？」

由於入佐加也同時表現出心慌意亂的樣子，波矢多立刻說明自己的想法。

「若從或然率比較高的解釋來說，倒也不是完全不可能。」

「請務必解釋給我聽。」

入佐加的語氣再度恢復鎮定，波矢多大感欣慰地回答。

「前往轟之埼燈塔的途中，我最先察覺到異狀是在『卡托斯小徑』的時候，感覺好像有人跟著我，結果從岩石山上目擊到異樣的身影。」

「白魔仔嗎？」

「是的。再來是當我想逃出白屋的時候，也察覺到那個的氣息。」

「你是說——」

入佐加有一瞬間欲言又止。

「那個跟我目擊到的巨大白色人影不是同一個東西嗎？」

「當然也能這樣解釋。可是如果能做出更合理的說明，您不覺得再好不過嗎？」

入佐加的口吻充滿希望能藉由肯定變成現實的期盼。

「……那當然。」

「可是有這麼剛好合乎需求的說明嗎？」

「有。這一切都是茂助搞的鬼——這個解釋如何？」

入佐加沉吟了半晌。

「你是指那個答應幫忙背行李及帶路，結果放你鴿子的白子村村民嗎？」

「是的。以下是我大膽的推測，假設他其實對小路屋的桐繪有意思呢？」

「可惜對方完全沒把他放在心上。」

「或許是吧。可是從桐繪的樣子來看，不止沒把他放在心上，甚至還很討厭他。如果這時剛好有個年輕男人來小路屋投宿，看起來又跟桐繪頗為親暱，您猜他會怎麼想？」

「因為出於嫉妒，丟下答應好的工作嗎？」

「如果只是那樣還好，但不知是出於對我的好奇心，還是想在半路對我不利，他開始跟蹤我——」

「可是如果他真的跟蹤你，為什麼你在卡托斯小徑回頭的時候沒看到他呢？」

「那一側的山壁長滿樹木，所以他急中生智爬上斜坡，躲在樹上。我只顧著看那條羊腸小徑了，所以頭上完完全全就成了視覺盲點了。」

「那麼你從岩石山上看到的是……」

「是他背著大量貨物要送往白子村的身影。不過我只看到那批貨物的頂端，剛好又是白白的。可能是用白布把整批貨物都包了起來。」

「如果是這樣，茂助他是一路尾隨你到白屋嗎？」

「以下依舊是我的大膽推測。不只小路屋的桐繪，他對白屋的白穗也有好感。因此看到我進入白屋時簡直快氣瘋了，忍不住上前窺探。不僅如此，他還溜進屋子裡——」

「真的假的。」

「當時他害怕在有燈光的情況下會被發現，所以關掉前面房間的燈。」

「啊，所以……」

「我逃離白屋時，他正要打道回府。因為我衝出去，他才又跑回來看。」

「可是白穗出來攔住你，又把你帶回屋子裡。因此茂助也只好死心離去。」

「——如果只是這樣還好，後來我洗澡的時候，他可能還一直躲在暗處觀察。」

可能也偷窺了白穗入浴。但沒必要特別強調這件事，所以波矢多按下不表。

「如果歸諸於茂助幹的好事，確實說得通。」

入佐加說完，冷不防又補了一句。

「天狗礫也是他的惡作劇嗎？」

「不是，那可能是猴子搞的鬼。」

「哦，原來如此。」

波矢多還擔心入佐加會不會笑他，但入佐加點頭如搗蒜。

「我歇腳的岩壁有棵栗子樹，還不到栗子結果的季節，但如果那一帶是猴子的地盤，就能明白為什麼會有天狗礫砸過來了。」

「哈哈哈，聽起來很合邏輯。」

入佐加附和，又接著說：

「草叢變成圓形圍住你又該怎麼解釋？那也是猴子幹的好事嗎？」

「老實說，我不知道。」

波矢多直言不諱，入佐加露出困惑的表情。

「想成是猴子幹的好事是最合理的解釋，可是光是那樣，還有些無法說明的疑點。」

「好不容易前面的事都能得到合理的解釋……」

「您不也說過嗎，有些怪異體驗是真的，但又不完全是真的……」

波矢多說道，解下圍在脖子上的白布，遞給入佐加。

「我深信肯定是多虧有白穗給我的這條避邪布，我才能順利抵達轟之埼燈塔，但我也不會把一切不可思議的體驗都推給怪異作祟。不對，是我強烈地認為不該把一切都推給怪異的存在。」

「因為會讓思考停頓嗎？」

「是的。因為如果假設對方不是人，那麼自己也必須放棄身為人類的思考能力。這時反而應該要以人類獨有的思考來面對這個問題才行。」

「萬一對方是完全無法以人類的理性來面對的存在呢……」

下一瞬間，波矢多原本不苟言笑的表情頓時流露出滿臉笑意。

「屆時只能用最快的速度逃之夭夭。」

「……」

入佐加聽得一愣一愣，隨即也跟著莞爾一笑。

「你很會臨機應變，果然很適合當燈塔守。守燈精神固然重要，但是面對大自然凌駕一切的威脅，就連守燈精神也會英雄無用武之力。在那種情況下，就算拋頭顱、灑熱血也保護不了燈塔。應該要活下去，再從長計議，我認為這才是真正的守燈精神。物理老弟，你不管在任何地方都能成為優秀的燈塔守喔。」

「多謝誇獎。可是我現在才分發到第二座燈塔，就必須解開一大堆謎團——」

入佐加突然以興奮的口吻打斷波矢多的話。

「太响埼燈塔是我第一個赴任地，第二個赴任地就是這座轟之埼燈塔，你也一樣。如果只有這樣的巧合還說得過去，可是我們第一眼看到轟之埼燈塔的時候，都在迴廊上看到白色的人。我的前任磐井、你的前任須永可能都被白魔仔附身了，而且大概都是因為他們曾在白屋進出。可是我們就不一樣了，雖然都因為迷路的關係在白屋過了一夜，但也就只有那麼一次。而且都是在和白屋扯上關係之前就先目擊到白色的人。再說了，我是聽田莊先生轉述佐佐野在羅州丸上談起的白色人影怪談，但你事先是毫不知情的。換句話說，我會看到那個或許有跡可循，可是你的狀況不同。然而我們都在相同的情況下目擊到那個，這到底是怎麼回事？」

波矢多專心地聽著他的長篇大論，不等入佐加講完就搶著說：

「關於這點，我的解釋是所有的偶然與必然皆與命運奇蹟似地彼此糾纏，集中在一點上——」

「你是說除了偶然，也有必然嗎？」

入佐加毫不掩飾自己的驚訝，波矢多微微頷首。

「那個必然究竟是什麼呢？」

「燈塔長和我都在太响埼燈塔救過試圖自殺的少女。而燈塔長的前任磐井和我的前任須永都在白屋出入。」

「我、我不懂你的意思……」

「燈塔長看到出現在轟之埼燈塔迴廊上的人，就是您過去在太响埼燈塔救下的少女。她的真實身分其實是白屋的白露。而我看到的則是白穗。」

「……這怎麼可能。」

「白露一定很羨慕村子裡無人不知、無人不曉——就連白屋都有所耳聞——白子神社的道子小姐去關東旅行的事，所以選擇那段旅行經歷話題中曾出現的丑緒太呴埼燈塔，作為自我了斷的場所。為什麼選擇丑緒的燈塔目前不得而知，但是再想到她女兒白穗未來會去丑緒校外教學，不禁讓人不寒而慄。」

「……」

「另一方面，白穗在校外教學時去了關東地區，行程中也包含了太呴埼燈塔的所在地丑緒。這是小路屋的桐繪告訴我的，應該不會錯。」

「慢、慢著。」

入佐加慌張地打斷波矢多的話，急著插嘴問道：

「你的意思是，我和你相隔二十多年的歲月，分別救了白屋的母女嗎？」

「這真的是非常神奇的巧合。」

「不、不只是巧合吧。白露和白穗母女都在前往關東的丑緒旅行時試圖尋死，這也太……」

「或許是非常瘋狂的偶然，但我卻感受到其中的必然。兩人當時都處於多愁善感的青春期，對於要不要繼承白女的家業感到徬徨，心生抵抗。因為一旦成為白女，精神和肉體上都會遭受相當大的負擔，無法再過正常的日子……或許也有這方面的因素。」

「這話怎麼說？」

「燈塔長見到白雲的時候，她看上去介於三十歲到四十歲之間。我看到她的時候，她應該才五、六十歲，可是看起來卻已經是不折不扣的老婆婆了，說不定是因為長年來擔任白女的壓力所致。隨著年紀增長，其所受到的影響可能還會加速呈現。現在再回頭看，不免讓我做如是想。」

「如果真如你所說，而且當時還是少女的白露和白穗也都知道這是個無解的問題，想必都不想繼承家業吧。」

「可是她們也沒辦法離開白屋獨自生活，因此想要一死了之。可是又不想死在故鄉，尤其不想從轟之崎那邊跳下去……肯定是這種心情吧。」

「因為死在故鄉的話，可能會變成白魔仔嗎？」

「必然有這種疑慮，所以她們卑微的希望恐怕只是至少可以選擇在其他地方離開人世。」

「諷刺的是她們最後都不約而同地選擇了太呴崎。雖然不是轟之崎，但依舊是在燈塔那邊……」

「我救下的少女責備我『你根本什麼都不懂』，又沒頭沒腦地冒出一句『因為太陽下山了……』。聽到燈塔長在敘述中提到『日暮途窮』這個成語時，我頓時恍然大悟。這句話意味著『不止太陽下山，四周變得一片漆黑，要前進的路還被堵住了』。想自我了斷的中學生白穗，應該就是這種心情吧……我終於理解到這一點。這麼說來，我在白屋洗澡時，她說『四周已經一片漆黑，所以我得在這裡守著，以免您溺水』其實也在暗示我以前救了她一命的事。」

「白露也基於相同的動機……」

「那次是燈塔長救了她。然後大約兩年後，您在白屋見到白露——正確來說是與白露重逢——當時她戴著白色面具。據白穗透露，那是已經完成前段的修行，進入後期修行的證據。再繼續修行下去，她就會成為白女。」

「所以她跟當時去網引表演的太平一座藝人一起逃走了。寧可拋下還在襁褓中的白穗，也不想繼承白女的家業……」

即使是自己的說明，入佐加仍抱頭苦思。

「可是啊，白露與我再會時戴著面具，再加上或許因為是修行的一環，由始至終不發一語，所以我沒發現她就是我救過的少女也是情有可原。可是你兩次見到白穗的中間只隔了兩年，而且不只看到她的臉，也聽到她的聲音了，怎麼還是沒認出來？」

這個問題問得理所當然，波矢多也回答得理所當然。

「這點我其實也覺得很奇怪。可是當我想起太响埼燈塔當時的燈塔長門崎先生說的『話說回來，女孩子只要差個一、兩歲，感覺就會差很多』，就覺得沒什麼不可能的。我只見過一次中學時期的白穗，而且只記得她剛從海裡被救上來、渾身濕透的模樣。再次見面，她穿著浴衣，看起來已經很成熟了。就算當時覺得似曾相識，也沒有任何足以讓我把兩個人連起來的要素。在那種情況下——」

「確實認不出來呢。」

入佐加爽快地承認自己的錯誤，又立刻接著說：

「白露與白穗簡直就像守株待兔似地等著我和物理老弟前來赴任，這又是為什麼呢？再說了，她們怎麼知道我們要來這裡工作？」

「因為我們前任的燈塔守磐井和須永都會走訪白屋，他們肯定知道是什麼人要來接自己的工作，甚至幾月幾日、幾點左右赴任。」

「我確實是從須永口中知道你的事。換句話說，磐井也知道我的事嗎？」

「白露和白穗自殺未遂時，都從當時的燈塔長口中得知救了自己的燈塔守叫什麼名字。或許還不等她們問起，燈塔長就主動告訴她們了——」

「很有可能。」

「所以當她們聽說接下來要來赴任的燈塔守姓『入佐加』和『物理』時，想必非常震驚。燈塔長的名字念起來不算特別，但寫成漢字就很特殊了。而我的名字不管發音或文字都不常見，所以她們也知道是同一個人。」

「可是啊——」

入佐加露出惴惴不安的表情。

「她們為什麼要做出類似迎接我們的舉動？」

「關於這點嘛——」

波矢多也一臉困惑。

「怎麼想都有兩種可能性，但實不相瞞，我不確定是哪一種。」

「一種是感謝我們救了她們的命、另一種是恨我們阻止她們尋死嗎……」

「對。我覺得自己被記恨了，看到轟之埼燈塔的迴廊上出現白色人影時，也第一時間就想起自己救過的少女。」

「你、你好敏銳啊。」

「不，當時只是有這方面的聯想罷了，直到剛才才真的意識到應該是那樣。只是當我剛認為白色人影就是那個少女時，隨即就推翻了這個想法，因為她如果想找我報仇，應該早就出現在太响埼燈塔了。」

「這很有道理。」

「以上是假設她來我任職的太响埼燈塔找我報仇，當然也可以反過來說，是我去她住的地方當燈塔守，只可惜我沒能及時想到這個可能性。」

「這也沒辦法。」

說是這麼說，入佐加似乎還是很在意。

「結果究竟是哪種可能性？當然，或許白露和白穗對我和你的心態不同……」

「燈塔長和我都在白屋見到她們，當時什麼也沒發生，所以應該不是恨……但我也不覺得她們對我們心存感激，可能是更複雜、更混亂的情緒。說不定就連她們自己，也無法釐清對我們的心情……」

「我們的見義勇為救了她們一命是事實，可是對於她們想逃離成為白女的命運，其實是多管閒事。話說回來，她們好像都沒有嘗試再次尋死。還能活得好好的無疑是拜我們所賜，至於她們到底領不領情，則又是另一回事了。這件事愈深入思考，愈覺得莫名其妙。」

「她們之所以爬上燈塔，或許就是為了確認自己真正的想法。」

「原來如此。」

入佐加附和。

「我救的白露姑且不論，你救的白穗想必對你心存感激吧。」

「怎麼說？」

「姑且不論白露正在修行，她對我的態度還是過於冷淡了。大概是從迴廊上看到我時，就察覺到自己的心情了。可是你在白屋就受到白穗熱情的款待。」

「有、有嗎？」

波矢多不禁害臊起來，入佐加臉上浮現笑容。

「至少白穗沒有對你懷恨在心，否則她應該不是那種反應。換言之，她對你有好感。」

「可是白穗說她以前也曾經收留過登山客……」

「如果是逼不得已才收留你，才不會那麼殷勤呢。也可以像她外婆白雲那樣，採取更漠不關心的態度。」

「先把白穗真正的想法擱一邊吧。」

波矢多求饒，讓入佐加的笑意更深了。

「只不過，比起白穗和我，白露與燈塔長的關係無疑更為密切。」

聽波矢多這麼說，入佐加立刻收起臉上的笑意。

「哪有這回事，從白露在白屋對我的態度來看——」

「不，千真萬確。」

波矢多說得十分篤定，入佐加的疑惑中帶了一絲怒氣。

「你憑什麼這麼說？」

「不就是因為，燈塔長後來娶了白露嗎。」

第二十章　白魔之塔

白魔の塔

過了好一會兒，入佐加孝藏始終文風不動，臉上也沒有任何表情，唯有雙眸不自然地轉來轉去，既像凝視著物理波矢多，也像是視線穿過波矢多、望向人應該在他背後廚房的路子。

「燈塔長在白屋留宿時，白露戴著面具，一句話也不說。在白子神社跳神樂的巫女們也同樣戴著面具，不發一語。」

「可、可是……」

入佐加臉上好不容易浮現出難以言喻的變化。

「當時足助也說過，神社之女道子會獻上神樂舞。」

「沒錯，但他指的是從幾年前就由神社之女道子跳神樂舞。」

「可、可是，宮司也——」

「宮司隻字未提女兒道子跳神樂舞的事，只說女兒感染風寒，不克出席。」

「那是指她不克出席宴會——」

「或許也包括宴會，但他指的其實是神樂。您仔細想想，如果感染風寒還能為神樂獻舞，那麼稍微在宴會上露個臉又有何妨。之所以沒能出席宴會，無非是打從一開始就因為感染風寒而下不了床。」

「既、既然如此，中間那位巫女……」

入佐加說到這裡，倏地噤口不言。

「後來在二位約會過好幾次的樹蔭下，她本人親自向燈塔長承認，自己就是正中央的巫女。」

「……」

「當時白露可從未說過自己是『白子神社的道子』。」

「咦……」

「也可能是她抱著一絲希望，希望燈塔長能認出自己是您在白屋裡見過——嚴格來說是重逢——的白露，所以才沒主動揭曉真相。」

「……」

「只是從結果上來看，她確實利用了燈塔長誤以為三位獻舞的巫女中，中間那位是神社的女兒道子這點。」

「怎麼可能，這太荒謬了……」

入佐加正想反駁，但怎麼也接不下去。

「只不過，白露大概也對自稱『道子』而心生不安。所以在你們私奔的時候，看到了雨過天晴的景象，便靈機一動地說：『過去禁錮我的一切都和這場雨一起沖走了。』對她而言，『過去禁錮她的一切』指的應該是白子村和白子神社、白屋和白女。換句話說，所有跟『白』有關的東西都被雨水沖走了，所以從『白露』這個名字拿掉『白』和『雨』字，這麼一來就只剩下道路的

『路』字。意識到日文讀音居然與神社的『道子』相同，因此她決定重生為『路子』。」

「路子考慮得這麼深嗎……」

雖然嗓門小到近乎喃喃低語，但入佐加又接著說：

「不、不對，還是說不通。為、為什麼白露能在神社獻舞？這不是很奇怪嗎！」

路子不是道子，而是白露——即使內心已經承認，仍不禁聲嘶力竭地反駁。

「以下是我從白穗那裡聽來的，白子村的人表面上對白屋和白女頗為敬重，但其實只是想利用她們。即使順利幫人接生，小嬰兒的滿月酒也絕不會邀請白女參加。所以雖然拜託她接替白子神社巫女的重責大任，卻還是不會邀請她出席宴會。站在宮司的立場，大概也不想讓別人知道他請白露來替代。我能理解他的心情，但這種過河拆橋的行為對白露實在太過分了。」

「也、也就是說，與白露私奔的行旅藝人……」

「就是指燈塔長。這也是白穗說的，白雲形容拐走女兒白露的人是『無法在一個地方久居』、『走遍全國、浪跡天涯的浪子』，燈塔守不也是這樣嗎。當然，我們並非真的是浪子，只是不得不四處調職——」

「行旅藝人……嗎。」

波矢多很好奇入佐加的自言自語是出自於什麼樣的心情。

「如果真的是太平一座的人與白露私奔，只有可能是在那場例大祭的時候。因為他們每隔幾年才會去一次那個地方。」

「也有可能是他們從例大祭開始交往，等到白露懷孕生子才私奔啊，這麼想也通吧。」

入佐加似乎還想否認。

「如果是那樣的話，請問白露產子之前，那個人離開太平一座後又住在哪裡呢？」

「會不會他根本沒離開太平一座，而是跟劇團繼續巡迴表演，私奔時才回來。」

「您是說……這段期間他都沒跟白露見面？」

「不然就是離開太平一座，在網引從事領日薪的工作，抽空偷偷與白露私會。」

「他是外地人，這麼做肯定很引人注目，不可能逃得過白雲的法眼。因為他可是讓女兒懷上孩子的人。」

「白雲知道女兒白露懷孕嗎……」

「就算一開始能隱瞞，可是肚子大了根本瞞不住吧。而且生產也需要母親幫忙。換言之，白露私奔的對象不可能是行旅藝人。」

「……」

或許是為了體貼無言以對的入佐加，波矢多盡可能以溫和的語氣說道：

「神社的道子看到燈塔長的照片，因此對您產生好感應該是真的。可是因為她太害羞了，不敢主動出擊，只能請父母撮合，然而當時的馬園燈塔長拒絕宮司夫婦提出的親事。另一方面，白露可能是在白屋與燈塔長重逢後，也可能是在燈塔長面前跳神樂時動了真情。不過考慮到彼此的立場，不敢做非分之想。可是又怎麼樣都忘不了燈塔長，因此經常偷偷地跑去燈塔看您。當時她的視線還讓您以為是白魔仔。」

「你是說……那個人是路子嗎？」

「然後二位就成為兩情相悅的愛侶了。」

至於白露騙入佐加自己是道子的行為究竟值不值得原諒——饒是波矢多也無從置喙，因為那完全是入佐加自己的問題。不，不是他一個人的問題，是他們夫妻倆必須共同深談的問題。

「……嗚！」

或許是想起當時的情況，入佐加的眼神有些狼狽。

「啊……所以才要私奔……」

這時，入佐加突然直視波矢多的雙眼，瞪得有如牛鈴大，同時發出從丹田擠出來的呻吟：

「難、難不成……不會吧……」

「沒錯，就是這樣。」

本來是應該更早發現的事實，然而考慮到得知多年來相依為命的妻子其實不是自己以為的那個人，那種衝擊感實在太大了，也不能怪他現在才意識到——波矢多心生同情，因此實在不太想提到這個話題，但又不能迴避。

「我在太响崎救下一命，後來又在白屋重新遇見的白穗，就是燈塔長夫婦的千金花實。」

「……」

一行清淚順著入佐加的左頰滑落。從右眼奪眶而出的淚水沿著鼻梁流到嘴角。他也不伸手去擦，只是靜靜地哭泣，任憑眼淚從雙頰與嘴角滴滴答答地落下。

「燈塔長在太响崎救下白露時，她說了一句『無路可走了』，聽起來類似自殺的動機。我猜這也意味著『日暮途窮』這個成語。白屋裡有一本老舊的國語辭典，或許就是四字成語辭典。白露和白穗都看過這本辭典，而且無巧不成書地注意到『日暮途窮』這個詞。從這裡也能看出母女間不可思議的連結，但不也更能證明她們當時的心境非常相似嗎？」

入佐加對波矢多的解釋一點興趣也沒有。

「是白雲幹的嗎？」

入佐加的眼神極為凌厲，與滿臉淚痕的表情判若兩人。

「應該是白雲擄走年幼的花實沒錯，只是不曉得用了什麼方法。可能就如白露所說，是派白魔仔來執行任務，但著實無從確認。」

「不，那個肯定就是白魔仔……」

「白雲大概是從『花實』的名字聯想到稻穗的『穗』。穗是指花或果實長在花軸周圍的狀態，所以才為她命名為『白穗』。」

然而，入佐加一臉女兒現在叫什麼名字根本不是重點的反應，以苦澀至極的口吻說道：

「路子早就知道綁架花實的犯人是白雲……」

「這樣想確實比較合理。不過可以的話，白露也不想撒謊。宮司什麼也沒做、神社絕對沒有派人來、去神社也見不著女兒——她對您說過這些話對吧。當時她口中的『母親』當然不是指宮司的妻子，而是白雲。『母親』要的是『神明的繼承人』指的也不是白子神社每隔幾十年就會替換的新神明，而是侍奉白神大人的白女。」

「……路子拋棄了女兒。為了讓自己得到自由，對女兒見死不救。」

「……」

這次換波矢多無言以對。

「害得花實……害那孩子……懷著與母親相同的煩惱……同樣踏上了尋短的宿命……」

入佐加講到這裡，坐正身體，向波矢多深深地行了一禮。

「謝謝你救了她。」

「雖說白露與花實是母女，但採取幾乎一模一樣的行動還是很不可思議。再加上燈塔長和我也有相似的體驗——」

波矢多說道。因為入佐加一直不肯抬起頭來，令他開始感到如坐針氈。

「燈塔長，請把頭抬起來吧。」

儘管他婉言安慰，入佐加仍低著頭，而且紋絲不動。彷彿整個人凝結成冰，一動也不動。

「……入佐加燈塔長？」

就在波矢多站起來，正要將右手放到他的肩膀上時。

「能不能請物理先生帶著花實離開這裡呢？就像孝藏先生負起責任與我私奔那樣。」

背後突然傳來聲音，波矢多嚇得差點跳起來。

「您、您說什麼……」

倏地轉身回頭，路子就站在廚房門口。

「您救了花實一命，物理先生確實有責任吧。」

「……這、這也太強人所難了。」

「那孩子喜歡你。」

「就算真是這樣，這也太強人所難了。而且您怎麼知道她在想什麼？」

波矢多極欲否認，只見路子露出盈滿優越感的笑容。

「嗯，我很清楚。」

「因為您是她的母親嗎？」

「這跟我是不是她的母親無關。大概是因為我經歷過白女的修行吧。」

波矢多被堵得說不出話來，路子繼續帶著微笑說道：

「孝藏先生和你看到出現在燈塔迴廊的白色人影，其實是我和花實的生靈。」

「欸……」

「兩位感受到的視線，也同樣是生靈所為。」

「那麼燈塔長在為燈塔刷油漆時——」

「沒錯，他看到的巨大白色人影是我的生靈。思慕之情有多強烈，或許就會以多大的體積現身。」

「可是當時您應該還沒有在祭典中獻神樂舞……」

「在白屋重逢時，我就動心了。」

路子說到這裡，臉上的笑意更濃了。

「你從在白屋過夜的第二天一早，到抵達此地的這段期間，不是一直感覺到白魔仔如影隨形嗎？那不是白魔仔，而是花實對你的強烈思念。」

「怎、怎麼可能……」

「所以你有義務回應那孩子的情意。」

這時，路子突然換上嚴肅的表情，一改之前的微笑以對，波矢多悚然心驚，下意識地回頭想向入佐加求救。

「燈塔長……」

然而，直到剛才都還坐在椅子上的入佐加竟然不見了。

「燈塔長？」

波矢多趕緊在室內四下張望，依然不見他的人影。還以為他從走廊出去了，可是再怎麼樣，自己也不可能渾然不覺。

「物理先生來到燈塔時，孝藏先生就已經不在了。」

聲音從背後傳來，波矢多心驚膽跳地轉過頭去。

「您在說什麼。直到剛才我都還在跟燈塔長說話……」

見路子把頭搖成一只波浪鼓，波矢多啞然失語。留意到她的視線意味深長地望向後方，順著她的視線看過去，發現有樣東西放在入佐加剛才坐的椅子上。

波矢多走過去拿起來一看，是入佐加的日記。

「你認為是從他那裡聽來的經驗談，全都寫在那本日記裡。你只是專心地看完那本日記而已。」

「……騙人。」

「日記裡寫著你聽到的一切。」

「可、可是我……真的和燈塔長交談了。」

「那是物理先生的自問自答。請你仔細想想，在你以為的對話中，孝藏先生可曾講過任何新的事實？」

「……」

意識到路子所言甚是的那一刻，波矢多感到一股說不上來的淒厲惡寒，整個身軀撲簌簌地發起抖來，簡直就像感染了瘧疾。

「花實就拜託你了。」

聲音響在正後方，原本站在廚房門口的路子，曾幾何時已經來到他的背後。

波矢多跑出餐廳兼起居室，衝過走廊，從玄關往外跑，幾乎是連滾帶爬地逃出去。當他繞到員工宿舍的側面，正要奔向第二層岩盤的石階時，發現竟然出現了兩座燈塔，出乎意料的光景令他為之愕然。

不過，他很快就知道是自己看錯了。話雖如此，如果當時無法理解眼前的光景，對波矢多而言或許反而是件好事。

在轟之埼燈塔旁邊，佇立著一個幾乎與燈塔一樣高的白色人影。

那個有如白魔之塔的巨大人影，只是目不轉睛地俯瞰著物理波矢多。

終章

終 章

轟之埼燈塔的閃光出現異常。

離轟之崎最近的燈塔管制中心接獲上述通知，職員便用無線電聯絡燈塔，可是都沒有回應。相關人士判斷此事非同小可後趕往轟之埼燈塔，發現入佐加燈塔長和濱地航路標識職員都不見了，只有新來的物理獨自處理所有的業務。但是，他正處於茫然若失的狀態，對於職員的提問都沒有任何反應，看起來實在很不尋常。而且，他那仍努力維持燈塔正常運作的樣子簡直充滿了顛狂之氣。

燈塔管制中心的職員將死活不肯離開燈塔的物理強制送往古宮的醫院住院。

到了隔天早上，物理波矢多總算恢復正常了，可是他的記憶支離破碎。雖然記得見過入佐加燈塔長和他的妻子路子，但完全想不起來跟他們說過什麼話，也不記得後來發生過什麼事。

波矢多好像也因此受到懷疑了。他被懷疑是否殺害了入佐加夫婦和濱地，再把他們的屍體從轟之崎拋進海裡……問題是毫無動機。會不會一時失心瘋驅使他這麼做……雖然也有這種論點，但是他才剛到燈塔赴任。更何況，如果他真的殺人棄屍，必定會留下什麼蛛絲馬跡的。不過，無論是員工宿舍、燈塔還是霧笛室都沒有任何異常，毋寧說看起來一切正常、井然有序。

又過了一天，入佐加寫在日記最後一頁的文章引起軒然大波。日期是波矢多抵達燈塔當天，內容如下記述。

午後稍晚的時間，起了這個季節少見的霧。眼看霧愈來愈濃，我就派濱地去霧笛室鳴笛，可是始終都沒聽見霧笛的聲音，他到底在做什麼啊。

這樣的文章可不能出現在工作日誌上，所以我寫在日記裡。

如果有寫日記的閒工夫，應該要去霧笛室一探究竟才對吧。可是不知道為什麼，我內心充滿了不祥的預感。

因此我在日記裡記下一筆，後續等我回來再

最後一句猝不及防地停在這裡。也有職員推測是不是因為他聽見霧笛聲了，但事實究竟是怎麼一回事，也無從知曉了。

緊急調派兩位航路標識職員到轟之埼燈塔協助的同時，他們也搜索了九指岩周圍及白衣森林（靠近轟之崎那一帶），可是都找不到入佐加夫婦和濱地。

第四天的早上，波矢多幾乎拼湊回大部分的記憶了，但是他絕口不提，因為他認為說了只會徒增混亂。當天也接受了警方滴水不漏的審訊，但他只是一再地重複最初的證詞。

過了一個禮拜，依然查不出三人的行蹤，因此官方正式派了三位職員來代替那兩個臨時被調來轟之埼燈塔幫忙的航路標識職員。

波矢多出院後仍繼續接受警方的偵訊。只是他始終堅持最初的供述，最後只得將他無罪釋放。

世。

就像這樣，這起籠罩在迷霧裡的三人下落不明事件，成了圍繞著燈塔的怪談之一，流傳後

波矢多回到東京後，就寄住在建國大學的同學熊井新市的家裡。他是打算繼續當燈塔守的，可是根據海上保安廳的判斷，決定暫時不讓他去燈塔上任。看樣子他失去大部分對轟之埼燈塔的記憶這個「事實」對他相當不利。

波矢多痛恨這樣兩頭不到岸、懸在半空中的情況，決定辭去海上保安廳的工作。

「虧你還那麼高興，以為好不容易找到天職了。」

新市設身處地地替他覺得遺憾。

「再找這方面的工作就好了。」

波矢多本人倒是泰然處之。一旦決定要做什麼，就全心全意地面對；一旦有什麼狀況導致必須放棄，他也不會耿耿於懷地留在原地踏步，而是趕緊重新尋找下一個目標。他就是這麼乾脆俐落的一個人。

包括熊井新市在內，建國大學的同學多半都在政府機關或大名鼎鼎的企業擔任重要的職務，而且大家都很擔心波矢多的未來，如果他想找工作，應該所有的人都會很樂意協助他。另一方面，同學們也都知道波矢多死心眼的性格，所以只能默默地靜觀其變，新市也不例外。

只不過，波矢多並未向新市坦承自己其實有個更在意的問題。躺在古宮醫院的病床上時，他壓根兒沒想過這個問題，可是回到東京之後，心裡的不安一天比一天膨脹，真不可思議……

在轟之埼燈塔看到的巨大白色人影，正在追尋自己的下落。從轟之崎出發，以極為緩慢的速度朝著東京而來。

波矢多陷入這樣的妄想。不，沒有人能說這只是妄想。誰能保證那個不會來找他，就像白魔仔追著入佐加夫婦的腳步北上那樣。

當然，波矢多打算在那之前離開東京。

話雖如此，他究竟該何去何從呢？為了對日本戰敗後的復興大業貢獻一份心力，自己想從事什麼樣的工作呢？

此時此刻的波矢多還不知道答案。

能夠確定的，就是他將會踏上一段屬於物理波矢多的全新旅程。

主要參考文獻

◆斎藤謙蔵『燈臺船　羅州丸』（東晃社／1942）
◇橋本喜之助『燈臺生活三十三年』（精華房／1943）
◆田中きよ子「海を守る夫とともに二十年」（講談社「婦人倶楽部」八月号／1956）
◇海上保安庁燈台部　編『日本燈台史』（社団法人燈光会／1969）
◆『日本の燈台　100年　歴史とその旅情』（毎日新聞社／1970）
◇田中績「妻と歩んだ日本列島」（「いわき民報」1977年1月1日）
◆コリン・ウィルソン＋ダモン・ウィルソン『世界不思議百科』（青土社／1989）
◇長岡日出雄『日本の灯台』（交通研究協会／1993）
◆山内昶『もののけⅠ　ものと人間の文化史122－Ⅰ』（法政大学出版局／2004）
◇ロベール・ド・ラ・クロワ『海洋奇譚集』（光文社知恵の森文庫／2004）
◆前田速夫『白の民俗学へ　白山信仰の謎を追って』（河出書房新社／2006）
◇福田アジオ、小林光一郎、鈴木英恵、内山大介、吉村風、萩谷良太　編『図解案内　日本の民俗』（吉川弘文館／2011）
◆「灯台どうだい？」vol.1～vol.12（発行者 不動まゆう／2014～2016）

◇平井杏子『ゴーストを訪ねるロンドンの旅』（大修館書店／2014）
◆岡克己『ニッポン灯台紀行』（世界文化社／2015）
◇不動まゆう『灯台はそそる』（光文社／2017）
◆オリヴィエ・ル・カレ『呪われた土地の物語　かつて何かが起きた、そしてこれから起こるかもしれない40の場所』（河出書房新社／2018）
◇ロバート・グレンビル『絶対に出る　世界の幽霊屋敷』（日経ナショナルジオグラフィック社／2018）
◆伊藤龍平『何かが後をついてくる　妖怪と身体感覚』（青弓社／2018）
◇公益社団法人　燈光会（https://www.tokokai.org/）

TITLE

白魔之塔

STAFF

出版 瑞昇文化事業股份有限公司
作者 三津田信三
譯者 緋華璃
封面繪師 Cola Chen

總編輯 郭湘齡
特約編輯 徐承義
文字編輯 蕭妤秦 張聿雯
美術編輯 許菩真
排版 許菩真
製版 明宏彩色照相製版有限公司
印刷 桂林彩色印刷股份有限公司
紘億彩色印刷有限公司
法律顧問 立勤國際法律事務所 黃沛聲律師

戶名 瑞昇文化事業股份有限公司
劃撥帳號 19598343
地址 新北市中和區景平路464巷2弄1-4號
電話 (02)2945-3191
傳真 (02)2945-3190
網址 www.rising-books.com.tw
Mail deepblue@rising-books.com.tw

再版日期 2022年7月
定價 520元

國家圖書館出版品預行編目資料

白魔之塔/三津田信三作；緋華璃譯. -- 初版. -- 新北市：瑞昇文化事業股份有限公司, 2022.05
432面；14.8x21公分
譯自：白魔の塔
ISBN 978-986-401-553-5(平裝)

861.57 111004617

讀小說
Reading Novel